KB006222

크리스마스의
법칙

크리스마스의 법칙

초판 1쇄 찍은 날 | 2018년 11월 22일
초판 1쇄 펴낸 날 | 2018년 11월 30일

지은이 | 문희
펴낸이 | 예경원

편집 | 주승아

펴낸곳 | 예원북스
등록번호 | 제396-2012-000132호
등록일자 | 2012. 7. 25
YRN | 제1-0239호

주소 | 경기도 고양시 일산동구 호수로 646-24 위너스21-Ⅱ 206A호 (우) 10401
전화 | 031-819-9431 팩스 | 031-817-9432
http://cafe.naver.com/yewonromance
E-mail | yewonbooks@naver.com

ISBN 979-11-89564-98-8 03810

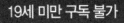

크리스마스의
문희 장편 소설 법칙

YEWONBOOKS
ROMANCE STORY

Contents

프롤로그

어두컴컴한 노래방 안에 만취한 십여 명의 사람들이 정신줄을 놓고 놀고 있었다. 찌든 담배 냄새와 낡은 소파는 이 노래방이 얼마나 오래된 곳인지를 잘 말해 주고 있었다. 연말이라서 송년회를 하는 직장인들이 많았기 때문에 오늘 이곳을 잡는 데도 어려웠다.

아무리 경기가 없다고 해도 송년회의 대미를 장식하는 곳은 노래방이 아닐까 하는 생각이 들었다. 5년간 근무하던 곳을 떠나 본점으로 발령이 난 지 일주일이 되는 날이었다. 사람들도 아직 어색하고 평소에 말도 섞지 않은 다른 매장 직원들과도 함께하다 보니 성주는 술을 많이 마실 수도 없었다.

머피의 법칙이란 이런 걸까? 오늘은 하루 종일 힘든 날이었다.

아침에 타고 있던 버스 앞에서 교통사고가 나는 바람에 지각을 했고 그것도 모자라 크리스마스 시즌인데 추가 물건이 검품장에서 순번이 밀려 영업이 거의 끝나는 시간에 들어와 기획 상품을 오늘 제대로 팔지도 못했다.

거기에 블랙리스트 고객에게 걸려 고객 상담실에 1시간이나 붙들려서 사과를 해야 했다. 그래서 점심도 거르고 간식시간에 빵 한 조각을 겨우 먹었다. 하루 종일 이렇게 힘이 들었는데 회식 때는 뺀질거리는 점장이 계속 그녀 옆에 붙어서 치근덕거리며 신경 쓰이게 만들고 있었다.

그녀는 인생 자체가 머피의 법칙이었다. 왜 그녀에겐 얼마 있으면 찾아 올 크리스마스의 법칙 같은 건 없는 걸까? 가족끼리 모여 케이크 하나 놓고 즐거운 시간을 보내며 하루 종일 산타의 선물처럼 소소하게 행복한 일만 일어나는 그런 날 말이다.

그녀가 너무 많은 걸 바라는 걸까?

점장은 쉬지 않고 그녀에게 말을 걸고 있었다. 마치 윙윙거리는 모기 같았다. 귓가에 대고 뜨거운 입김을 어찌나 불어 대는지 아주 죽을 맛이었다.

"왜 안 놀아? 재미없어?"

"아뇨, 제가 음주가무에 능하지 않아서요."

삼겹살집에서부터 줄곧 그녀의 옆에 앉아서 치근덕거리는 점장 때문에 성주는 돌아 버릴 것 같았다. 점장의 손이 그녀의 허벅지를 은근슬쩍 스치고 있었다.

"그래? 그럼 우리는 술이나 마실까?"

머리에 넥타이를 매고 노래나 부를 것이지 점장은 그녀의 옆에서 떠날 줄을 몰랐다.

"한잔해?"

"네."

어둡기도 하고 다른 사람들은 노래 부르며 노느라 정신이 팔려서 그녀가 어디에 있는지도 모르는 상황이었다. 도움을 요청하려고 해도 할 수가 없었다.

"우리 성주 씨는 남자들에게 인기가 많겠어?"

"아뇨."

술잔을 받으며 그녀가 말했다.

"왜? 이렇게 예쁜데……."

점장의 손이 그녀의 허벅지에 올라와 있었다. 성주는 점장의 손을 쓰윽 밀어냈다. 하지만 점장은 포기를 모르는지 이번엔 그녀의 어깨에 손을 올렸다. 그리고 그녀의 목에 코를 가져다 댔다. 흠칫 놀라 몸을 빼려 했지만 생각보다 힘이 세서 꼼짝을 할 수가 없었다.

"향기도 섹시하고……."

그녀의 목에 코를 박고는 개처럼 킁킁거리고 있었다.

"점장님……."

"왜? 술 한 잔 들어가면 남자나 여자나 다 똑같지 않아?"

점장의 한쪽 손이 그녀의 허벅지를 타고 점점 위로 올라오고 있었다. 하지만 지금 이 상황에서 소리를 질러 봐야 소용이 없다는 걸 성주는 알고 있었다. 이 방 안에서 가장 힘이 센 건 점장이었기 때문이었다.

점장의 손이 노골적으로 그녀의 가슴 바로 아래에 와 있었다.

"생각보다 글래머네."

그가 손등으로 그녀의 가슴을 슬며시 쓸어내리며 속삭였다. 온몸에 소름이 돋았다.

"점장님 여긴 사람들이……."

성주는 조용히 거부의 의사를 밝혔다. 싫다고 단호하게 말해 버리면 더 달려들 게 뻔했다.

"그럼 우리 조용한 데로 갈까?"

"술부터 마시고요."

그녀가 점장의 잔에 싸구려 위스키를 채웠다. 속으로 술이 아주 독하길 바라는 마음이었다.

"우리 성주도 한잔하지."

"네."

점장의 역겨운 얼굴에 술을 부어 버리고 싶었지만 성주는 꾹 참으며 그의 잔을 받았다. 성주는 웬만한 남자보다 술을 더 잘 마셨다. 아마도 음주가무를 즐기던 아버지의 피를 받은 모양이었다.

그렇게 주거니 받거니 점장과 술을 마시고 있던 성주는 점장의 말이 점점 꼬인다는 걸 느낄 수 있었다.

"술을 정말 잘 드시네요."

"그래?"

혀가 꼬부라지면서도 끝내 곯아떨어지지 않는 아주 강적이었다. 성주도 슬슬 술기운이 올라오고 있었다.

"점장님 한 곡 하세요."

그때 누군가 구원의 손길을 뻗치고 있었다. 그녀와 함께 근무하는 직원이었다.

"싫어. 너희들이나 놀아."

"어서요."

다행히 다른 직원들도 가세해서 점장을 데리고 앞으로 나갔다. 점장은 인상을 쓰면서도 직원들에게 끌려 나갔다. 점장이 마이크를 든 사이에 성주는 가방을 들고는 몰래 노래방을 빠져나왔다. 바깥의 차가운 밤공기가 얼굴에 닿자 살 것 같았다.

"서울의 공기가 이렇게 좋은 줄 처음 알았네."

술을 얼마나 마셨는지 주량이 남다른 성주인데도 속이 좋진 않았다. 그래도 집에는 가야 하니까 한숨을 쉬며 성주는 택시를 잡기 위해 주변을 두리번거렸다. 명동에 있는 노래방이긴 해도 아주 안쪽이라서 도로변으로 가려면 조금 걸어 나가야 했다.

골목엔 사람들로 가득했다. 술에 취해 비틀거리는 사람들도 있었고 아예 안방처럼 누워 잠을 자고 있는 사람들도 있었다. 연말이면 늘 벌어지는 풍경이었다.

서울의 안 좋은 풍경 가운데 하나였다. 차가 다니는 큰길이 보이자 성주는 걸음을 재촉했다. 술에 취한 사람들이 오늘은 유난히 많은 것 같았다. 정신은 멀쩡한데 그녀의 걸음걸이도 만만치 않게 흔들리고 있었다.

그런데 그때 누군가 그녀의 어깨를 잡았다. 어찌나 힘을 세게 줬는지 어깨가 아팠다.

"아!"

저도 모르게 비명이 나왔다. 그러면서 순간 점장이 쫓아 나온 게 아닌가 걱정이 되어 뒤도 돌아보지 못했다.

"어딜 가?"

낯선 음성에 얼른 돌아보니 생전 처음 보는 남자가 술냄새를 풀풀 풍기며 그녀의 어깨를 잡고는 놓아 주지 않았다.

"뭐예요?"

그의 손을 쳐내며 성주가 신경질적으로 물었다.

"돈을 받았으면 같이 가야지. 어딜 도망가?"

남자는 무서운 눈으로 그녀를 바라보았다. 다른 여자로 그녀를 착각한 모양이었다.

"아저씨, 사람 잘못 보셨어요."

오늘은 이상하게 되는 일이 없는 날이었다. 점장이 치근덕거리질 않나, 모르는 남자가 같이 가자고 하질 않나 아주 죽을 맛이었다.

"어머! 이거 안 놔요?"

남자가 갑자기 그녀의 손목을 잡았다.

"내가 왜? 돈을 받았으면 대가를 치러야지. 이거 완전 꽃뱀이네."

남자가 성주의 손목을 잡고는 놓지 않았다. 아니 어디론가 끌고 갔다.

"이거 안 놔요? 사람 살려!"

명동 한복판에서 벌어진 일치고는 기가 막힌 일이었다. 어떻게 이렇게 많은 사람들 앞에서 이럴 수가 있을까?

"사람 살려? 어디 이년아, 오늘 죽어 봐!"

남자는 그녀를 무식하게 끌어당겼고 성주는 끌려가다가 자신의 발에 걸려 넘어졌다. 사람들은 그런 그녀를 구경만 할 뿐 아무도 도와주지 않고 있었다. 넘어지면서 땅에 닿은 무릎에 통증이 느껴졌다.

"사람 살려!"

이대로 끌려갔다가는 진짜 죽을 것 같아서 성주도 필사적으로 저항을 했지만 남자의 힘을 당할 수가 없었다. 그리고 아무리 소리를 질러도 시끄러운 크리스마스 캐럴에 그녀의 비명은 묻히고 있었다.

"이거 놔! 놓으라고!"

남자는 점차 사람들이 없는 어두운 골목 쪽으로 그녀를 끌고 갔다. 저항을 해 보았지만 도저히 남자의 힘을 당해 낼 수가 없었다.

"도대체 나한테 왜 이러는 거예요?"

"……."

"살려 주세요. 아저씨……."

"……."

이대로 끌려가면 무슨 일을 당할지 몰랐다. 두려움에 성주의 얼굴에 뜨거운 액체가 흘러내렸다. 빚쟁이들에게 시달릴 때도 이렇게 울진 않았었다. 그래서 스스로가 눈물이 없는 사람인 줄 알았는데, 이렇게 갑자기 그녀가 죽으면 동생은 어쩌지? 라는 생각이 들자 울컥한 성주였다.

이렇게 끌려만 갈 순 없었다. 성주의 머리가 빠르게 회전하고 있었다. 정신을 차려야 했다.

쿵!

그때 그녀의 등이 담벼락에 부딪쳤다.

"돈을 받았으니 할 건 해야지?"

남자는 자꾸만 말도 안 되는 소리만 지껄였다.

"무슨 돈을 받았다고 그래요?"

"이년이!"

남자의 손이 그녀를 때리기 위해 올라갔다. 성주는 두 눈을 질끈 감았다. 하자만 벌써 내려왔어야 하는 남자의 손이 내려오지 않고 있었다.

"그만하지."

"넌 뭐야? 남의 일에 끼지 말고 가던 길이나 가."

아직 눈을 뜨지 않고 있는 성주였다. 아니 눈을 뜰 수가 없었다. 평생을 듣고 싶지 않았던 낮은 저음의 목소리가 그녀의 귓가에 울렸다. 확실히 오늘은 정말 재수가 없는 날이었다.

머피의 법칙도 아니고 단순히 오늘을 운이 없다고만 설명하기엔 그런 말들은 너무나 부족했다. 오늘은 그녀 인생의 최악의 날이었다. 지금 그 대미를 장식하고 있는 것 같았다.

"이거 안 놔!"

"여자를 붙들고 뭐 하는 거야?"

"내가 누군 줄 알고 지랄이야?"

"술주정뱅이."

"뭐 이 새끼가……."

퍽! 퍽! 퍽!

갑자기 사람을 때리는 소리에 놀라 성주는 눈을 뜨고 말았다. 물론 그녀를 끌고 왔던 남자가 한 방에 나가떨어졌지만 말이다.

"……."

오랜만에 가까이서 보는 얼굴이었다. 물론 TV에 나오는 걸 보거나 멀찌감치 사람들에 둘러싸여 가는 걸 가끔 보기도 했지만, 이렇게 한 걸음도 안 되는 거리에서 그를 보는 건 5년 만이었다.

명품 양복에 숨겨진 몸이 얼마나 멋진지 우리나라의 여자라면 모르는 사람이 없을 것이다. 재벌이면서 모델인 최재민은 언제나 여자들의 로망이었다. 다 갖춘 남자인 그가 한때 성주의 남자였다는 게 지금 생각해 보면 꿈같은 일이었다.

사람들은 최재민이 백화점 직원인 그녀에게 차였다고 하면 아무도 믿지 않겠지만 말이다. 그냥 그녀에겐 추억으로 자리 잡고 있는 일이었다.

"감사합니다."

그녀는 모르는 사람에게 인사를 하는 것처럼 그에게 허리 숙여 감사 인사를 했다.

"여전히 사람을 놀라게 하는 버릇이 있어."

손을 탁탁 떨어내며 그가 비아냥거렸다. 5년 만에 듣는 그의 목소리는 확실히 5년 전의 따뜻했던 그때와는 달랐다.

"……."

"다음엔 어떤 식으로든 부딪치지 않았으면 좋겠어."

"네……."

가슴을 도려내는 말이었다. 물론 그와의 이별이 그녀의 책임이라고 해도 이렇게까지 무시하는 눈빛으로 그녀를 바라볼 권리는 그에겐 없었다.

"남자를 홀리는 재주는 여전하네. 다음엔 좀 더 정상적인 인간을 홀리도록 해."

그는 이렇게 말하고는 그녀에게 등을 돌리고 가 버렸다. 바닥에 쭉 뻗어 있는 남자는 죽었는지 살았는지 미동도 없었다.

퍽!

성주는 홧김에 남자를 발로 차 버렸다. 그래도 속이 풀리지 않았다.

"재수 없는 새끼!"

밑에 뻗어 있는 남자에게 한 말이라기보다 그녀를 구해 주고 긴 최재민에게 한 말이었다.

"누군 그러고 싶어서 그런 줄 알아?"

그때는 어쩔 수가 없었다. 스물한 살 무렵까지 부유하게 자라기만 한 그녀에게 아버지의 부도는 큰 충격이었다. 그 충격이 가시기도 전에 아버지와 어머닌 무책임하게도 자살을 선택했다. 하나뿐인 동생과 어떻게든 살아야 하는 그녀에겐 남자친구는 사치였다.

더구나 그 남자친구가 유명 모델이라면 자신의 초라함은 더 극대화될 것 같았다. 빛나는 그의 옆에서 성주는 빛을 잃은 자신을 견딜 수가 없었다. 그래서 첫사랑인 그를 놓아 주었다. 찬 게 아니라 놓아 준 것이었다.

안 그러면 초라한 그녀를 그가 찰 수도 있었기 때문이었다. 그건 더 견딜 수 없는 일이었다. 그의 사랑을 못 믿은 건 아니지만 다가올 불안한 미래를 안고 가기엔 성주에겐 너무 가혹한 시기였다.

그래서 그녀가 먼저 버렸다. 버림받기 전에 말이다. 하지만 그후에 그가 재벌이고 그의 어머니가 그녀를 벌레보다 못하게 생각한다는 걸 알았을 땐 속으로 잘한 일이라고 생각했다. 더 비참해질 뻔한 상황을 미연에 차단했으니까.

밝은 거리로 나온 그녀는 그들이 있던 골목이 다름 아닌 명성호텔 앞이라는 걸 알았다. 재민이 호텔에서 나오다가 남자에게 끌려가는 그녀를 본 모양이었다.

"다시는 보지 않기를 바랐는데……."

재민이 명성그룹의 유일한 상속자라는 걸 안 지는 얼마 되지 않았다. 모델인 줄로만 알았는데 그는 재벌이기도 했다. 처음부터 알았다면 그를 만나지 않았을까? 그렇진 않았을 것이다. 그를 본 순간 첫눈에 반해 버렸으니까.

　"그래서?"

　지금은 아무런 소용이 없는 일이었다. 그와 헤어진 건 아주 잘한 일이었다. 안 그랬다면 그녀가 버림받았을 게 분명했다.

　윙—

　그녀의 유일한 기쁨인 동생의 전화였다.

　"어, 창빈아."

　[어딘데 아직도 안 들어와?]

　법대생인 창빈이는 그녀의 자랑이었다. 모든 걸 희생해서라도 창빈에게만은 잘해 주고 싶었다.

　"오늘 회식이라고 했잖아."

　[그래도 지금 12시가 넘었는데 빨리 들어와.]

　"알았어. 밥은 먹었어?"

　[응, 빨리 와. 집 앞에서 기다릴 테니까.]

　"알았어."

　역시 든든한 동생이었다. 사법고시 준비하느라 바쁜 동생이었다. 대학 졸업 전에 시험에 합격하겠다고 애를 쓰고 있었다. 남들은 고시촌에서 공부하는데 동생은 자신의 방에서 공부를 하는 중이었다.

그래도 3년 동안은 원룸에서 같이 살았는데 지금은 투 룸으로 옮겨 각자의 방이 있었다. 그녀가 가장이 된 지도 6년째로 접어들고 있었다. 어떤 상황에서든지 참고 인내하는 법을 배운 성주였다.

오래된 모직 코트를 여미며 그녀는 택시를 잡기 위해 명성호텔 앞을 지나쳤다. 그리고 그녀는 여자들에게 둘러싸인 재민을 다시한 번 보았다. 한번 마주치게 되니 자꾸만 눈에 띄는 그였다.

여자들을 향해 뭐라고 말을 하고 있는 그의 얼굴은 차갑기 그지없었다. 여자들에게 틈을 주지 않기로 유명한 최재민이었다. 하지만 성주에게만큼은 불같이 뜨거운 남자였다. 성주는 그들을 지나치며 씁쓸한 미소를 지었다.

최재민이 얼마나 그녀에게 따뜻한 사람이었는지 그녀가 그와 함께 얼마나 행복한 시간을 보냈는지 사람들은 모를 것이다. 이제 지나간 추억이 되어 버렸지만 성주는 그의 앞을 지나치면서 그때의 추억을 묻어 두었던 기억의 상자에서 꺼내 보았다. 그를 떠올리면 제일 먼저 뜨거웠던 장면들이 떠올랐다. 그동안은 제대로 기억한 적이 없는데 그의 얼굴을 보고 나니 제대로 떠오르고 있었다.

"정신 차리자."

성주는 머리를 흔들었다. 떠올려 봐야 소용없는 일이었다. 이제 그와 그녀의 삶은 너무나도 달랐기 때문이었다.

1. 반갑지 않은 재회

크리스마스이브가 하루 앞으로 다가온 명성백화점은 사람들로 인산인해를 이루고 있었다. 크리스마스 조명으로 유명세를 치르고 있는 이곳은 건물 전체가 시시각각, 알록달록 화려하게 변화하고 20m가 넘는 대형트리가 건물 중앙에 서서 화려함의 중심을 잡아 주고 있었다. 올해는 조명의 해상도를 작년보다 3배 이상 높이고 조명을 하나의 스토리로 구성해서 마치 동화 속에 온 것 같은 모습을 연출하고 있었다.

그래서인지 아침부터 관광객들이 탄 관광차가 백화점 앞에 즐비하게 서 있었다. 밤에만 화려한 백화점이 아니라 낮에도 볼거리가 많은 곳이었다.

"잠깐만요."

관광차가 하필 출입구 앞쪽에 서 있어서 성주는 아침부터 중국인 관광객들을 헤치고 나서야 출입구 쪽으로 갈 수 있었다.

국내 최대의 백화점이 직원 출입구는 개미 똥구멍처럼 작았다. 직원들이 로커건물에서 유니폼으로 갈아입고 백화점의 직원 출입구에서 길게 줄을 서 있었다. 거기다가 크리스마스 시즌이라서 검품장으로 들어가지 못한 상품들이 직원 출입구 쪽에 쌓여 있어서 전쟁터가 따로 없었다.

"언니!"

막 안으로 들어가려고 하는데 같은 매장의 막내가 그녀를 반갑게 불렀다.

"안녕."

"언니, 어제 어떻게 된 거예요?"

어제 그녀가 사라진 게 궁금한 모양이었다.

"그냥 너무 술을 많이 마셔서……."

"어제 점장님 언니 갔다고 아주 난리도 아니었어요."

"왜?"

모르는 척했다. 술만 마시면 개라는 소문이 파다한 사람이었다. 해밀턴에 입사하고 얼마 되지 않아서부터 본점 점장의 추태는 익히 들어서 알았다. 하지만 그녀가 그 대상이 되고 보니 기분이 좋지는 않았다.

"언니, 이제부터 여기 오래 다니려면 진짜 점장님 피해 다녀야 해요. 받아 주면 안 된다고요."

그녀가 받아 준다고 생각한 모양이었다.

"내가 받아 준 것 같아?"

"매몰차게 거부하시진 않으셨죠."

"그럼 오래 다닐 수 있어?"

"아뇨, 더 빨리 잘리겠죠. 진짜 억울하다……."

두리도 아주 난감한 표정을 짓고 있었다.

"난 여기 오래 다녀야 해. 10년은 채우고 퇴직금하고 모은 돈하고 해서 작은 커피숍이라도 차리고 싶어."

이렇게 말을 하면서 오다 보니 벌써 5층 매장이었다. 5층은 전체가 남성복이었다. 반으로 나뉘어서, 반은 완벽하게 정장 코너였고 나머지 반은 캐주얼 코너고 그 중간에 와이셔츠 코너들이 있었다.

그녀는 와이셔츠와 넥타이 코너에서 근무했다. 해밀턴어패럴은 남성복 중에서는 최고의 맞춤복 매장이었다. 매출도 단연 1등이었다. 해밀턴의 정장과 와이셔츠, 넥타이 모두를 해밀턴 정장의 숍마스터인 점장이 전부 관리를 하고 있었다. 인사권 또한 점장 마음이었다.

5년간 본점은 아니었더라도 압구정 명성백화점에서 와이셔츠와 넥타이로 매출 톱을 이룬 성주를 본사에서 갑자기 본점으로 보냈다. 이유를 알 수는 없었지만 월급을 20만 원 올려 준다는 조건에 혹해서 오긴 했는데 지금은 아주 후회하는 중이었다.

　"청소부터 하자."

　"네."

　일주일 동안 일을 해 본 결과 이곳에서 1년 먼저 근무한 두리는 아주 일을 잘하는 직원이었다. 눈치도 빠르고 판매도 잘했다. 그래서인지 일주일이 지난 지금 사람에게 쉽게 마음을 열지 못하는 성주도 두리와는 편하게 지내고 있었다.

　"언니."

　"어?"

　"점장 와요."

　"후……."

　한숨이 절로 나왔지만 얼굴에 미소를 짓고는 점장을 보며 인사를 한 성주였다. 어떻게든 견뎌야 했다.

　"안녕하십니까?"

　"안녕하세요?"

　두리도 눈치를 보며 인사를 했다. 그녀들이 웃으며 인사를 하는데도 점장의 얼굴은 차가웠다.

"어제는 왜 도망을 갔지?"

"제가요? 그럴 리가요. 어제 점장님하고 위스키를 주거니 받거니 하다 보니 필름이 끊겨서 눈떠 보니 집이더라고요. 술을 그렇게 마시는 게 아니었어요."

그녀가 능청을 떨었다.

"그래?"

점장은 한쪽 눈썹을 들어 올리며 의심스러워했다.

"제가 술을 잘 마시는데 가끔 너무 피곤할 때 마시면 필름이 끊겨요. 그래도 귀소본능이 있는지 집은 아주 기가 막히게 찾아갑니다. 걱정하셨구나……."

"……"

그녀가 선수를 쳤다. 성주는 말로 먹고사는 사람이었다. 상대방의 비위를 맞추는 것쯤은 이제 선수였다.

"커피 한잔 타 드릴까요?"

"그래."

"원두도 있는데……."

"원두 좋지."

그녀가 눈짓을 하자 두리가 커피를 내리기 시작했다. 점장은 아예 와이셔츠 코너에 앉아 있었다. 그러던 중에 직영사원들이 아침 조회를 알렸다.

"조회요! 해밀턴 정장 앞으로 모이세요!"

직영사원의 말에 점장이 일어났다. 두리가 때맞춰 커피를 그에게 건넸다.

"수고해."

"네."

점장이 사라지자 두리가 한숨을 쉬며 성주를 보았다.

"잘하셨어요."

"고맙다."

"그거 아세요?"

"뭐?"

"점장님 결혼 두 번 하신 거요. 그것도 다 해밀턴 여직원이랑 하셨어요. 아마 언니를 세 번째쯤으로 찍으신 게 아닌가 걱정이 돼서요."

"설마."

"저도 설마였으면 싶네요."

두리가 그녀를 걱정하고 있었다. 성주도 점장이 예사롭지 않은 눈빛을 보낸다는 건 느끼고 있었다. 조회를 하는 내내 점장은 그녀의 앞에 서서 그녀만 뚫어지게 보고 있었다. 정말 이상한 인간이었다.

그렇다고 여기를 그만둘 수도 없고 답답한 노릇이었다.

"이번 시즌은 각 브랜드마다 행사들을 하고 있으니 단골 고객들에게 전화나 디엠을 보내는 거 잊지 마시고 한 번 더 총력을 쏟으시기 바랍니다."

"네."

"오늘 조회 마치겠습니다."

자리에 돌아온 성주는 출근하자마자 제대로 하지 못했던 청소와 빠진 제품들을 채우는 일을 했다. 준비가 끝이 나자 하루의 시작을 알리는 방송이 나왔다. 다른 직원들도 각자의 동선에 서서 손님 맞을 준비를 하고 있었다.

성주는 자신의 일이 자랑스러웠다. 다른 사람의 도움을 받지 않고 동생과 성주를 넉넉하지는 않아도 잘살 수 있게 해 준 직업이었다.

"어서 오십시오."

첫 번째 손님이 매장을 방문했다. 남자 손님인데 오픈하자마자 들어온 걸 보니 어제 집에 들어가지 못한 게 확실했다. 연말엔 이런 손님들이 많았다. 이런 손님은 묻지도 않고 사기 때문에 아주 편한 손님이었다.

하루의 시작이 좋았다.

"소라색 셔츠에 넥타이 좀 매치해 주세요."

"네, 사이즈부터 재 드릴게요."

남자 고객이 재킷을 벗자 왜 그가 셔츠와 타이를 사려는 것인지 한눈에 보였다.

"어제 망년회 하셨나 봐요. 저희도 했는데……."

"완전 망했어요."

음식물이 곳곳에 묻어 있었다.

"옷은 싸 드릴게요."

"아뇨, 버려 주세요."

"네."

소라색 셔츠에 붉은 계열의 넥타이를 매치해서 손님에게 보여 주었다.

"크리스마스니까요."

"괜찮네요."

남자가 셔츠를 갈아입고 넥타이를 매고 만족스러운 표정으로 매장을 나갔다. 그사이에 두리도 같은 사정으로 온 남자손님에게 셔츠를 팔았다.

"오늘 시작이 좋은데요?"

"그러네."

그때였다. 손님을 응대하지 않는 모든 직원이 갑자기 정자세를 하고는 매장 앞에 섰다. 본사 회장이나 사장이 매장을 방문할 때 나오는 음악이 흘러나오고 있었다. 이 음악은 전국의 모든 매장에서 동일하게 틀어지는 음악이었다. 이런 특수 음악이 나올 때는 두 가지였다. 회장이나 사장이 매장에 방문할 때와 화재가 발생했을 때 고객들이 놀라지 않게 대피시키기 위해 틀어졌다.

지금은 회장이나 사장의 방문 시 틀어지는 음악이었다. 성주의 얼굴이 점차 굳어지고 있었다. 제발 사장이 아니라 회장이길 바라는 마음이 컸다. 그리고 5층에서 음악이 울린다는 건 5층에 온다는 뜻이었다.

"사장님이 아주 오랜만에 오셨네요. 진짜 잘생기지 않았어요?"

"……."

두리가 재민을 본 모양이었다. 두 눈엔 하트를 그리고 입에 거품을 물며 말하고 있었다.

"정말 내가 본 남자 중에 제일 잘생긴 것 같아요."

"……."

두리가 말하지 않아도 그가 얼마나 잘생겼는지 그리고 얼마나 섹시한지는 누구보다 잘 알고 있었다.

"언니, 사장님이 우리 쪽으로 오는데요."

"설마……."

"아니 정말인데……."

제발 그냥 지나가길 바라고 바랐다.

"제발⋯⋯."

"언니, 정말 우리 쪽으로 오나 봐요. 옆에 본부장님이 해밀턴이라고 말을 하면서 손으로 가리켰어요."

제발 신이시여⋯⋯.

성주는 신까지 찾아가며 그가 지나치기를 바랐다.

"안녕하십니까?"

신은 그녀의 편이 아니었다.

"사장님께서 와이셔츠하고 넥타이를 구매하신다고 하니까, 잘 봐드려요."

"네."

"그리고 사진 찍을 거니까. 예쁘게 생긴 우리⋯⋯. 성주 씨가 응대하고."

본부장이 그녀의 명찰을 힐끗 보더니 청천벽력 같은 소리를 하고 있었다. 성주는 저도 모르게 재민의 얼굴을 보았다. 아주 재미있어 하는 표정이었다.

그의 시선에 떨렸지만 그녀도 질 수는 없었다. 성주는 얼굴에 웃음을 가득 띠고는 철저하게 손님을 응대하듯이 재민을 바라보았다. 그리고 그의 앞에 줄자를 가지고 섰다.

"재킷 좀 벗어 주시겠습니까?"

그녀의 말에 그가 재킷을 벗었다. 5년 전보다 운동을 많이 했는지 그때보다 몸이 더 좋아졌다. 전직 모델이었으니 몸 관리를 하는 건 어찌 보면 당연했다.

성주는 줄자를 들고 그의 앞에 섰다. 오랜만에 그의 목에 팔을 둘렀다. 키스할 때와는 다른 느낌이었지만 그의 구찌향이 그녀의 코끝을 자극하고 있었다. 향수는 왜 아직도 같은 걸 쓰고 있는지 따지고 싶었다.

그의 등 뒤로 가서 이번엔 팔 길이를 쟀다. 다른 사람 같으면 이렇게 해서 사이즈를 찾아 주면 됐지만 재민은 아니었다.

"가슴둘레를 재셔야 합니다. 팔을 양쪽으로 벌려 주세요."

본의 아니게 그의 품에 다시 한 번 안기게 되었다. 그녀의 볼이 살짝 그의 가슴에 닿았다. 그의 심장소리가 그녀의 귓가에 울렸다. 괜히 온몸에 소름이 돋았다. 그의 품에 안겨 아침을 맞이하던 때가 떠올랐다.

"다 됐습니다."

"왜 가슴 사이즈를 재지?"

본부장이 이상하다는 듯이 물었다.

"기형 사이즈라서요."

차갑게 말을 했다.

"기, 기형?"

"보통 사람들보다 가슴근육이 워낙 발달하셔서 표준 사이즈처럼 여기 있는 제품을 드리는 게 아니라 특별 오더를 해야 합니다.”

“그래도 기형이라는 단어는 되도록 쓰지 말게.”

“네. 저희들의 일상용어라서 제가 실수했습니다.”

성주는 눈빛 하나 변하지 않고 말했다.

“넥타이는?”

“주로 어떤 색상의 슈트를 즐겨 입으십니까? 아니면 오늘 슈트 색상에 맞춰 드릴까요?”

“화려한 거.”

“네.”

재민은 화려한 걸 좋아했다. 패션모델 출신이라서 그런지 평범한 것보다는 특별한 게 그에게 맞았고 그는 포인트를 주는 걸 좋아했었다.

“이게 좋을 것 같습니다.”

그의 취향을 누구보다 잘 아는 성주였다. 그가 만족스러운 표정을 지었다. 홍보팀 직원들이 아주 열심히 사진을 찍고 있었다. 그렇게 어느 정도 시간이 흐르고 사장이 자리를 떴다.

“오늘 수고했어요.”

본부장이 말했다.

“홍보팀 직원들이 그러는데 성주를 모델로 쓰고 싶다는데…….”

"싫습니다."

"그래도 생각해 봐."

"……네."

어쩔 수 없이 대답을 했다. 그녀는 어릴 때 모델이 되는 게 꿈이었다. 아버지가 의류업체 사장이고 어머니가 모델 출신이다 보니 타고난 신체 조건도 좋았고 모델에 대한 로망도 있었다.

"언니, 사장님을 이렇게 가까이서 본 건 처음인데 완전 섹시한데요? 사람이 아닌 것 같아요."

"모델 출신이잖아. 그 정도 포스는 있어야지."

아무렇지 않은 듯 말했다.

"포스 정도가 아닌데요."

"손님 오셨다."

"네, 어서 오세요."

두리가 서둘러 손님에게로 갔다. 성주는 다리에 힘이 풀리는 느낌이었다. 생각보다 긴장을 많이 했던 모양이었다. 그 후로 매장이 정신없이 바빠서 성주는 아무런 생각을 할 수가 없었다. 내일이 크리스마스이브라서 오늘은 동생의 선물을 사야 하는데 도통 틈이 나질 않았다.

그래서 영업이 끝나고서야 화장품 코너로 가서 남성용 화장품을 살 수 있었다. 같이 내려온 두리가 남자친구 거냐고 물었다.

"아니, 남자친구보다 더 사랑하는 사람 거."

"더 사랑하는 사람이요?"

"응."

그녀는 행복한 미소를 지었다. 동생 창빈이 잘 때 머리맡에 둘 것이다. 이제 창빈은 성인이었지만 그럼에도 아침에 산타누나가 놓고 간 선물에 미소 지을 걸 생각하니 벌써부터 기분이 좋았다.

"어머! 사장님."

두리가 소스라치게 놀라 뒤로 한걸음 물러섰다. 재민이 왜 이 시간에 이곳에 있는지 궁금했다.

"사장님."

화장품 매장 직원들이 아주 난리였다.

"로션 5개만 포장해 줘요. 너무 늦은 건 아니지?"

"아, 아뇨."

그녀는 이제 직원들에게 완전 찬밥이었다. 그가 자신이 사랑하는 사람이 있다고 한 말을 들었을까? 괜한 오해를 받고 싶진 않았지만 뭐 상관은 없었다. 그와 우연치 않게 어제오늘 만났다고 해도 계속 만나리라는 보장은 없으니까 말이다.

"오늘 게 닿나 봐요."

로커건물로 가면서 두리가 흥분해서 말했다.

"왜?"

"1년 동안 한 번, 그것도 멀리서 보기도 힘든 사장님을 오늘 가까이서 두 번이나 봤어요. 그것도 방금 전에는 날 보고 웃었어요. 이건 기적인 거죠."

"연예인 본 것 같아?"

"네, 오늘부터 사장님 덕후 1일이에요."

"정신 차리세요."

"왜요. 짝사랑은 내 마음인데……."

"알았어, 알았으니까 맘대로 하세요."

"네."

두리가 삐진 것 같았지만 성주는 더 이상 말을 하지 않았다. 오늘은 몸도 피곤했지만 마음도 피곤한 날이었다. 옷을 갈아입고 집으로 향하던 성주는 한 통의 문자를 받고는 얼굴이 백지장처럼 하얗게 변했다.

동생이 교통사고를 당해 지금 한국병원 응급실이라는 문자였다. 그녀는 버스에서 내려 택시를 타고는 한국병원으로 향했다.

"정창빈 환자요!"

성주는 동생을 찾기 시작했다.

"성주 누나!"

창빈의 친구인 영환이었다. 집으로 오던 중에 뺑소니 차에 치여 지금 혼수상태라고 했다. 빨리 수술에 들어가지 않으면 안 된다고

도 했다. 문제는 그 수술비가 엄청나다는 것이었다. 그녀는 모아
둔 돈이 없었다.

　돈이 모이면 동생의 학비를 대기에도 벅찼다. 하지만 지금은 다
른 생각을 할 겨를이 없었다. 일단 수술실에 동생을 넣고는 성주
는 전화기를 만지작거리기 시작했다. 그리고는 어디론가 전화를
걸었다.

　"제발……."

　전화번호가 바뀌지 않기를 바라면서…….

　[여보세요?]

　받았다. 재민이 그녀의 전화를 받았다.

　[여보세요? 누구세요?]

　짜증이 섞인 목소리였다.

　[자기야……. 빨리…….]

　[가만히 있어.]

　전화기 너머로 여자의 끈적이는 목소리가 들렸다. 물론 재민이
차갑게 제지시키긴 했지만 지금 그는 여자와 있었다.

　"성주예요."

　[…….]

　답이 없었다.

　"너무 급해서요……."

[…….]

"동생이, 창빈이가 사고를 당했어요. 급하게 응급 수술에 들어 갔는데 수술비가……."

너무 자존심이 상하기도 하고 그가 안 들어주면 어쩌나 하는 두 려움에 성주의 목소리가 흔들렸다.

[수술비?]

"지금 수술을 받아야 하는데 제가 마땅히 돈을 부탁할 곳이 없 어서……."

핸드폰을 든 성주의 손이 목소리만큼이나 떨리고 있었다.

[돈을 빌려 달라는 건가?]

그의 목소리는 차갑기 그지없었다. 하지만 지금 성주는 자존심 을 들먹일 상황이 아니었다. 재민이 전화를 끊기라도 한다면 창빈 은 수술받지 못할 수도 있었다.

"뭐든 할게요. 죽으라면 죽을 수도 있어요. 우리 창빈이만 좀 살 려 줘요. 제발……."

참았던 눈물이 양쪽 볼을 타고 주르르 흘러내리고 있었다.

[죽을 수도 있다?]

"네……. 뭐든 할게요. 부탁이에요."

[…….]

그가 한동안 말없이 가만히 있자 성주는 속이 까맣게 타들어 갔다.

[어디야?]

"한국병원 응급실이요."

[기다려.]

그가 기다리라고 했다. 그럼 그가 오겠다는 소리였다. 전화를 끊은 후에 성주는 사람들이 많은 환자 대기실에서 양손으로 얼굴을 가린 채 한동안 울었다. 머리가 너무 복잡했다. 동생이 죽을까 봐 두려웠고 그가 도와주지 않을까 봐 걱정이 되었다.

"누나, 괜찮아요?"

"아니, 안 괜찮아."

"누나……."

영환이는 동생과 함께 가다가 같이 사고를 당했다. 하지만 영환이는 차가 스치듯이 비켜 갔고 창빈이를 그대로 치었다고 했다.

"어떻게 우리한테만 이럴 수 있니?"

"……."

"이제 더 이상 버틸 힘도 없다."

그때였다. 병원에서도 단연 눈에 띄는 남자가 그들을 향해 걸어 들어오고 있었다. 그의 얼굴이 험악했다. 그녀의 옆에서 그녀의 어깨를 잡고 위로해 주는 영환이를 보고 있는 것이었다.

"정성주!"

그는 사람들을 의식하지도 않은 채 화가 난 사람처럼 그녀의 이름을 크게 불렀다.

"오셨어요……? 이쪽은 동생 친구 영환이에요. 사고 당시에 같이 있었어요."

그의 표정을 보고 그가 왜 그러는 줄 알기에 성주는 얼른 영환이부터 소개했다.

"안녕하세요?"

영환이의 표정으로 보아 그가 누군지 아는 눈치였다.

"심각한가?"

"네……. 우리 창빈이가……."

눈물이 쏟아져 나와 더 이상 말을 할 수가 없었다. 그가 갑자기 어디론가 전화를 걸기 시작했다. 그리고 그가 움직일 때마다 사람들의 시선도 그를 따라 움직이고 있었다.

"원장님께 전화했으니 기다려 봐."

"너무 감사해요. 너무…… 감사……."

갑자기 재민이 그녀의 팔을 당겨 품에 안았다. 따뜻한 위로의 뜻이란 걸 그녀도 알았다. 재민이 그녀에게 따뜻했을 때가 있었다. 그들은 그렇게 미래를 생각했고 성주는 자신이 그의 부인이 될 거라고 확신했었다.

하지만 사랑한다고 다 결혼을 하는 게 아니란 걸 그녀는 알았다. 동생을 데리고 험한 세상에서 버티려면 그녀는 결혼을 포기해야 했었다. 당시의 그녀에게 사랑은 사치였다.

그리고 그를 매몰차게 버렸다. 다시는 만나지 않을 거라 생각했다. 그도 자신보다 훨씬 좋은 사람을 만나 사랑에 빠질 거라 생각했다.

그럼에도 그의 스캔들 기사를 보면서 성주는 가슴이 무너졌었다. 그렇게 5년이란 세월이 흘렀고 그를 찼던 때처럼 그녀가 그를 불러들였다. 그의 가슴은 너무나 따뜻했다. 재민이 성주가 좋아서 그녀를 안고 있는 게 아니라, 그냥 슬픔에 빠진 여자를 위로해 주는 것뿐이라는 걸 알면서도 너무 좋았다.

그의 가슴이 이렇게 탄탄하다는 걸 새삼 느끼게 되었다. 그리고 정신을 차리고 그의 가슴에서 벗어났다.

"미안해요. 개인적인 시간을 보내는데 전화를 해서."

"……."

그는 아무런 말을 하지 않았다. 다른 여자와 있든 말든 그건 그녀가 관여할 문제가 아니었다.

"수술비가 얼마나 나올지……."

"내가 빌려주지."

그가 수술비를 빌려준다고 했다.

"감사해요. 반드시 갚을게요."

"돈은 필요 없어."

"……."

이건 또 무슨 소린지 이해가 가지 않았다.

"그럼 어떻게……."

"돈 말고 다른 걸로 갚아."

조금 전 성주는 자신의 목숨까지 내놓겠다고 그에게 말했었다. 그가 무엇을 원하든 얼마든지 줄 마음의 준비가 되어 있었다. 그래도 돈도 갚을 생각이었는데 돈을 받지 않겠다니 의아하면서도 불안했다.

"네?"

"나중에 뭘로 받을지 얘기할 테니까 걱정하지 말고."

더 걱정이 되는 말이었다. 돈이 더 편할 수도 있었다.

"돈으로……."

"병원비 받기 싫은가?"

"아뇨."

그녀가 빠르게 그의 말에 답했다. 병원비가 없으면 안 되는 상황이었다.

윙―

"원장님, 감사합니다. 제가 한번 인사드리러 가겠습니다."

일반인들은 얼굴도 보기 힘들다는 병원장과 통화를 한 그였다.

"수술실에 말해 놓았다고 말씀하셨어. 그러니 걱정하지 마."

"감사해요."

그녀의 눈에 눈물이 고였다.

"울지 마. 안 어울리니까."

그가 차갑게 말했다. 안아 주고 위로해 주고 돈까지 빌려준 사람치고는 냉담한 말이었다.

"……."

그들의 옆에 있던 영환이 사라지고 난 다음엔 아주 냉정하게 말하는 재민이었다.

"내가 용서했을 거라곤 생각하지 마."

"그런 생각해 본 적 없어요."

"왜, 그 사랑하는 사람은 안 도와준다고 한 모양이지?"

화장품 코너에서 한 말을 들은 모양이었다.

"제가 사랑한다고 한 사람은……."

"듣고 싶지 않아."

"말하고 싶어요. 그 사람은 제 동생이에요. 화장품도 동생에게 주려고 산 크리스마스 선물이고요."

"그 말을 믿으라는 건가?"

"네, 이 상황에서 왜 거짓말을 하겠어요?"

그녀의 말을 믿지 않은 눈치였다.

"수술실 앞에서 기다릴 거예요."

"출근해야 하지 않아? 내일이 크리스마스이브인데."

"……."

"간병인 신청했으니까 수술 끝나면 집에 가서 자. 그리고 내일 보면 될 거야."

그의 말은 틀린 게 없었다. 하지만 그녀는 그럴 수가 없었다.

"오늘 집에 가서 안 자면 수술비 및 기타 등등은 없었던 일로 할 거야."

순전히 억지였지만 그의 말을 안 들을 수는 없었다.

"수술 끝난 것만 확인하고 갈게요."

"……같이 있어."

"네? 사장님이야말로 내일 행사가 많은데 집에 가서 쉬세요. 그리고 아까 그 여자분도……."

"돌려보냈어."

"아……."

더 이상 할 말이 없었다. 할 수 없이 영환이를 보내고 수술실 앞에 둘이 앉아 있었다. 그가 수술실 앞에 있자 간호사들이 그의 얼굴을 보려고 수시로 그 앞을 왔다 갔다 하고 있었다.

"여전히 인기가 대단하세요."

"그런가?"

"어떻게 보면 모델로 활동하던 때보다 지금이 더 인기 있어 보여요. 모든 여자들의 로망이니까."

"그렇지는 않은 것 같아. 어떤 여자는 그런 날 차 버렸으니까."

"……미안해요."

"그런 말은 듣고 싶지 않아."

그가 아주 단호한 어조로 말했다. 하지만 지금 성주는 그에게 미안하다는 말밖에 할 말이 없었다. 그렇게 어색한 시간이 흐르고 수술실에서 의사가 나왔다. 수술은 아주 잘됐다고 했다. 다행히 머리에 충격이 가지 않았지만 왼쪽 다리가 골절되고 갈비뼈 2대가 골절이 되어서 당분간 생활하는 데는 불편할 거라고 했다.

그래도 다행이었다. 성주는 다리에 힘이 풀려 휘청거렸다. 재민이 그녀를 잡아 주지 않았다면 그대로 쓰러졌을 것 같았다.

"고마워요."

그는 아무 말 없이 알 수 없는 표정으로 그녀를 내려다보았다. 수술이 잘됐다는 소리가 끝나기 무섭게 그가 성주를 데리고 그녀의 집으로 향했다.

지금은 성주도 너무 지쳐서 그에게 반항할 수가 없어 얌전히 주소를 말해 주었다. 그렇게 집에 도착한 성주는 그대로 뻗어 버렸다. 마치 수면제를 먹은 것 같았다. 아마 긴장이 풀려서 그런 것 같았다. 하지만 머릿속에는 그가 돈 대신에 무엇을 받을까 라는 생각이 들었다.

걱정이 되었다.

"줄 게 없는데……."

그녀는 이렇게 말을 하며 깊은 잠에 빠져들었다.

새벽같이 일어난 성주는 병원에 들러 간병인과 함께 있는 동생을 보고는 부리나케 출근을 했다. 이럴 때 일수록 잘해야겠다는 생각이 들어서였다. 철부지 부잣집 딸이 5년 동안 책임감이 투철한 여자로 거듭나 버렸다.

그래서 환경이 사람에게 얼마나 중요한지 성주는 깨닫고 있었다.

크리스마스이브는 선물의 날이었다. 그래서 평소의 몇 배나 되는 손님들이 매장을 방문했다. 한마디로 밥 먹을 시간도 없었다.

"배달 왔습니다."

"……."

한창 바쁜 시간에 호텔 직원이 그녀에게 음식을 배달해 주었다.

"이게 뭐예요?"

"초밥이요."

"누가 보낸 거예요?"

"최재민 사장님이 보내셨습니다."

"……."

뜻밖의 음식 배달에 성주는 너무 놀라서 아무런 말을 할 수가 없었다. 그런데 의외로 두리는 아주 당연하다는 듯이 음식을 받아서 창고에 넣어 두었다.

"사진 촬영 때문에 고마웠나 봐요. 역시 사장님은 진짜 멋쟁이라니까."

두리가 흥분했다.

"언니, 지금 먼저 드세요."

"두리 먼저 먹어. 난 생각 없어."

"그럼 저 먼지 먹을게요."

두리는 밥을 빛의 속도로 먹었다.

"언니, 그냥 입에서 녹아요. 얼른 드세요. 씹을 필요도 없어요."

두리가 등을 떠미는 바람에 그녀도 호텔 초밥을 먹었다. 그녀가 제일 좋아하는 초밥이었다. 그동안은 돈 때문에 잊고 살았는데 오랜만에 먹으니 좋았다.

밥을 먹고 늦은 시간까지 몰려드는 손님을 맞이하느라 두리와 성주는 거의 초주검이 되었다.

"오늘 고생했어."

"언니도요. 어? 점장님 오시는데요?"

고개를 돌리니 점장이 뒤에서 그녀를 안을 듯이 서 있었다.

"점장님."

"오늘 밥도 못 먹었지? 그래서 오늘 회식이나 할까 하는데……."

"전 오늘 선약이 있습니다."

"그래? 그럼 두리 씨는 빠지고."

아주 기다렸다는 듯이 말을 하는 점장이었다.

"저도 오늘은 안 될 것 같아요."

"왜?"

"동생이 병원에 있어서 가 봐야 해요."

"동생이?"

믿지 않는 눈치였다.

"네."

"거짓말하지 말고."

"그런 일로 거짓말 안 해요. 오늘이 크리스마스이브여서 대휴를 못 쓴 거예요."

이번엔 성주도 차갑게 말했다. 동생의 일을 그런 식으로 말하는 점장의 태도가 마음에 들지 않았다.

"정말인가 보네."

"네."

"알았어. 우리 성주 씨가 아주 앙칼져."

이렇게 말을 하며 순순히 피해 준 점장이었다.

"동생분 다치셨어요?"

"응……. 어젯밤에."

"오늘 쉬시지."

"아니야, 이런 상황에서 어떻게 쉬어."

"죄송해요. 제가 잘해야 하는데……."

"두리는 충분히 잘하고 있어."

그녀는 이렇게 말을 하고는 빠르게 짐을 챙겨서 로커건물로 향했다. 그런데 그때 사장에게 전화가 왔다.

"여보세요?"

혹시나 두리가 들을까 봐 최대한 조용히 받은 성주였다.

"여보세요?"

[……옷 갈아입고 대로변에서 만나.]

"네?"

잘못 들은 줄 알고 성주가 다시 물었다

[돈 안 갚을 건가?]

"아뇨, 갚아야죠. 갈게요."

도대체 무슨 꿍꿍인지 감이 잡히지 않았다. 벌써 어떻게 돈을 갖는단 말인가? 어쩐지 순순히 빌려준다고 생각한 성주였다.

"언니 어디 가요?"

"어, 갑자기 약속이 생겨서. 또 병원도 가 봐야 하고."

"그럴 기분은 아니겠지만 메리 크리스마스요."

"그래, 메리 크리스마스."

로커에서 옷을 갈아입은 성주는 그가 기다리는 곳으로 향했다. 대로변이었지만 사람들이 잘 가지 않는 곳이었다. 그곳에 그의 마세라티가 서 있었다. 주인을 닮은 차는 고급스러우면서도 잘빠진 짐승처럼 보였다.

"어서 타."

그의 옆자리에 앉은 성주는 예전에 그와 데이트를 하던 때가 떠올랐다. 그들은 차 안에서도 잠시도 떨어지지 않았었다. 꽉 잡은 두 손은 떨어질 줄 몰랐고 신호가 멈출 때마다 입술을 부딪쳤었다.

그때의 일이 떠오르자 마음이 좋지 않은 성주였다.

"어디 가시게요?"

"우리 집. 계산은 확실하게 해야지. 성주 네가 잘하는 거로."

그가 무엇을 말하는지 성주는 잘 알았다. 하지만 그가 섹스를 요구할 거라곤 생각하지 않아서 당황스러웠다. 자신을 버린 여자에게 하는 복수라고 하기에는, 그와의 섹스는 그녀의 인생에서 가장 짜릿한 경험이었다. 그걸 그가 요구하고 있었다. 돈 대신에…….

2. 그를 기억하는 몸

어떻게 집 안으로 들어왔는지도, 그의 집에 들어온 지 10분이 지났음에도 그의 집이 어떻게 생겼는지 알 수도 없게 그는 그녀의 얼굴을 잡고 기나긴 키스를 이어갔다.

"으으읍."

정신을 차릴 수가 없었다. 5년 동안 얼마나 그를 그리워했는지 그녀의 온몸이 말해 주고 있었다. 그녀의 첫 남자인 재민이었다. 5년 전에 재민은 그녀가 마지막 여자라고 말했었다. 그동안 수많은 슈퍼스타들과 염문설을 뿌린 그였지만 말이다.

그녀는 그런 그에게 화를 낼 수도 없었다. 이게 다 그녀가 자초한 일이기 때문이었다. 그의 키스는 너무나 간절해서 뿌리칠 수도 없었다. 마치 그동안 참고 참은 것 같은 절박한 느낌의 키스였다.

그의 혀가 그녀의 입안으로 들어와 미친 듯이 그녀를 휘젓고 있었다. 그의 혀가 이렇게 맛있었는지 처음으로 느낀 성주였다. 그녀가 오랜 세월 남자 없이 지내다 보니 이렇게 느낄 수밖에 없다고 성주는 생각했다.

그녀에게 유일한 남자가 재민이었다. 섹스의 맛을 가르친 남자가 그였다. 그런 그가 그녀의 입안을 점령하며 그 사실을 다시 한번 일깨우고 있었다.

"으으읍……."

재민이 키스만으론 부족했는지 그녀의 가슴을 손으로 잡았다. 예전의 부드러운 손길이 아닌 욕망으로 힘을 조절하지 못하는 손길이었다.

"으윽……."

그가 가슴을 만지며 신음을 내뱉었다. 마치 처음 여자의 가슴을 만지는 것처럼 감격스러워하는 것 같았다. 왜 자꾸 이런 느낌이 드는 걸까? 성주는 이런 생각을 하는 자신이 이상하게 느껴지고 있었다. 그는 분명 어제 여자와 함께 있었다. 그리고 그에겐 언제나 여자들이 줄을 서 있었다. 그녀의 느낌은 맞지 않았다.

"헉!"

그런 생각을 하는 동안 그녀의 스웨터를 벗겨 버린 재민이었다. 차가운 공기가 그대로 그녀의 맨가슴에 닿자 소름이 돋았다. 아직 더워지지 않은 실내의 공기 탓인지 아니면 그의 손길에 반응하는 것인지 가늠할 수 없었다.

"더 풍만해졌어. 누가 이렇게 만져 줬지?"

"……."

그녀의 가슴은 그대로였다. 다만 살이 예전보다 빠져서 더 커 보이는 것뿐이었다. 그리고 그에게서 이런 말을 들을 줄은 상상도 하지 못한 성주였다. 만지다니. 누가 그녀를 만져 준단 말인가?

"남자들이 가만두지 않았을 거야."

"아니에요. 남잔 없었어요."

"거짓말……."

"정말이에요."

그녀는 그의 손길에 온몸이 녹아내릴 것 같았지만 똑바로 답했다.

"내 유일한 남자는……."

"그만!"

그는 믿지 않는 것 같았다. 더 이상 말해 봐야 소용이 없을 것 같아 성주는 입을 다물었다.

"아아앙…… 아하……."

그의 입술이 그녀의 가슴을 크게 물고 빨아 대기 시작했다. 미칠 것 같은 쾌감이 성주를 덮쳐 왔다. 그동안 그녀가 바라왔던 남자는 재민뿐이란 걸 성주의 몸이 일깨워 주고 있었다.

"미치겠어."

그는 이렇게 말을 하며 그녀를 안아 들었다. 그리고는 침실로 향했다.

윙—

그의 핸드폰이 계속해서 울리고 있었다. 하지만 그는 받지 않았다. 그녀를 침실로 옮기는 일에만 열중할 뿐이었다.

윙—

그녀를 침대에 눕히는 순간 또다시 전화벨이 울렸다.

"뭐야?"

[오빠…….]

휴대전화 너머로 여자의 목소리가 들렸다.

"안 간다고 했지. 더 이상 전화하지 마!"

재민이 화를 내더니 전화를 끊었다.

"누구예요?"

성주는 저도 모르게 상대방에 대해 물었다.

"알 거 없어."

재민이 차가운 성격이란 건 알았지만 그녀에겐 더없이 뜨거웠던 남자였다. 하지만 예전의 재민과 지금의 재민은 달랐다. 그가 모델이라고만 생각했던 그때와 재벌인 재민이 다르듯이 말이다.

"많이 달라졌어요."

"아니, 내가 다르게 대했던 건 성주 너 하나뿐이었어. 예전에도 난 다른 여자들에겐 이랬어."

"……."

그의 말엔 반박할 말이 없었다. 다른 여자에게 어떻게 했는지는 몰라도 확실한 건 그녀에게 하는 건 달라졌기 때문이었다.

"난……."

"이제 달라진 날 적응해야 할 거야."

그의 눈에 분노가 서려 있었다.

"이걸로 돈을 갚으라는 건가요?"

성주는 그가 뭘 원하는지 궁금했다. 단순히 이렇게 그녀를 모욕하는 걸 바라는 건지, 아니면 다른 무언가가 있는지 말이다.

"맞아."

"매일같이?"

"매일 오고 싶나?"

"아뇨, 저도 일은 해야 하니까요."

성주는 놀랄 만큼 침착하게 말했다. 그가 어떤 섹스를 하는지 성주는 누구보다 잘 알고 있었다. 그녀의 모든 기운을 다 빨아들이는 끝없는 섹스를 하는 그였다. 성주가 거의 기절을 할 정도가 되어야 끝이 나는 섹스였다. 그러니 매일 그와 함께 보낸다면 창빈이 병원에서 나오기 전에 그녀가 먼저 죽을지도 몰랐다.

"주말에만 와서 지내."

"주말이면 전 너무 바빠요."

"그럼?"

"제가 매주 화요일에 쉬니까. 쉬기 전날 올게요."

옷을 다 벗고 하는 대화치고는 아주 건조했다.

"좋아."

그는 활력이 넘치는 사람이었다. 예전에도 밤을 새워 섹스를 하고도 멀쩡하게 다음날 촬영을 하던 그였다. 주말에 고객이 많이 몰리는 특성상 그에게 맞추기는 불가능했는데 그가 이해해 주니 다행이었다.

하지만 의문이 생기기도 했다. 왜 돈 대신 섹스일까?

"왜 돈 대신에 이거죠?"

"돈은 필요 없으니까. 네가 가장 잘하는 일이기도 하고."

그녀가 잘하는 게 섹스라고 그는 또 한 번 말했다. 섹스는 그녀가 아니라 그가 더 잘했다. 자신을 버린 것에 대한 벌인 게 분명했다. 그는 돈 대신에 섹스를 원하고 있었다. 그리고 성주는 그가 원하는 걸 주면 되는 것이었다.

"그럼 다시 시작해 볼까?"

그의 눈빛이 위험스럽게 빛이 났다.

"이게 시작한다고 다시……. 읍!"

다시 할 수 있는 것이었다. 판이 깨졌다고 생각하는 순간 또 다른 판이 숨겨져 있었다. 신기한 일이었다. 그의 입술이 닿자 마치 봉인해제가 되는 것처럼 그녀의 욕망의 문이 단번에 열려 버렸다.

그만큼 성주의 몸이 재민을 기억한다는 뜻이었다. 그의 입술이 그녀의 입술을 잡아먹을 것처럼 거칠게 움직였다. 그리고 그의 혀가 그녀의 입안을 휘저으며 또 한 번 이성의 끈을 놓게 만들었다.

어떻게 이렇게 단번에 그녀를 무너트리는지 알 수 없었다. 그의 손이 그녀의 맨가슴을 잡아서 주무르고 있었다.

"으으응……."

그가 유두를 살짝 비틀자 성주가 신음을 내뱉었다. 온몸에 전율이 흐르고 있었다. 이렇게나 그를 원하다니 성주는 자신에게 놀랐다. 그의 손길이 점점 더 대담해지며 아래로 향하기 시작했다.

기대에 찬 그녀의 여성이 부끄러운 줄도 모르고 촉촉하게 젖어들었다.

"아…… 흐……."

그의 손이 그녀의 여성을 잡자 성주는 몸을 활처럼 휘었다.

"아주 음란한 몸이야."

"아……."

그의 비웃는 말도 귀에 들리지 않았다. 그녀는 지금 자신의 몸을 관통하는 쾌감만 느끼고 있었다.

성주는 너무 부끄러웠지만 결국 욕망에 무릎을 꿇고 말았다.

"아아아앙……."

그가 자신의 페니스를 그녀의 질에 감질나게 문지르기 시작했다. 그녀의 애액이 그의 페니스를 적시고 있었다.

"제발……."

그는 그녀를 벌주고 있는 게 분명했다. 그러지 않고는 이렇게 애를 태울 수가 없었다. 돈의 대가를 지불하고 있었지만 성주는 쾌감에 몸을 떨었다.

"아웃……. 깊게……."

성주의 말에 그가 빠르게 자신의 페니스를 그녀 안에 넣었다.

"으윽."

오랜만에 받아들이는 페니스는 그녀 안으로 쉽게 들어오지 않았다.

"너무 타이트해……."

"아아악!"

아프긴 그녀도 마찬가지였다. 하지만 지금껏 그랬듯이 그녀의 여성도 그의 페니스의 맛을 기억하고 있었다. 빠르게 움찔거리며 그녀의 질이 그를 받아들이고 있었다.

"헉헉……. 너무 좋아."

그의 입에서 감탄사가 터져 나오고 있었다. 그녀의 몸에 만족하던 그였다. 그건 지금도 변함이 없어 보였다. 그가 점차 빠르게 허리를 움직였다. 왜 이렇게 오랜 시간을 기다리게 했냐는 듯이 그의 페니스가 그녀의 질을 아주 빠르게 꾸짖고 있었다.

그들의 살 부딪치는 소리가 아주 야하게 방 안을 울렸다. 성주는 이제 부끄러움도 잊은 채 그의 어깨에 매달리기 시작했다. 달콤한 고통이었다.

"아아아앙……."

"으윽!"

그가 분신들을 그녀 안에 쏟아내고 그녀의 위에 무너져 내렸다.

"헉헉헉……."

그의 거친 숨소리가 그녀의 귓가를 울렸다.

"돈을 갚으려면 앞으론 더 적극적이어야 할 거야."

그가 거친 숨을 몰아쉬며 그녀에게 말했다. 성주는 정신이 번쩍 들었다. 지금 그녀는 단순히 섹스만을 하는 게 아니었다. 그녀는 지금 대가를 지불하고 있었다. 그런데 이상한 건 그가 피임을 하지 않는다는 것이었다. 왜 그런 것일까?

그에게 물어보려고 할 때 전화벨이 또다시 위험하게 울렸다. 집요하게 울리는 벨소리에 그가 욕설을 내뱉으며 몸을 일으켰다.

그의 개인 휴대폰 번호를 아는 사람은 많지 않았다. 그런데 이렇게 오래 울리는 걸 보면 급한 용무임에 틀림없었다.

"여보세요? 네, 어머니……."

한 번도 만난 적은 없었지만 그의 어머니는 그녀의 어머니처럼 모델이었다. 성주의 어머니가 늘 1등이었다면 만년 2등의 자리를 차지한 사람이 지금 재민의 어머니였다. 사진이나 예전 영상을 통해 재벌가로 시집을 간 유명 모델이라는 점 때문에 나중엔 엄마보다도 더 알려지긴 했지만 말이다.

그리고 성주가 재민의 어머니에 대해 확실하게 아는 건 성주를 아주 끔찍하게 싫어한다는 것이었다. 둘이 사귀는 걸 알았을 때는 이미 헤어지고 난 다음이었지만 재민이 그녀를 만난다는 사실을 알았다면 따라다니며 말렸을 거라는 말을 엄마의 친구에게 들은 적이 있었다.

그땐 이미 끝난 일이라고 생각해서 그랬는지 별로 마음에 담아 두지 않았지만 지금 이렇게 재민의 어머니의 전화가 오고 보니 다시 한 번 그때의 일이 떠올랐다.

"전 싫다고 말했어요."

재민이 어머니에게 화를 내고 있었다.

"결혼 생각은 없다고요."

결혼 때문에 의견 충돌이 일어난 모양이었다.

"전 M&T그룹 딸한테 관심이 없습니다."

재벌가의 딸과 결혼을 시킬 생각이었나 보다.

"저도 아버지처럼……."

그가 뒷말을 하지 않았다. 아마도 평범한 사람과 결혼을 하고 싶다는 말일 것이다. 하지만 그의 어머니는 평범한 사람이 아니었다. 단지 재벌이 아닐 뿐이지.

"알았으니까…… 끊습니다."

그가 어머니의 말을 듣지 않은 채 전화를 끊어 버렸다.

"뭐 하는 거지?"

성주가 몸을 일으켜 옷을 입고 있었다.

"맥이 끊겨서요."

그녀의 말에 그의 인상이 굳어졌다.

"그리고 오늘 동생 병원에도 가 봐야 하고, 내일 출근도 해야 하고. 약속대로 다음 주 휴무일 전에는 이곳에서 보낼게요."

그와의 약속은 지키고 싶었다. 재민은 지금 세상 그 누구보다 감사한 사람이니까. 그가 대가라고 얘기하니 그가 말하는 대가를 치르고 싶었다.

그녀가 옷을 다 입고는 그의 앞에 섰다. 그리고 따뜻한 미소를 지었다.

"고마워요. 아마 죽어서도 못 갚을 일을 해 줘서."

그리고 그의 입술에 살며시 입을 맞추었다.

"피곤할 텐데 쉬세요."

"병원까지 태워다 줄 테니까 기다려."

"아니에요."

"나한테 더 이상 거절을 했다가는 진짜 화낼 거야."

일종의 경고였다. 그녀는 재민이 옷을 입는 동안 침대에 앉아 있었다.

"그동안 운동을 많이 했나 봐요?"

"시간이 남아돌아서."

"……."

그처럼 시간에 쫓기는 사람이 없는데 참 이상한 말이었다. 하지만 이내 그의 잔근육에 시선을 빼앗긴 성주였다.

"이런 몸을 가져서 톱인가 봐요."

그녀의 얼빠진 표정을 보고는 그가 웃었다. 이런 분위기가 될 줄은 몰랐지만 이상하게 그를 보면 굶주린 짐승처럼 침을 흘리며 보게 되는 성주였다. 이제는 아닐 줄 알았는데 그는 여전히 성주를 사로잡고 있었다.

편안한 모직 바지에 스웨터를 입고 그는 무스탕을 걸치고는 그녀 앞에 섰다.

"가지."

턱이 빠지게 그를 보고 있는 성주에게 말했다. 정신을 차린 성주가 그의 뒤를 따랐다. 그리고 그의 붉은색 페라리에 몸을 실었다. 아직 이런 차는 익숙하지 않은 성주였다.

"……차가 멋져요."

오랜 침묵을 그녀가 깼다.

"난 화려한 게 좋아."

"알아요."

그녀도 그의 취향을 알았다. 그가 가진 모든 것 중에 유일하게 화려하지 않은 게 그녀였다. 하지만 예전에 그가 말했었다. 자신이 가진 모든 것 중에 그녀가 가장 화려하게 빛난다고 말이다. 지금은 아니겠지만……

병원에 도착해서 그는 그녀를 내려 주고는 곧바로 사라졌다.

"같이 들어갈 줄 알았는데……."

왜 이렇게 아쉬운 마음이 드는 건지 성주는 스스로의 뻔뻔함에 놀랄 정도였다. 그녀는 지금 돈 대신에 그에게 몸으로 대가를 지불하고 있는데 너무 많은 걸 기대한다는 생각이 들었다. 아마도 순간 예전의 그가 생각났기 때문일 것이다. 그래서 잠시 그가 그녀를 위하고 있다는 착각을 하고 있는 모양이었다. 성주의 입가에 쓸쓸한 미소가 번졌다.

"창빈아!"

"누나 왔어?"

생각지도 않게 동생은 특실에 있었다. 온몸에 붕대를 감고 있는 동생을 보니 마음이 아팠다.

"괜찮아?"

"응, 간병인 분도 친절하시고 수술도 잘됐다고 의사 선생님이 그랬어. 그리고 누나, 미안해."

"아니야, 네가 운이 없었던 거지."

"아 참, 오전에 재민이 형 왔다가 갔어. 그 형은 예전보다 지금이 더 멋있는 거 같아."

그가 다녀갔나 보다. 그녀에겐 차갑게 대해도 창빈에겐 친절하게 구는 모양이었다.

"병원비 걱정하지 말고 빨리 나아서 사시나 잘 보라고 하더라고."

"……."

"둘이 다시 만나기로 했다던데?"

그가 동생에겐 잘 둘러댄 모양이었다.

"그렇게 됐어."

"잘된 일인 것 같아. 누나가 그때 형을 그렇게 찬 거, 난 이해가 가지 않았거든. 형이 우리 학교까지 찾아와서 누나 좀 만나게 해 달라고 한 거 기억나? 나 그때 진짜 난감했었어."

그녀는 그때의 일이 떠오르자 마음이 아팠다. 지금은 돈 대신에 육체적인 관계만 맺는 사이지만 한때는 너무나 사랑했던 남자였다.

"수술이 잘되긴 했네. 이렇게 멀쩡한 거 보니까."

"누나, 그런데 너무 늦었다. 내일도 시즌이라서 근무해야 하잖아. 빨리 가. 얼굴 봤으니까 됐어. 그리고 간병인 삼촌이 아주 잘 해 주셔."

소변줄 때문에 남자 간병인으로 구해 준 모양이었다. 거기다가 창빈의 거동이 불편하니 힘을 쓰는 남자가 나을 것 같다고 그가 특별하게 부탁했다고 했다.

"누나가 형한테 고맙다고 나 대신 다시 한 번 말해 줘."

"알았어."

병실을 빠져 나오며 성주는 그의 핸드폰에 배려해 준 모든 것에 감사한다는 문자를 보냈다. 이렇게 세세한 곳까지 신경을 써 주리라고는 상상도 하지 못했었다.

병실을 나오는데 병원 앞에 그의 붉은색 페라리가 서 있었다.

그가 그녀를 기다리고 있었다. 그녀가 멍하게 차를 보고 서 있자 그가 차창을 내리더니 오라고 손짓을 했다. 매너 있게 나와서 문을 열어 주는 건 그의 스타일이 아니었다.

"기다린 거예요?"

"아니."

무뚝뚝함이 뚝뚝 떨어지고 있었다. 마음에도 없는 소리를 할 때면 늘 이랬다. 그는 달라졌다고 하지만 그녀가 본 그는 예전이나 지금이나 똑같았다. 겉은 단단하지만 안은 한없이 부드러운 사람이었다.

그럼에도 성주는 재민의 마음이 완벽하게 그녀에게서 떠났다고 생각했다. 그가 친절을 베푼다고 예전의 마음이 돌아오는 건 아니니까. 그걸 모를 정도로 성주는 바보가 아니었다. 돈이 없는 그녀에게 받을 수 있는 게 섹스밖에 없기에 그는 돈 대신에 그녀를 만나는 것이었다. 그 이상을 바라는 건 욕심이었다.

그들은 한동안 말이 없었다. 예전엔 차에 앉기만 해도 떨어지기 싫어서 손을 꼭 잡았는데 지금은 언제 그랬나 싶을 정도였다. 조수석에 가만히 앉아 그의 손을 힐끔 보았다. 남자답고 강한 손이었다.

그의 손을 이렇게 내려다보고 있으니 예전의 일들이 떠올랐다. 처음 그를 본 그 순간은 지금도 잊을 수가 없었다. 대학교에 입학

하면 모델 학원에 등록해 준다는 엄마의 말에 그녀는 열심히 공부해서 엄마가 원하는 대학에 합격했고 엄마도 약속대로 학원에 등록해 주었다.

그녀가 그 학원을 택한 유일한 이유는 최재민을 배출한 에이전시와 한 회사라서였다. 왜냐면 혹시나 최재민과 우연히라도 만나지 않을까 라는 기대 때문이었다.

하지만 그들이 만난 건 학원이 아닌 아버지 회사의 광고 촬영장이었다. 아버지의 회사 일엔 관심 없었지만, 최재민이 온다는 말에 성주는 아버지를 졸라 촬영장에 갔었다. 그를 처음 본 순간 주변의 모든 게 사라지고 재민만이 그녀의 눈에 들어왔다.

스물한 살 그녀의 눈엔 최재민이 세상의 전부였다. 그날 촬영장에서 아버지가 그녀를 재민에게 소개해 줬고 둘은 사진을 같이 찍었다. 그것만 해도 영광인데 재민이 자신의 번호를 그녀에게 알려 주었고 그녀의 전화번호도 알아 갔었다.

성주는 광고주에 대한 예의라 생각했지만 그녀에게 먼저 연락을 한 건 최재민이었다. 첫눈에 반했다는 말을 서슴없이 하는 그에게 성주는 순식간에 깊이 빠져들었다. 그렇게 그들의 뜨거운 사랑은 1년 정도 이어졌고 아버지의 부도와 부모님의 자살 때문에 그녀는 그를 버리고 말았다.

외면하고 있던 죄책감이 떠올라 성주는 재민에게 너무 미안했다. 정신을 차리고 보니 그의 집이었다. 그녀의 집이 아니었다.

"여긴……."

"오늘은 혼자 있기 싫어. 크리스마스이브니까."

"……."

그의 말에 토를 달고 싶지 않았다. 사실 그녀도 크리스마스이브를 TV와 함께 보내고 싶은 마음은 없었다. 다시 그의 집에 도착한 그들은 처음과는 다르게 소파에 앉았다. 성주는 그의 집을 둘러보았다.

"아까는 못 봐서……."

"그랬을 거야."

그가 와인잔을 그녀에게 건넸다.

"배고프지 않아요?"

그녀의 말에 그가 피식 웃었다. 그러더니 치즈 케이크와 치즈를 그녀 앞에 놓았다. 성주는 그의 눈치를 보지 않고 일단은 앞의 음식들을 먹어 치웠다.

"왜 안 먹어요?"

"많이 먹어. 난 다른 게 먹고 싶으니까."

그의 말에 성주는 귀까지 빨개졌다. 그리고 그의 시선을 피했다. 오늘 또 한 번 섹스를 한다면 내일은 정말 일어나지도 못할 것 같았다.

"들어가자."

"……."

"왜?"

"그냥 잠만 자는 거예요?"

"그래."

"왜 이렇게 믿음이 안 갈까요?"

그녀의 말에 그가 피식 웃었다.

"사우나 할래? 반신욕도 좋고."

"아뇨, 다음에 할게요. 오늘은 그냥 샤워만 하고 잘래요."

그녀가 자리에서 일어나자 그도 그녀의 뒤를 따랐다.

"그런데 내일 같은 옷을 입고 가면 좀……."

말이 많은 곳이었다. 괜한 꼬투리를 잡히고 싶지 않았다.

"옷 있으니까 그거 입어."

"네?"

그녀의 손을 잡은 그가 드레스룸 한쪽에 있는 상자 앞으로 그녀를 데려갔다.

"뭐예요?"

"옷 사는 게 취미라서 예쁘면 여자 옷도 사지."

"아무리 취미라도 이렇게 비싼 명품들을 그냥 방치해요?"

"가져."

"네?"

"마음에 들면 가져도 좋아."

그가 무뚝뚝하게 말하고는 욕실로 들어갔다. 첫 번째 상자를 열어 보니 가격표가 그대로 붙어 있는 실버블루 컬러의 밍크코트였다.

"헐……."

너무 엄청난 금액이라서 얼른 뚜껑을 닫았다.

"미쳤어."

그녀의 연봉의 반인 옷이었다. 성주는 옷 구경을 포기하고 아침에 집에 들렀다가 가야겠다고 마음먹었다. 이건 그녀가 가질 수 있는 옷이 아니었다.

"안 들어와?"

"네?"

"빨리 씻으라고."

"먼저 씻으세요."

벌컥!

깁자기 욕실 문이 열리더니 그가 물이 뚝뚝 떨어지는 채로 그녀에게 돌진을 했다. 그리고는 뭐라고 할 사이도 없이 그녀를 안아 들고는 욕실 안으로 들어갔다.

"옷이 젖는다고요."

"새 옷 입어."

"저 옷은 입을 수 없어요."

"왜?"

"부담스러워요. 그리고 옷 벗을 테니까 잠깐만 비켜 줄래요? 읍!"

하지만 소용이 없었다. 그가 젖은 몸을 겹쳐 왔기 때문이었다. 하지만 성주는 그를 밀어내지 않았다. 솔직히 그러고 싶은 마음이 없었다. 재민이 그녀의 몸을 원하듯이 그녀도 재민의 몸을 원했다.

그가 어떤 마음이든 간에 성주는 아직 재민을 사랑하고 있었다. 한번 만나게 된다면 다시는 그를 놓지 못할 거란 걸 알았기에 성주는 그와 마주치지 않기를 바라고 또 바랐다. 하지만 이왕 이렇게 된 거 그동안 참아 왔던 걸 다 풀어 버리고 싶었다.

그리고 그녀가 얼마나 그를 원했는지 몸으로라도 말하고 싶었다. 그녀의 옷을 그가 다급하게 벗기려고 하자 성주가 그의 손을 잡았다.

"내가…… 벗을게요."

"……."

그녀의 말에 그가 하던 걸 멈추었다. 그리고 그녀를 뚫어지게 보고 있었다. 타들어 가는 그의 눈빛에 성주는 미칠 것만 같았다. 그의 눈동자가 원래 저렇게 칠흑같이 어두웠는지 기억나지 않았다.

그의 가슴이 거친 호흡 때문에 들썩이고 있었다. 성주가 마지막 속옷을 벗자마자 그가 그녀에게 달려들었다. 그리고 거칠게 그녀의 입술을 빼앗았다.

"으으음……."

"헉헉……. 누가 널 가졌다면 죽여 버렸을 거야."

"……아무도 없었어요."

"아무도 없었어야 해."

그가 소유욕을 보이고 있었다. 성주는 그의 이런 말 한마디에 기뻐하는 자신을 보며 한심하다는 생각을 했다. 그저 말일 뿐이었다. 섹스에 흥분한 상태로 그가 하는 말을 액면 그대로 받아드릴 순 없었다.

그가 그녀의 손을 잡고는 샤워부스 안으로 들어갔다. 그와 섹스 후에는 반드시 샤워를 같이했었다. 처음엔 그녀가 원해서였고 나중엔 아주 자연스럽게 같이하게 되었다. 때로는 장난도 치고 때로는 야릇하게 그들은 같이 샤워하는 법을 알아갔고 좋아했었다.

하지만 지금은 어색했다. 물론 그동안 오랜 시간이 흘렀기 때문이었지만 진짜 이유는 너무 야릇할 것 같았기 때문이었다. 그의 거친 숨소리가 그가 얼마나 흥분했는지를 말해 주고 있었다.

샤워기의 물을 틀고 그는 바디클렌저를 거품 솜에 묻혀 거품을 냈다. 그리고 샤워기의 물을 끄고는 그녀를 자신의 품에 안았다. 그가 뒤에서 그녀의 몸을 아주 천천히 비누칠하기 시작했다.

그의 손이 닿는 곳마다 미칠 것 같은 쾌감이 몰려왔다.

"그만……."

"왜?"

"내가…… 할게요."

"싫어?"

"아뇨, 그 반대예요. 내가…… 이상해질 것 같다고요."

그녀가 항의했지만 그는 여전히 그녀의 몸에 비누칠을 하고 있었다.

"예전엔 여기를 닦아 주면 좋아했지."

"안 돼요……. 아아앙……."

그가 그녀의 여성에 거품을 칠하기 시작했다. 그리고 소리가 나도록 만지고 있었다.

"아아앙……."

미끄러운 비누와 그의 손길 때문에 성주는 거의 정신을 잃을 것 같이 신음을 하고 있었다. 다리에 힘이 풀려 서 있기 힘들 정도까지 그는 그녀를 독하게 밀어붙였다.

"헉헉, 그만해요."

그제야 그가 샤워기의 물을 틀어 비누거품을 닦아 내 주었다. 그리고 자신의 몸을 씻은 후에 그녀를 수건으로 감싸 안고는 침대로 향했다. 처음과는 다르게 부드러운 키스를 한 재민이었다.

그가 부드럽게 키스를 하는 건 어울리지 않았지만 이런 키스도 마음에 드는 성주였다. 하지만 그의 배려심은 여기까지였다. 그녀의 입술을 빨아들이면서 그의 호흡이 점차 빨라지고 있었다.

강하게 밀고 들어오는 그의 혀 때문에 성주는 숨을 쉴 수가 없었다. 그녀의 육체를 간절히 원하는 그의 마음을 그대로 느끼고 있었다. 이번엔 성주가 그의 목에 팔을 감고 매달리기 시작했다. 그가 주는 쾌감에 그녀는 조금이라도 솔직해지고 싶었다.

그래서 더 열정적으로 그에게 매달렸다. 그의 혀가 그녀의 온몸을 다 훑고 지나가고 있었다. 하얗고 풍만한 가슴을 지나 핑크색의 유두를 빨아들이더니 점점 더 아래로 위험스럽게 내려갔다.

"아아앙……."

그의 입술이 그녀의 검은 숲에서 한참을 머물렀다. 마치 그녀에게 준비를 하라는 것처럼 그는 뜸을 들이고 있었다.

"안 돼요……."

그가 그녀의 다리를 벌리더니 얼굴을 여성에 가져다 댔다. 그가 하는 행동이 두려운 게 아니라 그가 지금부터 그녀에게 안길 쾌락의 무게를 감당하지 못할 것 같아 두려웠다.

"재민 씨……."

그녀보다 네 살이 많은 재민이었다. 하지만 이상하게 오빠란 말은 어색했다. 그래서 그녀는 그를 부를 때 언제나 재민 씨라고 불렀다. 사장이 아닌 재민 씨라고 부른 건 처음이었다. 그의 욕망으로 짙어진 눈동자 안에 그녀가 가득 담겨 있었다.

그가 예전처럼 그녀를 사랑한다면 얼마나 좋을까? 하지만 그건 어디까지나 그녀의 바람일 것이다. 자신을 매정하게 찬 여자에게 그는 지금 복수란 걸 하고 있었다. 가장 가슴 아픈 방법을 선택한 그였고 그의 계획은 적중했다.

뜨거운 육체의 향연이 펼쳐지고 있는 이 방에서 진심인 건 오로지 그녀 하나뿐이었다. 이렇게 그녀를 미치게 만들어 놓고 예전에 그녀를 버린 것처럼 언젠가 그도 그녀를 버릴 것 같았다.

'견딜 수 있을까?'

이번엔 그때보다 더 힘들 것 같았다.

"집중해."

"……."

그가 그녀의 다리를 넓게 벌리고는 그 가운데 섰다. 그녀의 시선은 그의 커다란 페니스를 향했다. 그동안 어떻게 잊고 살았을까? 의문이었다. 그의 피부처럼 어두운 브라운색인 그의 페니스는 어마어마한 크기를 자랑했다.

처음엔 그의 페니스를 받아들이면 죽을 것 같았는데 나중엔 그의 페니스 없인 못 살 것 같다는 생각을 했었다. 그가 자신의 페니스를 잡고는 그녀의 질에 가져다 댔다. 살이 닿는 느낌이 짜릿했다.

그의 페니스가 들어온다면 더 짜릿할 것이다. 기대감에 성주의 호흡이 거칠어지고 있었다.

"빨리……."

"으윽!"

"아아악!"

여전히 그의 페니스가 들어올 때는 고통스러웠지만 잠시 후 그녀의 애액에 젖은 페니스는 격한 쾌감을 선물했다.

"아아아앙."

살 부딪치는 소리와 함께 그녀의 신음이 침실 안을 울리고 있었다. 지칠 줄 모르는 그가 성주의 영혼까지 빨아들일 것처럼 격하게 움직였다. 성주는 그의 목에 팔을 두르며 그에게서 떨어지지 않게 양쪽 다리로 그의 허리를 감았다.

퍽퍽퍽!

그의 허리 짓은 점점 더 격렬해지고 있었다. 하루 종일 사람들에게 시달리고 두 번의 섹스까지 한 성주는 너무 지쳤다. 하지만 그를 뿌리치고 싶지 않았다.

"으으윽!"

그가 마지막을 향해 달리고 있었다.

"아아아……."

"윽!"

그의 분신들이 또다시 그녀의 몸 안에 뿌려졌다.

"헉헉헉……."

"피임은……."

"하지 마."

"네?"

"섹스만으로 끝낼 거란 생각을 한 거야?"

"그럼……?"

그가 몸을 일으켰다. 성주는 그의 말이 잘 이해가 되지 않았다. 몸으로 갚으란 말을 한 건 그였다. 그녀가 가장 잘하는 걸로 갚으라고 했다. 그런데 이건 또 뭔지…….

"난 후계자를 원해. 물론 여자든 남자든 상관없어."

후계자란 말에 성주의 정신이 번쩍 들었다.

"하지만…… 재민 씨와 결혼하려는 사람은 줄을 섰어요."

"알아."

재민도 그 사실을 부인하지 않았다. 자신이 여자들에게 인기가 많다는 사실을 그도 잘 알았다. 그가 침대에 앉아 평소에 피우지 않았던 담배를 입에 물었다. 그가 담배에 불을 붙이자 연기와 함께 벌거벗은 몸의 그가 더욱 섹시하게 느껴졌다.

"후계자라니……. 말도 안 돼요."

"말이 돼."

그가 고집을 부렸다.

"재민 씨 어머니가 용납하지 않으실 거예요. 회장님도 그렇고요."

"반대야 있겠지. 하지만 난 바쁘고 아직 결혼 생각은 없어."

"그럼 아이도 나중에 낳으면 되잖아요."

"아니, 아기는 지금 낳을 거야."

억지도 이런 억지가 없었다.

"사내아이면 더 좋기야 하겠지만 여자아이여도 상관없어."

재민이 4대독자였다. 손이 귀한 집이었다. 그러니 아이에 대한 열망이 있는 건 알지만 나중에 그가 결혼을 한다면 부인의 입장에 선 다른 여자의 아이가 대를 잇게 되는 것이었다.

"안 돼요."

"결정하라는 게 아니야."

"……."

그의 차가운 한마디에 성주는 더 이상 말하지 못했다.

"아이를 빨리 갖는 게 우리를 위해서도 좋아."

"우리요?"

"난 후계자를 가질 수 있고 성주는 돈을 갚을 수 있으니까."

돈을 이런 식으로 갚을 거라곤 생각하지 못했었다.

"섹스만 하면 되는 거 아니었나요?"

"본인의 값어치가 얼마나 된다고 생각해?"

할 말이 없었다. 그녀가 알고 있는 병원비는 지금 그녀의 입장에선 어마어마한 돈이었다.

"사내아이만 낳아 준다면 창빈이가 사법고시를 패스할 수 있도록 아낌없이 지원해 주지."

솔깃한 제안이었다. 하지만 그의 제안대로 어쩔 수 없이 아기를 낳는다면 성주는 아이를 직접 기르고 싶었다.

"그럼 아이는 누가 키우죠?"

"원한다면 성주가 키울 수도 있어."

그렇게만 된다면 성주의 입장에선 손해 보는 일은 아니었다. 태어날 아이도 재벌 아빠가 있는 건 나쁜 일이 아닐 것 같았다.

"생각해 볼게요."

"아니, 결정권은 나에게 있어."

그는 단호했고 성주는 더 이상 그를 말릴 수가 없었다. 몸은 피곤한데 잠을 이룰 수가 없었다. 거의 뜬눈으로 밤을 새우고 있는 성주는 옆에서 세상모르고 잠들어 있는 재민을 보았다. 달빛이 비쳐 잘생긴 얼굴에 음영이 더해지면서 신비로운 분위기가 만들어지고 있었다.

성주는 저도 모르게 그의 눈썹에 손가락을 올려 보았다. 그는 피곤했는지 그녀가 만지는데도 미동도 없이 잠이 들어 있었다. 살며시 그의 눈썹을 쓸어 보았다. 그가 잠들어 있으면 언제나 하던 행동이었다.

재민이 그녀의 남자일 때 말이다. 하지만 지금의 재민은 그녀의 남자가 아닌 채권자였다. 그녀에게 돈을 받기 위해 아이를 낳아 달라는 황당한 말을 한 남자였다. 하지만 그게 황당한 농담이 아닌 진심이라는 걸 성주는 알고 있었다. 재민은 빈말을 하는 사람이 아니었다. 그녀가 이별을 말했을 때 그는 울며 사정했다.

그 당시에는 그가 우는 걸 처음 봐서 너무 당황하고 마음이 아팠지만, 그녀는 모질게 그를 차 버렸다. 그때 그가 말했다. 그녀의 이대로 자신을 떠나면 눈에서 피눈물이 나게 만들어 버리겠다고 말이다. 성주는 깊은 한숨을 내쉬며 억지로 잠을 청했다.

정말 그는 성주의 가슴을 후벼 파기 시작했다. 그리고 이 복수의 끝이 어디인지 모르기에 성주는 두려웠다.

3. 빚진 사랑

출근길에 모든 시선이 자신에게 쏠려 있는 것 같아 성주는 불편했다. 가뜩이나 밤을 새운 탓에 눈이 무거운데, 지금 그녀가 걸친 옷은 모르긴 몰라도 백화점 과장의 1년 치 연봉쯤은 될 것 같았다.

명품 밍크의 가격이 더 비싸면 비쌌지 덜하진 않을 것 같았다. 그리고 이곳은 백화점이었다. 다들 평소에 본 게 있으니 이 밍크 가격을 단번에 알아차릴 게 뻔했다. 거기에 속옷까지 다 명품으로 풀 장착을 했다.

"여기서 이 브랜드 모르면 바보지."

그녀는 절로 한숨이 나왔다. 로커 옆자리인 두리도 유니폼으로 갈아입으면서 그녀를 보고는 감탄 어린 시선을 보냈다.

"언니, 오늘 완전 예뻐요."

"그래?"

"언니 거예요?"

그럴 줄 알았지만 두리가 단번에 알아봤다.

"아니, 잠깐 빌려 입은 거야."

"아……."

그녀의 옷이라고 보기는 어마어마한 액수이기에 사람들에겐 빌려 입었다고 말하는 게 더 이해시키기 쉬울 것 같았다.

"어쨌든 예뻐요."

"고마워."

"오늘도 파이팅이에요!"

"그래."

크리스마스에 날밤을 새우고 근무를 한다는 건 미친 짓이었다. 간밤의 후유증이 성주의 몸을 강타했다. 코피를 두 번이나 쏟고 몇 번을 휘청이고 나서야 폐점을 알리는 음악이 울렸다.

"언니, 괜찮아요?"

"아니……."

"아닌 것 같아요. 얼굴도 창백하고 금방 쓰러질 것 같아요."

오늘은 정말 최악의 컨디션이었다. 거기다가 달갑지 않은 시선이 자꾸 그녀를 향해 있었다.

"언니, 점장님 눈에서 레이저가 나오고 있어요."

"왜?"

폐점 음악소리에 다시 기운이 솟았다. 집까지는 무사히 갈 것 같았다. 그런 생각에 솔직히 두리의 말에는 건성으로 답하고 있었다. 오늘은 병원에 들렀다가 집에 가면 그대로 잠들어 버릴 것 같았다.

"왜라뇨? 오늘 언니가 점장님 말을 깔끔하게 씹었잖아요."

"내가? 언제?"

"와……. 진짜……."

무슨 영문인지 알 수가 없었다.

"언니가 오늘 저녁 먹자고 말한 점장님의 말을 깠어요."

"내가?"

"그것도 세 번이나."

"아니야."

"와……. 나도 봤어요."

정신이 번쩍 들었다. 그렇다고 그대로 뒀다가는 눈에 쌍심지를 켜고 덤벼들 텐데 걱정이었다.

"어쩌지?"

"어쩌긴요. 미안하다고 하고 밥 먹어야지."

"같이 가자……."

"가고 싶은데 남자친구 와 있어요…….."

"후…….."

정말 피곤해서 가기 싫었다. 점장이 좋고 싫음은 그다음 문제였다.

"아직도 레이저를 쏘고 있어?"

"당근이죠."

"죽을 맛이군."

정말 피곤했다. 아무것도 하기 싫었지만 안 할 수도 없는 상황이었다.

"수고하셨습니다!"

폐점 음악이 끝이 나고 마감을 해야 하는데 성주는 점장의 앞으로 갔다.

"점장님…….."

"…….."

"오늘 저하고 저녁 드실래요? 아까는 정신이 없어서 못 들었어요. 제가 어제 한숨도 못 잤거든요."

"…….."

"마감하고 트리 앞에서 기다릴게요."

"…….."

점장은 답이 없었지만 화도 내지 않고 있었다. 심술궂은 아이를 달래는 느낌이었다. 그렇게 성주는 서울에서 가장 화려한 크리스마스트리 앞에서 점장을 기다리는 신세가 되었다.

한참을 기다린 후에야 점장이 나왔다. 오늘 정장 코너는 완전 고객 폭탄을 맞았다. 크리스마스 특가전을 했기 때문이었다. 덕분에 와이셔츠와 넥타이도 많이 팔렸다. 그래서 더 고단한 하루였다.

"수고하셨습니다."

"고생했어."

"네."

성주는 아주 깍듯하게 인사를 했다.

"근처에 맛있는 삼겹살집이 있어요. 김치찌개도 잘하고."

"가지."

점장은 비싼 한우보다는 삼겹살을 좋아한다고 두리가 귀띔해 주었다. 실수를 했으니 만회를 하고 싶었다. 점장도 싫은 눈치는 아니었다. 오늘 입은 명품 옷이 좀 걱정이 되긴 했지만 그래도 드라이해서 돌려주면 되는 것이었다.

"오늘 아주 예쁘네. 명품이 아주 잘 어울려."

"진╫한테 오늘만 빌렸어요."

"어쩐지……."

점장이 그녀가 명품을 입는 게 이상하다는 듯 말해 마음이 상했다. 그래도 지금은 점장과의 관계가 안 좋아지면 안 되는 상황이라서 기분이 나빠도 끝까지 미소를 잃지 않았다.

"그런데 왜 저녁을 먹자고 하셨는지……."

"그냥."

"네?"

"남자가 여자가 좋아서 먹자고 하는 거지. 다른 이유가 있을까?"

쓸데없이 남자 복이 터졌다. 짜증이 확 하고 밀려오는 성주는 인상을 쓰지 않으려 노력하고 또 노력했다. 삼겹살에 소주를 주거니 받거니 하며 무난하게 시간을 보내고 있는데 걱정했던 문제가 터지고 말았다.

"나는 어때?"

"네?"

"결혼 두 번 했다고 해도 아기는 없고. 서울에 아파트 한 채 있고. 살 만큼 벌고 생긴 것도 이 정도면 굿이고. 어떠냐고?"

결혼도 하지 않고 아기도 없고 서울에서 가장 비싼 대저택에 살고 돈은 넘쳐 나고 생긴 건 따라올 사람이 없는 재민 때문에 머리가 터질 것 같은데 먼지만도 못한 게 자기 자랑질이었다.

"전……."

"거절 같은 건 하지 마."

재민과 점장 둘이 짠 모양이었다. 그녀의 입을 막고 자신들이 하고 싶은 대로 하기로 마음을 정한 모양이었다.

"전 점장님을 상사론 좋아하지만……."

어쨌든 부드럽게 거절하고 싶었지만 점장이 그녀의 말을 잘라 버렸다.

"정성주 씨!"

"네."

"내가 거절 같은 건 하지 말라고 했을 텐데?"

"점장님의 말씀은 알겠는데……. 전 남자친구가 있습니다."

그가 코웃음을 쳤다. 믿지 않는 모양이었다.

"골키퍼가 있다고 골이 안 들어가나? 남편만 아니면 돼."

"남편이 될 사람입니다."

확실하게 선을 그어야 했다. 어물쩍거리다가는 진짜 점장에게 끌려 다닐 것 같았다.

"그럼 데리고 와 봐. 누굴 바보로 알고."

"그게 아니라……."

"이번은 봐주지만 다음엔 정말 남자친구를 데리고 와야 할 거야."

점장은 그녀가 남자친구가 없다는 걸 알고 있는 것 같았다. 그래도 봐준다는 표현은 어이가 없었다.

"내가 조사해 보지 않고 덤벼들었을 거라고는 생각하지 마."

"……."

"동생하고 둘만 살고 있다는 것도 알아."

소름이 돋았다. 무슨 스토커도 아니고 그녀의 개인사까지 알고 있다는 게 무서웠다.

"언제부터 저에게 관심을 가지신 건지 모르겠지만 제가 남자친구가 있다는 건 거짓말이 아닙니다."

"그러니까 보자고."

점장은 이상한 눈빛으로 그녀를 보았다.

"저한테 왜 이러시는지……."

"내가 좋아하는 사이즈거든."

"네?"

"가슴 크고 허리 가늘고 엉덩이 볼륨 있고."

이제 아주 노골적으로 그녀를 희롱하는 말을 하고 있었다. 이건 직장 내 성희롱이었다. 신고를 해야 하는 것인지 망설였지만 재민이 알아봐야 좋을 게 없어서 꾹 참고 있는 성주였다.

"회사에 뼈를 묻고 싶다고?"

"……."

"나한테 안 좋게 보여서 좋을 건 없지."

지금 아예 대놓고 협박을 하고 있었다.

"결혼을 하자는 것도 아니고, 잠깐 만나 보자는 건데 뭘 그렇게 빼?"

이제는 생트집이었다.

"점장님, 전 남자친구가 있고 점장님은 제 스타일이 아니십니다."

"홋!"

그가 비웃었다.

"아직 사회생활을 할 줄 모르는군. 난 지금 자자고 말하고 있는 중이야. 그럼 성주도 편하고 나도 좋고."

"전 그럴 마음이 없습니다. 그만 일어나겠습니다."

더 이상 듣고 있을 수 없었다.

"앉아."

그녀는 그 말을 무시한 채 그대로 일어나 밥값을 계산하고는 나왔다. 그리고 택시를 타고 바로 병원으로 향했다.

"나쁜 새끼!"

그녀가 부모 없이 동생과 살고 있다고 아주 대놓고 무시하고 있었다. 이런 식으로 무시를 당할 이유는 없었다. 아무리 점장이라도 도를 넘은 말이었다. 하지만 성주는 참을 수밖에 없었다.

아무리 재민의 여자가 된다고 해도 그건 어디까지나 동생의 병원비 문제를 해결하기 위한 것이지 그녀의 생활비를 해결하기 위한 건 아니었다. 직장에서 해고되지 않으려면 참아야 했다. 병원으로 향하는 내내 그녀의 마음이 좋지 않았다.

"누나!"

병실에 들어서자 그래도 그녀를 반갑게 맞아 주는 동생이 있어서 너무 행복했다.

"붕대 미라 같아."

한쪽 다리와 한쪽 팔, 그리고 머리까지 붕대를 감고 있는 동생이었다. 그래도 아픈 티 안 내고 멍이 잔뜩 든 얼굴로 웃고 있는 동생이 안쓰러웠다.

"오늘은 어때?"

"괜찮아."

"우리 창빈이가 이제 다 컸네."

그녀가 창빈이의 얼굴을 쓰다듬자 창빈이 인상을 썼다.

"누나, 내가 애야?"

창빈이는 그녀가 애 취급하는 걸 싫어했다. 아무래도 집안의 하나뿐인 남자이고 장남이다 보니 어려도 어른스러운 면이 있었다.

"내가 사과할게."

안 그런다고 하면서도 그녀의 눈엔 언제나 아기 같은 창빈이었다.

"오늘도 재민이 형 다녀갔어."

"오늘도?"

"어, 저기 저 케이크 사 들고 와서 오늘 누나 못 올지도 모른다고 하던데?"

알긴 아는 것 같았다. 그녀가 오늘 얼마나 피곤했는지를 말이다.

"크리스마스에 입원해 있어서 어떻게 하냐고 하더라? 아주 자상한 것 같아. 예전에도 그랬지만 말이야. 누나랑 잘 돼서 매형이 되면 아주 좋을 것 같아."

"……그 정도 사이는 아니야."

"그래?"

동생은 더 이상의 말은 하지 않고 케이크를 먹으라고 권했다. 따뜻한 면이 있다는 건 알았지만 지금은 달갑지 않았다. 케이크 값은 또 무엇으로 받으려 들지 걱정이었기 때문이었다.

병원에서 나온 성주는 하늘에서 내리는 눈을 보며 서 있었다.

"화이트 크리스마스가 아닐 줄 알았는데…… 눈이 내리네?"

손을 뻗어 그녀의 손안에 닿는 눈을 물끄러미 보았다.

"사라지는구나."

지금 그녀와 재민의 관계인 것 같다는 생각이 들었다. 언젠가는 헤어질 그런 관계 말이다. 그렇게 생각을 하니 우울했다.

그녀의 핸드폰이 가방 안에서 요란하게 울리고 있었다. 가방을 뒤져서 핸드폰을 찾은 성주는 전화를 받았다.

"여보세요?"

[어디야?]

"병원이요."

[피곤해서 오늘은 안 갈 줄 알았는데······.]

"덕분에 오늘 코피를 두 번 쏟고 쓰러질 뻔했지만 지금은 괜찮아요."

[······내일도 근무해?]

"네."

[어디야?]

"병원이라니까요."

[병원 어디냐고.]

그가 살짝 짜증을 내고 있었다. 하지만 같은 말을 연속해서 묻는 그에게 성주도 짜증이 났다.

"여기가 응급실 앞이요."

[기다려.]

그가 오려는 모양이었다. 그런데 그의 마세라티가 1분도 되지 않아 그녀의 앞으로 왔다.

"어? 병원에 있었던 거야?"

하긴 그녀가 오늘은 평소에 나오는 출구가 아닌 반대쪽으로 나왔다. 이쪽으로 가야 지하철이 더 가까웠기 때문이었다.

"타."

"병원에 있었어요?"

그녀가 차에 오르며 물었지만 그는 답하지 않았다.

"옷은 드라이해서……."

"가져."

"부담스러워요."

"난 입지도 못해."

"……."

그는 더 이상 말하기 귀찮은 것 같아 성주도 입을 다물었다.

"집으로 가요."

"오늘은 그렇게 하려고."

"고마워요."

"병원엔 왜 온 거예요?"

"……."

말하기 싫은 모양이었다. 어쨌든 집까지 편하게 가니 마음은 좀 불편해도 좋게 생각하기로 했다.

그가 보기에도 그녀의 얼굴이 말이 아닐 것이다. 창백하고 까칠한 얼굴일 게 뻔했다. 그렇게 대화 없이 집까지 온 그들이었다.

"이사 준비해."

안 보던 사이에 재민에게 뜬금없이 사람을 놀라게 하는 재주가
생긴 것 같았다.

"……네?"

"다 버리고 와도 돼."

그녀가 가난하다고 무시하는 것같이 느껴졌다.

"……."

"창빈이가 퇴원하면 우리 집으로 들어와. 창빈이가 지낼 곳은
따로 마련했어."

"하지만 계약 기간이……."

"그건 우리 변호사가 알아서 할 거야."

뭐든 지시만 내리면 바로바로인 모양이었다. 그녀야 집세도 안
나가고 좋은 집에서 지내니 좋지만, 창빈이까지 신세 지게 할 수
는 없었다.

"창빈이는 그냥 그 집에서 지내도……."

"고시원이 더 나을 거야. 그래야지 합격하지. 절로 보낼까 하다
가 병원 치료 때문에 고시원이 더 나을 것 같다는 생각을 했어."

"……."

뭐든 철저한 사람이었다. 회사에서나 개인적인 일이나 그는 완
벽했다. 가끔씩 무섭다는 생각이 들 정도였다.

"이사 준비 잘하고, 오늘은 아무것도 생각하지 말고 쉬어."

"네……."

그는 그렇게 그녀를 내려 주고는 사라졌다. 마치 남의 옷을 걸친 기분이었다. 그의 관심이 불편하기만 했다. 하지만 지금은 재민의 말에 따라야 한다는 걸 성주는 잘 알고 있었다. 그는 그녀를 사랑하는 게 아니라 지금은 철저하게 그를 위해 이용하려는 것뿐이었다. 그렇게 생각해야 했다.

"착각하지 말자."

이렇게 혼잣말을 하며 성주는 피곤한 몸을 이끌고 집으로 들어갔다.

명성그룹의 본가는 아름답고 화려하기로 유명했다. 집 안에 들어서면 중세시대 황금기의 황실 같은 느낌이었다. 영숙의 취향이 가득 묻어난 집 안은 명품 이태리 가구들로 즐비했다.

게다가 곳곳에 값비싼 명화와 조각상들이 집의 품위를 높여 주고 있었다. 영숙은 자신의 집에 만족했고 지인들을 집으로 초대하는 걸 즐겼다.

그녀는 자신의 화려한 삶을 사람들에게 보이는 것이 너무나 좋았다. 노점상의 딸로 태어나 아버지가 누군지도 모르던 그녀에게, 명성그룹의 최 회장은 황금 동아줄이었다. 거기다가 아들까지 낳았으니 처음에 반대하시던 시어머니도 나중엔 그녀를 며느리로 인정하셨다.

언제나 웃음만 지을 것 같던 영숙이 오늘은 안절부절못하며 거실을 서성이고 있었다.

"사모님."

박 집사가 정신 사납게 돌아다니는 그녀를 불러 세웠다.

"나 좀 가만히 둬."

"……."

괜히 박 집사에게 화를 낸 영숙이었다.

"그 계집애가 왜 다시 나타난 거야?"

"도련님께서 계속해서 정성주 씨 옆에 사람을 붙여 두신 모양입니다."

"뭐? 5년이나 지났는데 아직도 못 잊었단 말이야?"

영숙은 거실을 서성이며 네일아트를 받아 잘 정돈된 손톱을 물어뜯기 시작했다. 불안할 때마다 하는 행동이었다.

"M&T 따님을 소개해 주신 사모님께서 오늘 전화를 또 주셨습니다."

"그만해. 머리 아프니까."

"네."

재벌가 사모들의 모임에 회장인 영숙이었다. 언제나 남 앞에 서기를 좋아하는 그녀답게 모임도 많이 가졌다. 이게 다 재민을 위한 길인데 아들 녀석이 자꾸만 삐딱선을 타고 있었다. 재민은 자라면서 그녀의 속을 한 번도 썩인 적이 없는 효자 중의 효자였다.

딱 한 번 그녀의 말을 듣지 않은 게 그 빌어먹을 강수희의 딸 정성주를 만난 것이었다. 그녀가 그렇게 싫어하는데도 재민은 성주를 만났었다. 어떻게 해서든지 둘을 갈라놓으려던 찰나에 강수희신랑의 회사가 부도가 났고 영숙은 속으로 아주 잘됐다고 생각했었다.

하지만 모델로 활동하던 당시에 1인자였던 강수희가 죽고 나니좀 미안하다는 생각이 들었다.

"그래도 안 돼."

강수희가 싫었던 만큼 영숙은 성주도 싫었다.

"어떻게 할까요?"

"뭘?"

"정성주."

"둘을 갈라놔야지. 박 집사는 생각이 있어?"

박 집사는 집사로 이 집에 들어오기 전부터 그녀의 팬이라고 말했었다. 그는 정말 그녀의 일이라면 물불을 가리지 않고 해 주었다. 때로는 아주 껄끄러운 일도 처리해 주었다. 그래서인지 영숙도 박 집사에게 의지를 많이 했다.

"생각해 보겠습니다."

"그럼 부탁 좀 해 볼까?"

"네."

그래도 마음이 불안해서 그녀는 전화기를 집어 들었다.

"여보세요?"

[네, 어머니.]

재민의 목소리가 들었다. 목소리만 들어도 좋은 아들인데 오늘
은 아니었다.

"어디니?"

재민은 지금 성주와의 사이를 그녀가 반대할까 봐 잔뜩 경계하
고 있었다.

[집으로 가는 중입니다.]

"크리스마스인데 집에 가지 말고 이리로 와서 저녁이나 먹고
가지 그랬어."

[약속이 있었어요.]

"그래?"

[이번 주말에 집에 들를게요.]

"그럴래?"

언제 화가 났냐는 듯 아들 바보인 영숙의 얼굴에 미소가 가득했
다.

[어머니 저 운전 중이에요.]

"어? 그래, 조심해서 들어가고."

[네.]

전화를 끊고 한참을 핸드폰을 내려다본 영숙은 땅이 꺼져라 한숨을 쉬었다.

"그렇게 해서 땅이 꺼지겠어?"

"아니에요."

최 회장은 굉장히 권위적인 사람이었다. 그녀가 밖에서 활동하는 걸 가장 싫어했다. 그리고 결혼 조건이 그녀는 집에서 아이만 돌보고 살림만 하라는 것이었다. 재벌가의 모든 아내들이 그렇게 하듯이 그녀에게도 그런 삶을 강요했다.

그렇게 젊은 시절을 보낸 영숙이었다. 시부모님을 모시고 아들을 키우느라 그동안 그녀의 인생을 즐길 시간이 없었다.

"재민이가 성주를 다시 만난다고 해요."

"성주가 누구야?"

최 회장은 성주를 기억하지 못하는 것 같았다.

"5년 전에 만나던 애요."

"누구? 아, 강수희 딸."

"……네."

성주는 기억하지 못해도 강수희를 기억하고 있다는 게 더 싫은 영숙이었다.

"예쁘고 착하던데. 그러면 됐지."

"당신은 하나뿐인 아들이 고아에게 장가갔으면 좋겠어요?"

"왜 그렇게 반대하는 거야?"

"그냥 싫어요."

"그렇다고 재민이 고집은 못 꺾을걸?"

"아뇨, 당신만 방해하지 않으면 반드시 둘을 갈라놓을 거예요."

영숙의 의지가 대단했다. 그녀가 그렇게 싫어하는 강수희의 얼굴이 며느리를 볼 때마다 떠오른다면 정말 견딜 수 없을 것 같았다.

"술상 준비할까요?"

"좋지."

남편은 애주가였다. 요즘 들어 부쩍 술을 찾았다. 아들에게 사업을 물려줄 생각을 하니 착잡한 모양이었다.

"여보, 당신은 아직 한창 일할 나이예요."

"……."

"그러니 계속해서 일하는 것도……."

"아니, 난 이제 은퇴할 때가 됐어. 우리 재민이가 경영도 잘하고 있고 지금도 대부분의 일은 재민이가 해."

"그래도……."

"당신은 상관하지 말고 집안일이나 해. 요즘 점점 집안일에 소홀해지고 밖에만 다니는 것 같아."

"죄송해요."

이럴 땐 그냥 입을 다무는 게 상책이었다. 안 그러면 한 성격하는 최 회장에게 혼나기 때문이었다. 재벌이면 마냥 좋을 것 같아 결혼했는데 남편이 이렇게 권위적으로 나오면 가끔은 결혼한 걸 후회하는 마음이 생기기도 했다.

아니 후회는 매일같이 했다. 남편의 사랑 없이 한 결혼이다 보니 그녀가 힘들 때 위로가 되는 사람이 없었다. 한마디로 남편은 그녀의 편이 아니었다. 그래서 힘이 들었고 매일같이 후회했다. 그건 지금도 마찬가지였다.

영숙은 술상을 보기 위해 얼른 주방으로 향했다. 이 집에서 남편을 위해 그녀가 하는 유일한 일이었다.

요즘 이상하게 자꾸만 뒤를 돌아보게 되는 성주였다. 동생이 병원에 있어 집에서 자신을 기다리는 사람이 아무도 없다는 불안감 때문인지 저녁에 퇴근을 하고 집으로 돌아갈 때면 항상 누군가 그녀를 따라오는 느낌이었다.

"너무 예민한가?"

그래서 골목을 걸을 땐 두리나 친구들에게 전화를 했다. 그러지 않고선 집으로 들어가는 골목을 걸을 수가 없었다. 오늘도 골목에 들어가기 전에 휴대폰을 꺼내 두리에게 전화를 걸었다.

"두리야, 미안."

[골목길이에요?]

"응."

[동생분이 빨리 나아야 할 텐데 걱정이에요.]

"그러게. 이렇게 혼자 가는 건 그렇다고 치는데, 집에서도 무서워."

[저라도 그럴 것 같아요.]

뽀득!

밤새 내린 눈이 골목 가득 쌓여 있었다. 하지만 이건 그녀의 발자국 소리가 아니었다. 성주는 다시 귀를 쫑긋하고 주변의 소리에 귀를 기울이며 고개를 살짝 돌려 뒤를 봤다.

"두리야, 이제 집에 다 도착했어. 하하하……. 빨리 들어가서 쉬어야지. 남동생이 기다리고 있어서 말이야."

[언니, 누구 있어요?]

눈치 빠른 두리였다. 그녀가 횡설수설하는데도 용케 알아들었다.

"우리 두리 천재네."

[집에 들어갈 때까지 영상 통화할까요?]

"그래, 우리 영상 통화하자."

영상 통화 모드로 바꾼 성주는 주변을 비추며 통화를 이어갔다.

"집에 다 왔어."

집 앞에 온 성주는 전화를 끊으려고 했다.

[언니 끊지 말고 집에 들어가서 문단속해요. 그다음에 얘기할게요.]

디리릭—

빠르게 집으로 들어가서 문단속을 한 후에 두리와 통화를 이어갔다.

"왜?"

[언니, 놀라지 말고 들어요. 아까…… 골목에서 말이에요.]

"말해."

괜히 긴장이 되었다.

[언니 뒤에…… 검은 양복을 입은 남자가 있었어요.]

"뭐?"

[언니가 휴대폰을 위로 드니까 빠르게 피했어요. 진짜 소름 끼치는 것 같아요. 설마설마했는데……. 언니 조심해야겠어요.]

"그래."

[아니면 당분간 우리 집에 와서 계세요. 혼자 사니까 괜찮아요. 백화점도 여기가 더 가깝잖아요.]

"그래도……."

두리의 말이 고맙기도 했지만 미안했다.

[괜찮으니까 그렇게 해요. 언니의 안전이 더 중요하잖아요.]

"알았어. 그럼 당분간 신세 좀 질게."

그녀의 뒤를 미행한다는 게 이상했다. 예전에도 이런 적이 있었다. 아빠의 빚 때문에 빚쟁이들이 그녀의 뒤를 밟은 적이 있었다. 그 사람들도 그녀가 돈이 없다는 걸 알고 포기를 했는데 지금 와서 그녀를 미행하다니. 도대체 누가 왜?

온몸에 소름이 돋는 성주였다. 아버지의 회사가 부도가 난 후로는 되는 일이 없었다. 그녀에겐 행운이란 게 존재하지 않았다. 하지만 요즘은 해도 해도 너무했다. 그녀는 행복을 바라지도 않았다. 다만 아무 일 없이 평범한 삶을 원할 뿐이었다.

"내가 욕심이 너무 많나?"

집 안으로 들어가지도 못하고 성주는 현관 앞에 쪼그리고 앉아 있었다. 너무 놀라서 다리에 힘이 풀려 버렸기 때문이었다.

"누구지?"

아무리 생각해도 떠오르는 일이었었다. 그녀의 삶은 왜 이렇게 힘이 든 것일까? 내일은 월요일이었다. 근무를 마치고 나면 재민의 집으로 가야 했다. 약속은 약속이니까 말이다.

새해가 밝았어도 성주의 삶은 다람쥐 쳇바퀴 돌아가듯, 그렇게 반복적으로 굴러가고 있었다. 다만 휴일 전날 재민의 집에 가는 걸 빼고는 다 똑같았다. 여전히 점장은 그녀를 괴롭히고 있었고 매장은 늘 고객들로 북적였다.

"언니, 오늘 오실 거예요?"

"아니, 대휴 지나고 갈게. 약속이 있어서."

"그나저나 정말 걱정이다……."

두리가 걱정을 하고 있었다.

"누굴까?"

"스토커가 누군지 말하겠어요? 그냥 오다가다 찍은 거겠지. 설마……."

두리와 성주는 정장 코너에게 고객을 응대 중인 점장을 보았다.

"양복을 입었어요."

"아니야. 점장이라면 그렇게 쫓아오지만은 않았을 거야."

"저 변태가 관음증까지 있을지 어떻게 알아요?"

"하긴……."

워낙 점장이 이상해서 그럴 수도 있겠다는 생각이 들었다. 둘은 점장을 뚫어져라 보고 있었다. 점장은 고객을 응대하느라 정신이 없었다.

"저러고 있으면 멀쩡한데. 그죠?"

"사람 속을 어떻게 알아?"

"하긴……."

두 여자가 눈을 가늘게 뜨며 점장을 보고 있었다.

"일은 안 하고 뭘 하는 거지?"

재민의 목소리였다. 어쩐지 직원들이 코너 앞에서 정자세로 서 있었다. 사장이 뜬다는 음악도 없었다. 너무 점장에 열중해 있어서 둘 다 못 들은 걸 수도 있었다.

"어서 오십시오."

먼저 정신을 차린 건 두리였다.

"와이셔츠가 나왔다고 해서."

"사장님……."

남자인데도 간드러진 목소리를 내며 점장이 달려왔다.

"혼자서 어쩐 일로……."

"지난번에 맞춘 와이셔츠가 나왔다고 해서."

"아, 그러셨군요. 입어 보시겠습니까? 뭐 해요, 어서 가져오지 않고."

"네."

점장은 마치 자신의 매장인 것처럼 지시를 하며 난리였다.

"어머, 어쩜 이렇게 완벽한 핏이 있을 수가……."

정말 완벽하게 그의 몸에 맞는 와이셔츠였다. 역시 전직 모델다웠다.

"와이셔츠를 입고 다니시면 그냥 걸어 다니는 홍보영상이 되겠네요. 전 보스만 고집하신다고 알아서 저희 정장을 권하지도 못했는데, 이렇게 와이셔츠를 입기 시작하셨으니 저희 정장도……."

"성주 씨, 이 디자인으로 색상만 다르게 해서 열 개만 주문하죠."

"열 개?"

두리가 놀란 얼굴이었다. 와이셔츠 한 벌 가격이 만만치 않은데 열 개나 주문을 하니 놀라지 않을 수가 없었을 것이다. 성주는 차분하게 주문장을 적었다.

"얼굴빛이 안 좋은데?"

그가 넌지시 물었다.

"크리스마스 때 좀 바빠서요."

"아니에요. 요즘 언니가 스토커에게 호되게 당하고 있거든요. 어제는 집까지 쫓아오고……."

"두리 씨!"

점장이 호통을 쳤다.

"개인적인 일을 사장님 앞에서 함부로 발설하고 그러면 안 되죠."

"죄송합니다."

두리가 꼬리를 내렸다. 하지만 재민의 표정이 좋지 않았다. 그는 자신의 카드를 두리에게 주고는 주문장을 받기 위해 성주 곁으로 왔다.

"상품은 일주일 후에 나옵니다. 직접 오시겠습니까? 아니면 퀵으로 보내 드릴까요?"

"찾으러 오지."

"네, 알겠습니다."

"사장님……."

이번엔 본점의 점장이 소식을 듣고 나타났다. 오늘 저녁에 가서는 다시는 오지 말라는 소리를 해야겠다. 그리고 제품이 나오면 그녀가 직접 배달해 준다고도 말할 생각이었다. 너무 어수선한 분위기였다.

매장이 각 부서장들로 가득했다. 그래서인지 재민도 더 이상은 매장에 머물지 않았다. 재민이 떠나고 나자 해밀턴 점장이 그녀의 곁에 다가왔다.

"오늘 뭐 해?"

"동생 병원에 가 봐야 합니다. 내일 쉬는 날이라서요."

"그래? 다음 주 대휴 날에는 시간 비워 둬."

"네?"

"바닷바람이나 쐬러 가자고."

그가 슬머시 그녀의 손을 잡고 놓더니 자신의 매장으로 향했다. 아주 끈질긴 인간이었다.

"느끼해요."

"많이……."

"우리 사장님이 언니 보는 눈이 심상치 않던데……."

"그냥 보신 거야."

"아닌데……."

눈치가 빠른 두리였다.

"아 참, 그리고 보스 매장의 마스터님이 언니한테 관심 있다고 했데요. 아르마니 매장 마스터도요. 그러면 유부남 빼고 총각 마스터들은 다 언니에게 관심 있는 거예요. 부럽다."

"……."

"확실한 건 여자는 매력적이어야 한다는 거예요."

"두리도 충분히 매력 있어."

"위로의 말은 사절합니다."

머리가 복잡했다. 어제의 일을 재민이 알았으니 오늘 저녁에 난리를 칠 게 뻔했다. 하지만 그녀의 생각과는 다르게 상관하지 않을 수도 있었다. 만약에 그가 반응이 없다면…… 서운할 것 같기는 했다.

성주는 빠르게 주문을 넣고는 고객을 응대하기 시작했다. 그가 한 번에 많이 구매를 한 덕에 평일임에도 불구하고 매출이 1등이었다. 매출이 좋으면 인센티브를 주는 회사라서 이달 월급은 아주 두둑할 것 같았다.

　빨리 돈을 모아야 될 텐데 라는 생각이 들었다. 지금 재민에게 신세를 지고 있는 게 그다지 유쾌하지는 않았다. 정말 그가 아기를 원한다면 성주는 커다란 희생을 해야 할 수도 있었다. 점점 머리가 복잡해지고 있었다.

4. 타오르는 불꽃

퇴근시간 후에 성주는 그의 집까지 택시를 타고 갔다. 그리고 한남동의 고급 주택가에서 택시를 세웠다. 성주는 보기만 해도 위화감이 드는 검은색 대문을 멍하게 보고 있었다. 주로 지하주차장으로 들어갔기 때문에 대문을 마주한 건 처음이었다.

"후……. 너무 달라."

다시 한 번 그가 그녀와는 다른 세계의 사람임을 느꼈다. 가방에서 그가 준 카드키를 꺼내 들었다. 어색하게 손에 들린 카드키를 보안 장치에 대자 문이 열렸다. 조심스럽게 그의 집에 발을 디딘 그녀는 넓게 펼쳐진 정원을 보았다.

"와!"

감탄사를 한 번 내뱉고는 두리번거리며 정원을 걸어 그의 집 안으로 들어갔다. 이 집을 관리하려면 여러 사람이 필요할 것 같았다. 하긴 돈이 그렇게 많은데 그녀가 걱정할 바는 아니었다.

오늘 사업상 약속이 있어서 조금 늦는다고 말한 그였다.

그래서 저녁거리로 백화점 식품 코너에서 초밥을 사 온 성주였다. 넓은 식탁 위에 초밥을 두고는 집 안을 둘러보기 시작했다. 이곳에 오면 그녀가 볼 수 있는 곳이 정해져 있었다. 그의 침실과 욕실이 그녀가 가는 전부였다.

한 번 거실에 나오긴 했지만 그것도 긴 시간이 아니었다. 집을 둘러보고 싶은 마음에 성주는 코트를 소파에 벗어 두고는 조용히 구석구석 살피기 시작했다.

"이건 투어야."

개인의 집을 본다는 느낌보다는 전시장에 온 느낌이었다. 가구가 많거나 장식품이 많지는 않았지만 넓은 집에는 적절한 곳에 커다란 유화 작품이나 조각품들이 있었다. 이렇게 둘러보니 구경할 맛이 났다.

2층으로 된 집은 1층엔 거실과 서재, 그리고 그녀를 놀라게 한 넓은 헬스장이 있었다. 그의 침실은 집 안의 가장 안쪽에 있었다. 그리고 2층에 처음으로 올라간 성주였다. 2층도 1층처럼 깔끔했다.

다만 다른 곳과는 다르게 문이 잠겨 있는 2개의 방이 있었다. 자신의 침실도 잠그지 않은 그인데 왜 잠갔을까 라는 생각과 함께 궁금해졌다. 그렇게 집 안을 둘러본 성주는 시계를 보았다.

벌써 시계가 10시를 가리켰다. 그녀는 서둘러 초밥을 먹고는 욕실로 들어가서 샤워를 했다. 그의 집에서 가장 마음에 드는 곳이 욕실이었다. 그녀의 집은 웃풍이 심해서 샤워를 하고 나면 너무 추운데 이곳은 그렇지 않았다.

거기다가 사우나까지 있어서 웬만한 대중탕보다 나은 것 같았다. 따뜻한 물에 샤워를 한 그녀는 가운만 걸친 채로 거실로 가서 TV를 보고 있었다. 11시가 가까운 시간인데 그는 올 생각을 하지 않고 있었다.

"전화를 해야 하나?"

핸드폰을 들었다가 다시 놓았다. 괜히 일하는 사람에게 신경 쓰이게 하고 싶지 않았다. 그의 집에 온 건 이번이 세 번째였다. 두 번 다 그와 함께 퇴근을 해서인지 오늘 이렇게 그를 기다리는 게 성주에겐 힘이 들었다.

"늦네……. 으으아……."

피곤했는지 졸음이 쏟아졌다.

"오겠지."

성주는 소파에 그대로 누워 깜빡 잠이 들었다.

"주인이 오기도 전에 객식구가 잠이 들었군."

꿈에 재민이 나오고 있었다. 그가 이렇게 말을 하며 그녀의 입술에 살짝 입술을 맞췄다.

"재민 씨다."

이렇게 꿈에서라도 보니 좋았다. 그녀의 남자가 지금 그녀 앞에 있었다. 꿈은 자기 마음대로니까 성주는 재민의 얼굴에 손을 가져다 댔다. 그리고 고백했다.

"미안했어요."

그의 얼굴이 굳어 버렸다. 평소에 그에게 꼭 하고 싶었던 말이자 그녀의 진심이었다.

"그땐 어쩔 수가 없었어요."

목이 메어왔다. 하지만 울진 않을 것이다. 이건 꿈이니까.

"읍!"

그가 갑자기 그녀의 입술에 입을 맞추었다. 꿈이라도 입술에 가해지는 압박 때문에 마치 실제로 그가 키스하는 것 같았다. 그의 혀가 거칠게 들어왔다. 그녀의 입안을 마치 지배하듯이 헤집고 다니는 그였다.

모든 게 생생했다.

"으으읍!"

꿈이 아니었다.

"왜, 실제의 나는 싫어?"

그녀의 마음을 읽기라도 한 듯이 그가 말했다. 그리고 그녀의 가운을 풀어헤쳤다.

"유혹할 준비는 하고 있었군."

"그게 아니라……."

"이러고 있으면서도 아니라고?"

가운 안에 아무것도 입지 않고 있었던 성주였다. 할 말이 없었다.

"하아학!"

그녀의 가슴을 내려다보는 그의 뜨거운 눈빛에 성주는 신음을 내뱉었다. 그의 시선만으로도 성주는 온몸이 달아올랐다. 그와 했던 그동안의 많은 섹스들이 떠오르기 때문이었다. 그의 섹스는 한 번도 그녀를 실망시킨 적이 없었다.

"아아앙……."

그의 입술이 성주의 유두를 핥았다. 그의 혀 놀림이 성주를 미치게 만들고 있었다. 부드럽고 축축한 혀가 지나갈 때마다 온몸에 쾌감이 소름이 놓았다. 아랫배가 찌릿하고 그녀의 여성이 움찔거렸다.

소파에서 그와 섹스를 하게 될 것 같았다. 은근한 기대가 생기는 성주였다. 솔직하게 성주는 침대에서의 섹스보다는 다른 장소에서 하는 섹스가 훨씬 더 자극적이어서 좋았다. 그도 자극을 받았는지 평소보다 더 호흡이 거칠어졌다.

화가 난 짐승 같았다. 무슨 일이 있었던 걸까?

"무슨 일 있어요?"

순간적으로 걱정이 돼서 물었다.

"허억, 헉…… 아니……."

"아닌 것 같은데……."

"내 걱정 말고 성주 네 걱정이나 해!"

매장에서 들은 얘기 때문에 지금 이러는 것 같았다.

"저도, 왜 절 쫓아 왔는지……."

"이런 몸을 가지고 있는데 어떤 놈이라고 싫어하겠어. 남자를 미치게 만드는 몸이야."

그의 말에 화가 나야 하는데 성주는 도리어 기뻤다. 그는 그녀의 몸을 좋아했다. 사람에겐 정이 떨어졌더라도 아직 그녀의 몸엔 만족을 하는 것이다.

"마음에 들어요?"

"으으윽, 아주…… 많이……."

"나도 당신 몸이 마음에 들어요."

그녀의 손이 그의 가슴을 쓰다듬었다. 그리고 그의 와이셔츠 단추를 느리게 풀었다.

"으으윽!"

찌익!

그녀의 느린 손길이 마음에 들지 않는지 그가 자신의 와이셔츠를 둘로 찢어 버렸다. 단추는 사방으로 튀고 그의 찢어진 셔츠의 한쪽 팔은 아직 그의 몸에 있었다.

"날 몰아붙이지 마. 이성을 잃어서 널 다치게 할 수도 있어."

경고였지만 성주의 귀에는 달콤한 말로 들렸다. 그가 그녀를 원한다는 자체만으로도 성주는 행복했다. 자신이 이렇게 자존심이 없었나 하는 생각이 들기도 했다.

"읍!"

그가 그녀의 여성을 어느새 입에 물었다. 그의 입술이 그녀의 여성 전체를 삼키고 있었다. 성주는 쾌감에 몸을 비틀었지만 양쪽 다리를 잡고 있는 재민 때문에 더 이상은 움직이기 힘들었다.

"아아앙…… 제발……."

그의 혀가 검은 숲을 가르며 들어왔다. 머리가 다시 노래지고 있었다. 그가 그녀를 보며 비릿하게 웃었다. 마치 너는 나 아니면 안 된다고 말하는 것 같았다. 깊숙이 혀를 밀어 넣어 그녀를 정신 못 차리게 하고 있었다.

그가 혀끝을 세워 그녀의 민감한 클리토리스를 자극하기 시작했다. 성주는 자신도 모르게 몸을 부르르 떨었다. 그의 혀가 계속해서 그녀를 미친 듯이 자극했다. 촉촉한 그의 혀와 그녀의 애액이 뒤엉키며 야릇한 소리를 내고 있었다.

"아아앙……."

그의 머리카락을 움켜쥔 손에 힘이 들어갔다. 그리고 그의 머리를 자신의 여성에 더 가까이 밀었다. 더 큰 자극을 원했다. 그와 있으면 섹스에 중독이 되는 것 같았다.

"더…… 깊이……."

그녀의 말에 그가 혀를 질 안으로 밀어 넣었다. 그녀의 안에서 그의 혀가 움직이고 있었다. 그의 페니스와는 또 다른 느낌의 살덩이였다. 그가 갑자기 몸을 세웠다. 이번엔 그의 페니스를 넣어줄 줄 알았는데 그가 갑자기 그녀를 일으켜 앉혔다. 그리고는 자신의 페니스를 그녀의 얼굴 가까이에 댔다.

예전에 그가 좋아하던 행위였다. 그녀의 입은 요물이라면서 굉장히 좋아했었다. 성주는 잠시의 망설임도 없이 그의 페니스를 작은 입에 한가득 담았다.

"으으윽!"

이번엔 그가 신음을 내뱉으며 그녀의 머리카락을 손으로 잡았다.

츄읍츄읍

맛있는 사탕을 빨듯이 그녀는 재민의 페니스를 맛있게 먹어 치우고 있었다. 그들의 행위엔 금기가 없었다. 성주는 무릎을 꿇고 한참이나 그의 페니스를 빨았다. 그걸 멈춘 건 재민이었다. 이번엔 그가 그녀에게 소파를 잡고 엎드리게 했다. 뒤에서 할 모양이었다. 이제 그들이 한창 서로에게 미쳐 있을 때 하던 행위들을 하기 시작했다. 그녀의 풍만한 가슴을 뒤에서 잡은 그는 자신의 페니스를 단번에 밀어 넣었다.

"으으윽!"

"아아악!"

고통과 쾌락이 뒤섞인 신음이었다. 그와의 섹스는 언제나 성주를 미치게 만들었다.

퍽퍽퍽!

강하게 들어오는 그의 페니스 때문에 성주는 정신이 아득해졌다. 아직 가운은 그녀의 몸에 걸쳐진 상태였고 그도 바지를 벗지 못한 상태였다. 그들은 서로에게 집중하느라 옷을 제대로 벗지도 못하고 있었다.

넓은 거실은 오로지 그들이 만든 섹스의 화음만이 울려 퍼지고 있었다. 자극적이었다. 성주가 허리를 들어 몸을 일으키자 그의 페니스가 더 깊이 들어왔다.

"아아앙……."

그가 페니스를 빼고는 그녀를 소파에 바로 눕혔다. 겨울인데도 그의 몸엔 땀이 흐르고 있었다. 그가 걸리적거렸는지 자신의 양복 바지를 벗어 버렸다. 그의 완벽한 몸이 그녀의 눈앞에 있었다.

그가 한 손으로 그녀의 가슴에서부터 여성까지 쓸어내렸다. 그리고 말했다.

"넌 내 거야."

"알아요."

"다른 놈에게 줄 순 없어."

그는 강한 소유욕을 드러냈지만 그게 사랑이 아닌 복수임을 성주는 알았다. 그래서 그에게 더 잘하고 싶었다. 그의 마음을 아프게 했던 걸 어떤 식으로라도 보상해 주고 싶었기 때문이었다.

"난 당신 거예요."

"으윽!"

그가 그녀의 질 안에 자신의 페니스를 넣었다. 뒤에서 하는 것과는 또 다른 느낌의 정상체위였다. 그녀는 이 자세를 좋아했다. 왜냐면 그를 안을 수 있기 때문이었다. 성주는 팔를 뻗어 그를 안았다.

그를 안은 그녀의 팔에 힘이 들어갔다. 놓치고 싶지 않았다. 그리고 점차 그의 등을 따라 내려가던 손이 그의 엉덩이를 꽉 잡았다. 피스톤 운동을 하느라 그의 엉덩이는 차돌같이 단단했다.

성주는 그런 그의 엉덩이를 한참이나 잡고 있었다. 그녀가 그의 리듬에 맞춰 허리를 움직이자 그도 자극을 받은 것 같았다.

"으으윽! 성주야……."

"아아아…… 재민 씨……."

그들은 서로의 이름을 부르며 그렇게 녹아내리고 있었다. 소파에서 한 번 더 섹스를 한 후에 그들은 침실로 자리를 옮겼다. 그리고 침실에서 새벽을 맞을 때까지 계속해서 섹스를 했다. 이러다 죽을 수도 있겠다는 생각이 들 정도로, 미친 듯이 서로를 탐한 그들이었다.

해가 중천에 뜬 것 같았다. 시계를 보니 11시였다. 그대로 잠이 들어 버렸다. 아침에 일어나서 그에게 밥을 해 줄 생각이었는데 그는 그대로 출근을 했는지 보이지 않았다. 그가 올 때까지 성주는 하루 종일 쉬면서 저녁을 기다렸다. 그래야 그와 함께 또다시 밤을 새울 체력을 비축할 수 있으니까.

성주는 샤워를 하고는 가운을 대신해서 그의 커다란 티셔츠만 입은 채로 허기를 채우기 위해 주방으로 향했다. 그런데 아무도 없어야 할 헬스장에서 소리가 났다.

탕!

놀란 성주가 얼른 헬스장으로 향했다. 문이 열려 있었고 그 안에서 재민이 운동을 하고 있었다.

"일어났어?"

거울로 그녀를 본 재민이 물었다.

"회사는 안 갔어요?"

"오늘은 특별히 연차를 냈지."

"왜요?"

"그냥."

그는 무덤덤하게 말하고는 계속해서 운동을 하고 있었다. 아주 커다란 덤벨을 들어 올리는 그의 팔에 성주의 시선이 고정되어 있었다. 그리고 저도 모르게 그에게 다가갔다. 그녀가 다가오는 것을 본 그가 덤벨을 바닥에 내려놓았다.

"밥은?"

"……."

"운동해 볼래?"

"……."

그녀가 고개를 가로저었다. 그리고는 땀으로 젖은 그의 벗은 가슴을 만졌다.

"아직도 부족해?"

그는 웃으며 말했지만 성주는 웃지 않았다. 재민의 말대로 그녀는 부족했다. 아직 그를 더 원했다. 그가 만지지도 않았는데 그녀의 여성이 움찔거리고 있었다. 성주는 저도 모르게 그의 앞에 바짝 서서 그의 페니스를 손으로 만졌다.

"아직 부족해요."

그녀의 말에 이번엔 웃지 않은 재민이었다.

"여기서 당신을 갖고 싶어요."

그녀가 입고 나온 그의 티셔츠를 벗어 버렸다. 땀에 젖은 그의 몸에 샤워를 한 청량한 향을 가득 품은 몸을 비벼 댔다. 그가 마른 침을 삼키는 게 보였다.

"날 죽일 셈이군."

"기운이 남아서 운동하는 거 아니에요?"

"……."

그가 어이가 없는 표정으로 그녀를 보았다. 그사이 그녀가 그의 목에 팔을 감고는 짠맛이 나는 그의 입술을 단번에 삼켜 버렸다.

"으읍!"

그녀의 기습공격에 재민은 속수무책으로 당하고 있었다. 하지만 그것도 잠시 그의 팔이 성주의 가는 허리를 강하게 끌어안았다. 그리고 깊은 키스를 하기 시작했다. 그들이 사랑했을 때처럼 말이다.

그의 몸에 속수무책으로 반해 버린 그녀처럼 그도 성주에게 반해 있었다. 그렇게 첫눈에 반해 불타는 사랑을 한 그들이었다. 그

125

때의 느낌이 다 사라지고 없을 줄 알았는데 그들은 몸부터 서서히 떠올리고 있었다.

"으으읍!"

그녀의 입술을 삼켜 버린 그가 손으로는 그녀의 여성을 만지고 있었다. 온몸에 쾌감이 퍼져 성주는 서 있을 힘이 없었다. 그가 그녀를 운동 기구에 앉혔다. 그리고 그녀의 다리를 그대로 벌렸다.

덤벨을 들어 올리는 벤치인 것 같은데 그녀가 누우니 사이즈가 맞았다. 그가 그녀의 여성을 빨아들이기 시작했다. 더 이상은 아무런 생각을 할 수 없었다. 그가 그녀를 무아지경으로 만들고 있기 때문이었다.

츄읍츄읍!

그녀의 여성을 다 먹어 치우기라도 할 것처럼 그는 강하게 여성을 빨아들였다. 다리를 벌린 손에 힘이 들어갔다. 그녀의 모든 걸 차지하려고 하는 것 같았다. 섹스에 있어서는 그녀의 몸에 집착하는 그였다.

혀로 클리토리스를 건드리다가 이번엔 손가락으로 건드리기 시작했다. 그가 손가락으로 클리토리스를 건드리는 이유는 그녀의 표정을 보기 위해서였다. 욕망에 젖어 정신을 잃어가는 그녀의 모습을 보고 싶어 하는 것 같았다.

"보지…… 마요."

“왜?”

“제발⋯⋯.”

그녀는 손 대신에 그의 페니스를 넣어 달라고 사정했다. 그런 그녀의 마음을 알았으니 그는 그녀를 안아 들었다. 침대로 갈 거라는 성주의 생각은 틀렸다. 그는 거울 앞에 그녀를 데리고 갔다. 그리고는 그곳에서 그녀를 안은 채로 페니스를 그녀 안에 넣었다.

그들의 모습이 적나라하게 거울에 비쳤다.

“내가 아니야⋯⋯.”

거울 안에 욕망에 미쳐 있는 여자는 그녀가 아닌 것 같았다.

“맞아, 정성주.”

그가 단호하게 말했다.

“그리고 최재민도⋯⋯.”

그의 거칠어진 숨소리가 조금 전에 운동을 할 때보다도 더 크게 헬스장을 울리고 있었다. 거울 앞의 두 사람은 정신없이 서로의 몸을 탐하기 시작했다.

“미칠 것 같아.”

“좋아?”

“네.”

그에게 매달린 채로 하는 섹스는 그의 페니스가 평소보다 더 깊게 들어와서 더 큰 자극을 주고 있었다. 그가 그녀를 다시 바닥에 눕혔다. 그리고는 그녀의 가슴을 물었다. 짐승같이 달려드는 그였다.

섹스를 하면 이성을 잃는 것 같았다. 그의 거친 손길과 입술에 성주는 정신을 놓아 버렸다. 햇빛이 헬스장을 밝게 비추고 있어서 그들은 서로를 정확하게 볼 수 있었다. 그는 운동 후에도 전혀 굴욕이 없는 얼굴과 몸이었다.

그를 보고만 있어도 성주는 젖어 들었다.

"더 깊이……."

"허억, 헉……."

그는 거친 숨을 몰아쉬며 그녀의 요구를 들어주었다.

"너무 좋아……."

"……나도."

헬스장 바닥은 차가웠지만 그들은 욕망으로 몸이 뜨거웠다. 그가 속도를 높이기 시작했다. 아무래도 끝을 향해 달리는 것 같았다. 솔직하게 아이가 생기면 어쩌나 걱정이 되는 건 사실이었다.

당장 아이를 갖는다면 그녀가 경제적으로 너무 힘이 들기 때문이었다. 하지만 안 가질 수도 없었다. 성주는 지금 큰 딜레마에 빠져 있었다.

퍽퍽퍽!

"아윽!"

"아아앙……."

그가 분신을 그녀 안에 가득 채웠다. 그녀의 아래에 따뜻함이 느껴지고 있었다.

"헉헉헉……. 점점 대담해져."

"점점 섹스의 노예가 되어 가는 거죠."

"나와의 섹스가 좋아?"

"미칠 정도로요."

그녀는 무덤덤하게 진실을 말했다. 그와의 섹스는 정말 돌아 버릴 정도로 좋았다. 그녀가 티셔츠를 집어 들었다.

"밥은 먹었어요?"

"아니, 같이 먹어."

"네."

그녀는 주방에서 먹을 걸 찾았다. 그런데 그녀의 걱정과는 다르게 냉장고 안에 음식이 가득했다.

"평일에 오시는 아주머니가 해 놓고 가신 거야."

그가 그녀를 뒤에서 안으며 말했다.

"음식 잘해?"

"못하진 않죠. 주부생활이 벌써 6년 차에 접어드는데요."

"하긴, 창빈이를 굶길 수 없었을 테니까."

그녀가 냉장고에서 반찬을 꺼냈다.

"콩나물국만 데우면 될 것 같아요. 그리고 창빈이 병원에 자주 들러 줘서 고마워요. 창빈이가 부모님이 돌아가시고 나서부터 정에 굶주려 있었거든요."

"……."

그녀는 이렇게 말하며 콩나물국을 전기렌지에 올렸다. 그가 뒤에서 그녀를 다시 안았다. 그리고는 셔츠 안으로 손을 넣어서 그녀의 가슴을 만지고 있었다.

"밥 먹어야죠."

"한 끼 안 먹는다고 안 죽어."

그의 말에 성주가 황급히 불을 껐다. 정말 못 말리는 사람이었다. 그는 그 자리에 서서 그녀의 엉덩이를 그의 페니스 쪽으로 오게 만들었다. 이제까지 오늘처럼 그녀에게 집착을 한 적이 없는 재민이었다.

"아흐……. 오늘 왜 이러는 거예요?"

"몰라……. 나도 내가 왜 이러는지……."

그의 말에 어이가 없었지만 성주는 또 그렇게 그에게 먹히고 있었다. 그렇게 한바탕 섹스를 하고 난 후에 그들은 마주 앉아 식사란 것을 하고 있었다.

"1시네요."

"그러네."

"벌써 점심이에요."

"맞아."

"배 안 고팠어요?"

"덕분에 다이어트한 거지."

그는 단답형으로만 말하고 있었다. 뭔가 고민하는 눈치였다.

"내일부터 당분간 두리네 가 있을 거예요. 그래서 말인데…… 다음 주는 못 올 것 같아요."

"……우리 집에서 지내."

"네?"

"내가 우리 집으로 들어오라고 몇 번을 말했는데 안 들어서 그래. 다른 말 하지 말고 밥 먹고 짐 챙기러 집에 가. 그러려고 오늘 연차 쓴 거야."

그녀의 짐을 옮기게 하려고 그가 평소에 쓰지도 않은 연차를 쓴 것이다.

"연차 써 본 적 있어요?"

"아니, 처음이야."

"그런데 왜?"

"내가 토 달지 말라고 했을 텐데?"

그는 불리하면 언제나 이런 식으로 말했다. 그렇게 아침 겸 점심을 먹은 그들은 그녀의 집으로 향했다. 그녀의 집에 들어선 재민은 아무런 말도 하지 않고 있었다. 그녀가 짐을 챙겨 나오자 어디론가 전화를 걸었다.

"조 변호사님, 지난번에 제가 부탁드린 집 좀 처리해 주세요. 네, 네. 감사합니다."

"보증금이 꽤 들어가 있고 월세라서 잘 안 빼 줄 거예요."

"알아서 할 거니까 걱정하지 마."

"재민 씨……."

"그냥 넌 내 옆에만 있어."

이 말은 아주 오래전에 부모님이 돌아가셨을 때도 그가 한 말이었다. 그때 그의 말을 들었다면 지금 그들은 어떻게 됐을까? 갑자기 궁금해졌다.

"옷도 가져올 필요가 없는데……."

그가 그녀의 옷가방을 보고 투덜거렸다.

"그날 제가 명품 밍크를 입고 갔더니 다들 난리였어요. 분수에 맞게 입어야 하는 거예요."

"맞아 이제부터 내 여자로, 분수에 맞게 입으면 돼."

그가 최재민의 여자라고 말했다. 백화점, 호텔업계 1위를 굳건히 지키는 명성그룹의 황태자의 여인이란 소리지만, 그 앞에 붙여야 하는 단어가 있었다. '숨겨진' 이라는 단어였다.

"그리고 일 그만둬."

"아뇨, 그러고 싶지 않아요. 아기가 생길 때까진 다닐게요. 더 신세 지는 건 싫어요."

그가 성주의 손에 카드를 쥐어 주었다.

"현금카드야. 쓸 만큼 들어 있으니까. 필요한 거 써. 한 달에 한 번씩 채워 줄 거야. 그러니 자존심 상해하지 말고 써."

"전…… 받을 수 없어요."

"받아."

그가 돌아섰다. 너무 부담스럽고 미안했다. 하지만 지금의 상황에선 어쩔 수가 없었다. 그렇게 그녀는 동거 아닌 동거를 하게 되었다.

"언니, 얼굴이 창백해요."

두리가 걱정스런 얼굴로 그녀를 보고 있었다.

"나?"

"네, 쉬고 온 사람 같지 않아요."

눈만 마주치면 섹스를 했으니 피곤하지 않을 수 없었다.

"무슨 일 있어요?"

"아니, 피곤해서."

"그렇게 보여요. 아, 참. 오늘 우리 집에 올 거죠?"

"아니, 당분간 친구 집에 머물기로 했어."

"그래요?"

"그렇게 선뜻 집까지 내준 거 너무 고마워. 내가 몸이 좀 괜찮아지면 술 한잔 쏠게."

그래도 매장에 있으면 시간이 잘 흘러갔다. 고객들도 다른 매장에 비해 많았고 잔일도 많아서 일단 출근을 하면 하루가 빨리 갔다.

다행히 동생도 회복이 빨랐다. 그래도 3개월은 입원을 해야 한다고 하니 그것도 걱정이었다. 동생은 병원에서도 공부 중이었다. 학교엔 부득이하게 휴학계를 냈지만 사법고시 준비를 멈출 수는 없었다.

동생도 그녀가 힘든 걸 알기 때문에 더 열심히 공부를 하고 있었다. 지금은 동생의 몸이 낫는 거 외에 더 바랄 게 없었다. 그리고 나면 그를 떠날 수 있을까? 그 생각만으로도 눈물이 났다.

"언니, 울어요?"

"아니, 눈에 뭐가 들어가서."

"눈에 쌍심지를 켠 사람이 저기 또 있어요. 왜 저러는 건지 진짜……."

성주는 이제 점장을 쳐다보지도 않았다. 재민의 말처럼 당장 회사를 그만둬야 하는 게 아닌가 라는 생각이 들 정도였다.

"점심 식사하고 오세요."

"알았어."

점심을 먹기 위해 가방을 들고 나서는데 점장이 귀신같이 그녀의 곁으로 왔다.

"같이 가."

"네?"

"뭘 그렇게 놀라, 같이 밥 먹자고."

"아…… 네……."

그녀는 할 수 없이 점장과 함께 점심을 먹으러 밖으로 나왔다. 보통은 구내식당에서 먹는데 오늘은 점장에게 끌려 나왔다. 그들이 들어간 곳은 이 근처에서 비싸기로 유명한 중식당이었다.

"짜장면에 탕수육 어때?"

"아무 거나요."

"우리 여행은 생각해 봤어?"

자리에 앉자마자 그가 말했다.

"아뇨, 못 가요. 전 애인이 있고 그건 그 사람에 대한 예의가 아니죠."

"그러니까 그 애인이 누구냐고!"

점장이 사람들이 많은 곳에서 소리를 질렀다. 굉장히 다혈질인 사람이었다. 자신의 뜻대로 안 되면 눈에 불을 켜고 달려드는 스타일이었다. 판매는 잘할지 몰라도 점장 때문에 그만둔 사람이 많았다.

소문엔 해밀턴 본사 사장의 가족이라는 말도 있었다. 그렇지 않고서는 이렇게 오래 있을 리가 없다고 했었다.

"왜 거짓말을 해! 어?"

그가 손을 올렸다. 마치 때리려고 하는 것 같았다. 정말 미친 인간이었다.

"그만하지."

2층 식당에서 재민이 손님들과 같이 내려오고 있었다.

"사, 사장님⋯⋯."

어설프게 손을 올렸다가 제대로 걸린 점장이었다. 점장은 놀라서 얼굴이 창백해져 있었다. 약한 사람에게나 강하지 자신보다 강자 앞에선 바로 꼬리를 내리는 인간이었다.

"무슨 일인데 그러지?"

그가 점장에게 말을 놓고 있었다. 그리고 재민의 눈빛이 심상치 않았다.

"제 애인인데 말을 안 들어서⋯⋯."

"먼저들 가 봐."

"사장님."

"먼저 가."

그의 일행에게 가라고까지 말한 재민이었다. 재민의 표정이 심상치 않았다.

"개인적인 일입니다. 사장님께서 관여하실 일이 아닙니다."

앞으로 벌어질 일을 모르고 점장은 계속해서 말도 안 되는 말을 해서 재민을 열받게 하고 있는 중이었다. 성주가 보기에도 불안할 정도로 재민의 표정은 무서웠다.

"내 여자의 일에 관여하지 말라고 하니, 기가 막히는군."

"네?"

내 여자란 말을 하고 그녀의 옆자리에 앉은 재민이었다. 이번엔 점장의 표정이 가관이었다.

"해밀턴 점장이 우리 성주를 밤마다 쫓아다닌다는 그 스토커야?"

"네? 전 성주 씨의 뒤를 따라간 적이 없습니다!"

점장이 손사래를 쳤다.

"성주야, 사실이야?"

"절 따라온 사람이 점장이라고 확신할 순 없지만, 아니라고도 못하겠어요. 재민 씨."

그녀가 재민 씨라고 하자 점장의 얼굴이 사색이 되었다.

"남자친구가 있다는 말은 했어?"

"몇 번이나 했지만 안 믿어서……."

"이제 믿습니다."

점장이 설설 기었다.

"그래? 그럼 가 봐. 그리고 우리가 공식적으로 발표할 때까지는 비밀이야. 안 그러면 해밀턴 매장을 철수시켜 버릴 테니까."

"네, 네⋯⋯. 죄송합니다."

점장이 꽁지 빠지게 식당을 빠져나가자 그가 어이가 없다는 듯이 고개를 절레절레 흔들었다.

"언제부터 저렇게 괴롭혔어?"

"이곳에 오자마자요."

"⋯⋯성주 네가 꼬리 친 건 아니고?"

"네?"

그의 말에 화가 났지만 지금은 그가 구해 준 상황이니 성주는 더 이상 말을 하지 않았다. 그러는 사이에 재민이 음식을 주문했다.

"먹어."

"이렇게 많이요?"

"조금씩 맛만 봐. 여기서 가장 맛있는 음식들이니까. 그리고 저런 자식들이 괴롭히는데 언제까지 다닐 거야?"

"안 그래도 생각 중이에요."

"후임 구하면 그만둬."

"⋯⋯네."

이렇게 그가 그녀의 편이 되어주니 너무나 좋았다. 이런 마음이 진심이라면 얼마나 좋을까 라는 생각이 들었다. 점심을 먹은 후 매장에 도착한 성주는 점장이 그녀 쪽을 쳐다보지도 않는다는 사실을 알고는 터져 나오는 웃음을 참느라 애를 쓰고 있었다.

"왜 그래요?"

두리가 물었다.

"뭐가?"

"실실 웃고 계시잖아요. 무섭게……."

"내가 그랬어?"

"네, 점장이 점심시간에 뭐라고 했어요? 정신이 오락가락할 만큼? 내가 저 인간을……."

"아니, 이제 다시는 괴롭히지 않을 거야. 그리고 지난번에 두리가 본 사람은 점장이 아니었어."

"그럼 누구죠?"

하긴 그것도 의문이었다. 그녀를 미행한 인간은 과연 누굴까? 성주에게 또다시 걱정이 밀려들었다.

폐점시간에 맞춰서 백화점 직원 출입구 앞에 서 있는 순철은 백화점에 다니는 인간들이 너무 많다는 생각이 들었다. 몇 주째 성주를 미행하고 있는 그였다. 최 사장의 집에 출입을 할 땐 꼭 최 사장의 어머니인 김 여사에게 전화를 걸었다.

그럼 그 백여우가 아주 소리를 고래고래 질렀다. 순철이 가라고 등을 떠민 것도 아닌데 아주 난리도 그런 난리가 없었다. 순철은 미행만 해 주고 돈만 받으면 그뿐인데 애먼 그에게 화풀이하는 것 같아서 기분이 좋지 않았다.

"사장님, 저기요."

그와 함께 나온 직원이 성주를 발견한 모양이었다. 오가는 사람이 많아서 출구에서도 자칫하면 놓치기 십상이었다. 그래서 흥신소에 다른 직원까지 데리고 왔다. 김 여사는 돈이 많은 여자라서 그런지 아주 넉넉히 챙겨 주었다. 그래서 순철도 직원들과 함께 신경 써서 일을 하고 있었다.

"그런데 진짜 예쁘지 않아요? 나라도 반하겠어요."

같이 나온 직원이 침을 튀어 가면서 성주의 미모를 칭찬했다. 하긴, 그가 봐도 예쁘긴 예뻤다.

"농담이라도 그런 소리 하지 마라. 백여우가 우릴 잡아먹으려고 할 거다."

"하긴……."

그녀가 택시를 탔다.

"매일 버스를 타더니 오늘은 왜 택시래."

"그러게 말이다."

“최 사장 집에 가는 거 아니에요? 어제 짐도 가지고 갔는데.”

어제 점심때쯤에 최 사장과 정성주가 함께 그녀의 집에 갔었다. 그리고 여행가방 하나를 가지고 나왔었다.

“같이 사는 거 아니에요? 난리 나겠는데요.”

“그러게…….”

순철은 박 집사에게 전화를 걸었다. 박 집사는 그의 고향 선배이자 이번 일에 그를 끌어들인 사람이었다. 김 여사의 완벽한 충복으로, 이번 일 말고도 가끔 골치 아픈 일에 그를 쓰곤 했었다.

“형님.”

[왜?]

“아무래도 둘이 살림을 차린 것 같습니다.”

[뭐? 확실한 거야?]

박 집사의 목소리가 날카로웠다. 마치 자신의 아들이 그런 것같이 기분 나빠 하고 있었다.

“거의…….”

[확실한 게 아니면 안 돼. 그래야 다음 단계로 넘어갈 수 있거든. 그냥 머물다가 사라지는 여자와 계속해서 거머리처럼 붙어 있는 여자와는 차이가 있으니까.]

“제 생각엔 안 떨어질 것 같아요.”

[그럼 다음 단계에 들어가야지. 일단은 오늘 잘 감시해. 이상한

점이 있으면 바로 보고하고.]

"네."

박 집사는 아주 집요한 사람이었다. 오죽했으면 자신이 좋아하는 여자 곁에 머물고 싶어서 장가도 가지 않고 집사까지 하는 사람이었으니.

"뭐래요?"

"잘 감시하래. 다음 단계로 넘어갈지 정한다고."

"다음 단계가 뭐예요?"

"난들 알겠어?"

박 집사는 어릴 때부터 아주 무서운 싸움꾼 형이었다. 그래서 마을 사람들은 그가 조폭이 되거나 아니면 강력범이 될 거라고 했었다. 그만큼 삐뚤어진 성격의 소유자였다. 그런 그가 집사의 일을 한다고 했을 때 어른들은 믿지 않았다.

박 집사의 부모님조차도 믿지 않았으니 말이다. 하긴 그도 심부름센터를 하리라고는 상상도 못했었다. 그런데 심부름이나 하던 순철에게 박 집사가 거액을 주며 사람 하나를 감시해 달라고 몇 년 전에 부탁을 했었다.

그 일을 생각하면 지금도 끔찍했다. 최 회장의 내연녀의 뒤를 밟았는데 나중엔 정말 사람 구실을 못할 정도로 박 집사가 손을 보았었다. 그 뒤로 그 여자의 모습은 보지 못했다. 이번에도 아마 그렇게 될 확률이 높았다.

"불쌍한 여자 하나 더 생기겠군."

"네?"

"아니야."

순철은 한숨을 푹 하고 쉬었다.

5. 다른 세상의 사람들

　명성호텔의 가장 전망이 좋은 레스토랑에 좀 한다 하는 사모님들이 모여 점심을 즐기고 있었다. 송년회에서도 만났지만 지금은 늦은 신년회를 하고 있었다. 다들 바쁜 사람들이라서 이렇게 한자리에 모이는 게 힘이 든 건 사실이었다.

　"이렇게 다 같이 모이는 게 얼마 만이에요?"

　영숙이 싫어하는 동화그룹 사모가 먼저 운을 뗐다.

　"호호호, 동화그룹 사모님이 가장 바쁘시죠. 이번에 손자를 보셨다고요?"

　동화그룹 사모라면 사족을 못 쓰는 영주건설 사모가 시녀처럼 옆에 앉아서 말을 하고 있었다.

"얼마나 좋으세요? 며느님이 아주 복덩어리세요."

"우리 며느리야, 빠지는 구석이 없죠. 재벌가 출신 아이답지 않게 아주 조신해요. 제 말이라면 껌뻑 죽고."

며느리 자랑이 한창이었다.

"성우그룹 사모님도 좋은 소식이 들리던데……."

"아휴, 글쎄 우리 아들이 다음 달에 장가를 갑니다. 어쩌다 보니 국무총리의 딸과 결혼을 하게 됩니다. 정치인은 그렇게 싫다고 했는데……. 어쩌겠어요? 지들이 좋다는데."

마치 연애결혼을 하는 것처럼 말하고 있었다. 중매쟁이가 소개했다는 걸 다 아는데 말이다.

"그나저나 최 사장도 결혼을 서둘러야 하는 거 아니에요? 소문엔 M&T 따님과 선을 본다고 하던데……."

M&T그룹은 우리나라에서도 다섯 손가락 안에 드는 대기업이었다. 거기에 외동딸이니 다들 놀란 것이었다.

"우리 아들과 만나고 싶다고 그쪽에서 연락이 왔지 뭡니까……."

말을 흐렸다. 뭐 굳이 힘주어 말하지는 않았다. 그럼 모양이 빠지니까 말이다. 슬쩍 던져 놓고 상상은 저쪽에서 하게 만드는 게 나았다.

"하긴 최 사장 인물이야 최고 아닙니까?"

웬일로 동화그룹 사모가 거들었다.

"암요, 인물이야 최고죠."

"모델까지 하고."

다들 한마디씩 했다.

"어머니를 닮아 그런 쪽에 끼가 있나 봅니다. 모델 쪽으로 성공하게 놔두시지……."

동화그룹 사모가 재민이 경영에는 적합하지 않다는 말을 돌려 하고 있었다. 그냥 넘어갈 리가 없었다. 어떻게든 영숙을 열받게 만드는 여자였다.

"모델 일보다는 경영 쪽에 소질이 있으니 어쩔 수 없죠."

"그런가요?"

음식이 나오는 바람에 그녀들의 대화가 끝이 났다. 안 그런 척하면서 가시 돋친 말을 잘하는 여자들이었다. 영숙이 이 모임에 끼게 된 건 10년 전이었다. 어떻게 해서든지 재벌가의 여자들과 어울려야 한다는 걸 안 영숙이 매번 이 여자들을 호텔로 부르면서 시작이 된 모임이었다.

그들은 처음부터 그녀를 무시했었다. 시간이 지나면 나아지려니 했지만 그건 영숙의 착각이었다. 점점 더 그녀가 고졸에 모델 출신이고 평범한, 아니 가난한 집의 딸이라는 걸 물고 늘어졌다. 그들과 어울릴 수 있다는 생각은 처음부터 무리였다. 하지만 이렇게 만나는 건 진정한 친구를 사귀기 위한 게 아니었다.

그녀가 그들의 일원이라는 사실을 알리기 위함이었다.

'너희들이 아무리 싫다고 해도 난 너희와 한자리에서 밥을 먹는 사이야.'

오늘도 이렇게 속으로 생각을 한 영숙이었다.

"며느님은 데리고 사실 건가요?"

성우그룹 사모에게 그녀가 물었다.

"아뇨, 신혼집은 청담동에 마련해 줬습니다. 요즘 애들은 편한 걸 좋아하니까요."

"그래도 가풍을 가르치시려면……."

"낮에는 집에 와서 배워야죠."

아주 당연하다는 듯 말했다. 모두가 시부모님을 모시고 산 사람들이었다. 재벌가의 시집살이가 얼마나 힘든지 잘 알고 있는 그들이었다. 그런데 분가를 시킨다고 해서 다들 놀란 눈치였는데 고도의 작전이 있었던 것이다.

신혼집은 아마 잠만 자는 곳이 될 게 뻔했다. 그런 게 재벌가의 모습이었다. 피 말리는 시집살이가 끝이 나면 자신이 또 그 시집살이를 되풀이하는 것이었다. 악순환이었다. 영숙은 그런 시집살이를 남들보다 더 대차게 당했었다.

시어머니의 횡포를 그냥 온몸으로 받아들이며 살았다. 하지만 자신은 멋진 시어머니가 되고 싶었다. 물론 전제조건이 있었다. 재벌집의 딸이어야 했다. 어디다 내놓아도 꿇리지 않는 그런 며느리여야 했다.

M&T그룹의 딸이 딱 적임이었다.

윙―

박 집사의 전화였다. 웬만하면 전화를 하지 않는 사람인데 급한 일인 것 같아 영숙은 잠깐 조용한 곳으로 가서 전화를 받았다.

"무슨 일이야?"

[순철이한테 전화가 왔는데 정성주와 최 사장님이 동거 중인 게 확실하다고 합니다.]

"뭐?"

[그래서 아무래도 다음 단계에 들어가야 할 것 같습니다.]

"그래, 뭐든지 싹을 잘라야 하니까."

[그럼 제가 준비하겠습니다.]

"지난번처럼 확실하게 해야 해."

[네, 잘 알고 있습니다.]

"정신 빠진 놈, 내가 저를 어떻게 키웠는데 그런 년을 만나?"

영숙은 아들인 재민이 처음으로 미웠다. 불 끄면 다 거기서 거기였다. 그래서 이왕이면 좋은 여자를 만나라고 하는 건데 뭐가 잘못된 것일까? 영숙은 도저히 알 수가 없었다.

속이 상한 영숙은 점심을 먹는 둥 마는 둥 하고는 명성백화점으로 향했다. 어떤 년인지 직접 봐야 할 것 같았다. 백화점 쇼핑은 수시로 갔지만 남성복 매장엔 잘 들르지 않았다. 주로 가는 곳이라면 명품관이 전부인 그녀였다.

그래도 웬만한 건 다 명성백화점에서 사려고 했다. 이왕이면 자신의 백화점에 매출을 올려 주는 게 좋으니까 말이다. 그녀는 처음으로 남성복 매장으로 향했다. 그녀가 도착하자 5층 매장의 직원들이 그녀를 알아보고는 사색이 되었다.

백화점 안주인의 방문이니 모두가 긴장할 수밖에 없을 것이다. 거기다가 그녀는 결코 평범하지 않았다. 명품 밍크코트에 커다란 진주 비드 목걸이와 반지, 귀걸이는 럭셔리함의 극치였다. 그리고 그녀가 든 에르메스 가방은 그들의 연봉보다 높은 가방이었다.

그녀가 지나갈 때마다 매장의 직원들이 구십도로 인사를 했다. 뭐 기분이 나쁘진 않았다. 명품관은 안으로 들어가야 극진한 환대를 받았지만 이곳은 지나가기만 해도 장난 아닌 환대를 받을 수 있었다.

왕년에 유명 모델답게 그녀의 워킹은 아주 당당했다.

"어디 보자……."

영숙은 성주가 근무한다는 해밀턴 매장을 보았다. 성주로 보이는 여자가 고객을 응대하고 있었다.

"저기 있네?"

저도 모르게 비웃음이 나와 버렸다. 성주의 얼굴에서는 다행히 강수희의 모습은 보이지 않았지만 체형이 아주 비슷했다.

"얼굴은 아빠고 몸매는 엄마네."

예쁘게 생긴 건 인정하지 않을 수 없었다. 검은색의 유니폼으로도 성주의 아름다움을 가리진 못했다.

"사모님……."

그녀의 관찰을 방해하는 소리가 들렸다.

"전 본점 점장 유승철입니다."

"유 점장님."

"네, 사모님. 여긴 무슨 일로……."

점장이 할 일이 없는 모양이었다. 일은 안 하고 그녀에게 달려온 걸 보면 말이다.

"회장님 와이셔츠나 사려고요."

영숙은 최대한 자연스럽게 말했다.

"특별히 선호하시는 브랜드가 있으시면……."

"해밀턴에서 사려고요."

"해밀턴이요? 요즘 최 사장님도 그곳에서 와이셔츠를 구매하셨습니다."

"그래요?"

"네, 사모님."

영숙은 자연스럽게 점장과 함께 해밀턴으로 향했다.

"어서 오십시오."

작은 키에 귀엽게 생긴 직원이 그녀를 맞이했다. 성주는 다른 고객을 응대하고 있었다. 가까이서 보니 얄밉게도 예쁘게 생겼다. 남자라면 혹하게 생긴 얼굴이었다. 거기에 몸매는 완전 환상이었다. 그녀의 시선이 성주를 아래위로 살피고 있었다.

"무엇을 도와 드릴까요?"

"난 저 직원을 통해 구매하고 싶은데?"

"알겠습니다. 잠시만 기다려 주세요."

직원은 그녀에게 의자를 가져다주었다. 점장이 쩔쩔매는 걸 보더니 눈치껏 행동하고 있었다. 그녀가 누군지는 모르는 것 같았다.

"안녕하십니까? 절 찾으……."

매장의 다른 직원은 영숙이 누군지 몰라도 성주는 그녀가 누군지 아는 눈치였다. 그러니 저렇게 놀란 얼굴을 하지.

"남편 와이셔츠 좀 사려고요."

그녀가 회장이라는 단어를 쓰지 않고 남편이라고 말했지만 성주의 얼굴은 여전히 굳어 있었다.

"사이즈는 100이면 될 것 같고 좀 까다로운 사람이라서……. 디자인 좀 볼까요?"

"네."

처음엔 당황한 얼굴이더니 금세 얼굴 표정을 바꾸고는 그녀에게 제품을 권하기 시작했다.

"이 제품이 요즘 가장 인기가 있는 제품입니다. 화이트색상은 기본이고 은은한 하늘색이 아주 잘 나가는 제품입니다. 전 두 가지를 다 권해 드리고 싶습니다."

"그래요? 그런데……."

영숙은 와이셔츠의 촉감을 느끼고 있었다. 생각보다 괜찮았다. 해밀턴은 국내에서 알아주는 브랜드였지만 최 회장이 입는 옷은 다 명품이었다.

"조금 더 고급스러웠으면 좋겠는데?"

"소재가요? 아니면 핏이요?"

"지금 따지는 겁니까?"

영숙이 정색을 하고 말하자 점장이 더 당황했다.

"그게 아니라……."

"말대꾸하지 마세요. 이분이 누군 줄 알고?"

점장이 더 발끈했다.

"묻는 말에만 대답하면 되는 건데 왜 토를 달고 그래?"

점장의 얼굴이 빨갛게 변했다.

"죄송합니다. 이 소재가 저희 매장에선 가장 좋은 소재입니다."

성주가 차분하게 말했다. 그게 더 마음에 들지 않는 영숙이었다.

"그냥 다른 브랜드로 가시죠."

"아무래도 평소에 입으시는 보스로 가볼까 합니다. 여긴 소재가 좀……."

"그 대신에 가격이 싸니까, 그 맛에 입는 거죠."

점장이 영숙에게 절절매며 설명을 했다.

"그런가요?"

"그럼요. 가시죠."

영숙은 매장을 나오면서 성주의 얼굴을 보았다. 성주는 무표정한 얼굴로 그녀를 보았다. 영숙을 보고도, 그녀가 누군지 알고도 당황하지 않고 있는 게 마음에 들지 않았다.

"싸가지가 없어."

"네?"

"아니에요. 앞장서세요."

"네, 네."

영숙은 성주가 만만치 않은 상대가 되리라는 걸 직감적으로 알 수 있었다. 왜냐면 그녀도 명성그룹에 시집올 때 그랬으니까.

모두의 시선이 성주에게 머물고 있었다. 해밀턴 점장은 다 안다는 표정으로 그녀를 힐끔 보고는 매장으로 들어가 버렸다.

"도대체 왜 저런데요?"

"……."

"누군데 점장이 저렇게 기어요?"

"명성그룹 사모님."

"명성백화점 사모요?"

두리가 입을 삐쭉 내밀며 놀란 표정을 지었다.

"어쩐지 표정이 남다르다고 했어요. 그래도 언니한테 싸가지가 없다는 표현은 좀……."

"……."

나가면서 그런 모양이었다. 성주는 듣지 못했지만 두리가 듣고는 고개를 절레절레 흔들었다.

"최 사장님의 부인이 누가 될지는 몰라도, 시집살이 하나는 끝내 주게 할 것 같아요."

"……."

"막장 드라마를 예고하는 포스예요."

"……."

할 말이 없었다. 다른 매장 직원들이 와서 괜찮냐고 물었다. 괜찮다고는 했지만 속으론 죽을 맛이었다. 왜 온 걸까? 분명 뭔가를 아는 눈빛이었다. 그들이 지금 만나고 있다는 걸 아는 걸까?

불안한 마음이 드는 성주였다.

퇴근길에 성주는 버스를 탔다. 오늘은 재민이 저녁 약속이 있다고 해서 혼자 가는 길이었다. 병원에 들를까 했는데 창빈이 오지 말라고 쉬는 날에 오라고 하는 바람에 재민의 집으로 가는 길이었다.

재민의 어머니의 방문 이후에 성주는 머리가 터질 것 같았다. 어떻게 이 난국을 극복해야 할지 걱정이었다. 동생의 병원비가 끊기면 당장 어떻게 해야 하는지도 생각했다. 그가 준 카드엔 상상 이상의 돈이 있었지만 그건 그녀의 돈이 아니었다.

정말 필요할 때 쓰려고 그녀는 지금까지 한 번도 카드를 쓰지 않았다. 버스에서 내려 한참을 걸어가야 그의 집이 나왔다. 택시를 타고 가라고 신신당부를 했지만 택시비가 아까워 성주는 걸어가기로 했다.

버스 정거장에서 파는 붕어빵 한 봉지를 사 들고, 하나 먹으면서 그녀는 그의 집으로 걸어갔다.

"오랜만에 먹으니까 맛있네."

언제부턴가 혼잣말을 즐겨 하게 된 성주였다. 아마도 누군가 그녀를 미행한다고 느낄 때부터 무서우니까 중얼거리게 된 모양이었다. 하지만 오늘 붕어빵은 정말 맛있었다.

"호…… 뜨겁다."

호호 불면서 한 개를 다 먹은 그녀였다. 봉지에서 붕어빵 하나
를 꺼내려던 순간 그녀 옆으로 차 한 대가 바짝 붙어 따라오고 있
었다. 이상한 느낌에 성주가 주변을 빠르게 살폈다. 다행히 앞에
빌라에 경비 아저씨가 서 있었다.

"아저씨!"

그녀가 경비 아저씨 쪽으로 빠르게 뛰어가자 그녀의 옆에 붙어
있던 차도 빠르게 사라졌다.

"헉헉, 아저씨."

"아가씨 왜 그래?"

"누가…… 쫓아와서."

아저씨도 빠르게 사라지는 차를 보았다.

"저 차가 따라온 거야?"

"헉헉……. 네."

숨이 차서 말이 잘 나오지 않았다.

"아가씨, 집이 어딘데?"

"이쪽 가장 끝 집이요."

"거긴 명성그룹 아들 집인데……."

경비 아저씨가 그녀를 아래위로 훑어보았다.

"이거 드세요."

"어?"

그녀가 붕어빵을 내밀었다.

"감사해서요. 그런데…… 저 여기서 사람 좀 기다리면 안 될까요?"

"그렇게 해."

아저씨가 경비실을 내주었다.

"많이 놀랐나 봐?"

"조금요……."

너무 놀랐다. 그 차는 분명히 그녀를 노리고 있었다. 미안한 일이었지만 성주는 재민에게 전화를 걸었다. 일 다 보고 오는 길에 꼭 전화를 하라고 말이다. 재민에게는 방금 전의 상황은 말하지 않았다.

"데리러 온대?"

"네, 잠깐 앉아 있어도 되죠?"

"그럼, 나도 딸자식 키우는데 지금 그냥 보내면 안 되지. 눈이 좋았으면 번호라도 외워서 신고했을 텐데……."

"아니에요."

경비 아저씨가 믹스커피 한잔을 건넸다.

"커피 마셔."

“감사해요.”

아저씨는 잘 모르는 그녀에게 친절하게 대해 주셨다.

“이 동넨 걸어 다니는 사람이 거의 없어. 다 좋은 차 끌고 다니지.”

“그렇겠네요.”

“일하는 아줌마들이나 걸어 다닐까. 아가씨는 그런 것 같지도 않고.”

“친척 집에 며칠 신세 지고 있는 거예요.”

“그래?”

아직도 미심쩍은 눈으로 그녀를 보았다. 하지만 아저씨도 일을 하셔야 하기 때문에 더 이상 그들은 대화를 하진 않았다. 한참의 시간이 흐르고 재민이 전화를 했다.

[어디야?]

“여기…… 코아빌라 경비실이요.”

[경비실?]

“그럴 일이 있어요. 집에 가서 말할게요.”

[다 와 가.]

“네.”

성주는 한숨을 쉬며 재민을 기다렸다.

순철은 기가 죽은 얼굴로 옆자리의 박 집사를 바라보고 있었다. 박 집사가 타이밍을 못 맞춰서 일이 꼬여 버린 건데, 그게 또 자신 탓이라고 말하고 있었다.

"형님, 갑자기 눈치채고 달아나 버린 걸 어쩝니까? 사람이 있는 줄도 몰랐고요."

"닥쳐."

"형님, 그리고 저 여자를 어떻게 하려고 그러십니까? 지난번처럼 하면 이번엔 걸릴 수 있어요."

"재수 없는 소리 할래?"

박 집사의 눈이 날카롭게 빛나고 있었다.

"나야, 돈 받고 차만 태워다 주기만 했다고 하면 그만이지만. 형님은 빠져나가기 힘들어요."

"……."

"설마 지난번 그 여자보다 심하게 하시려는 건 아니죠? 그 여자는 반쯤 죽었었다고요."

"시끄러워."

"막말로, 이렇게 한다고 해서 사모님이 형님한테 눈길 한번 줄 것 같아요? 몇 십 년이나 종 부리듯이 부려 먹은 사람이?"

"닥치라고 했어."

그때였다. 그들의 앞에 차 한 대가 지나갔다. 재민의 차였다.

"정신을 못 차리고 있어."

"최 사장이 여자한테 정신없이 빠져 있긴 한 것 같아요."

"수준에 맞는 인간을 만나야지."

박 집사는 성주를 미워했다. 영숙이 성주를 미워했기 때문에 그의 입장에서도 좋을 게 없었다.

"형님, 그냥 놔두시는 게……."

"……."

순철은 더 이상 말을 하지 않았다. 둘은 차 안에서 재민과 성주가 차를 타고 가는 걸 바라보고 있었다.

"다음은 좀 더 적극적으로 잡아."

"네, 형님."

"가자."

차가 다시 출발했다. 박 집사의 표정은 여전히 굳어 있었다. 순철은 딸아이 학비만 아니어도 이 일은 하고 싶지 않았다. 푼돈이지만 심부름센터로 버는 돈이 훨씬 마음 편했기 때문이었다.

탕!

재민이 현관문을 거칠게 열었다. 단단히 화가 난 모양이었다.

"아파요!"

재민이 그녀의 손목을 강하게 잡고 있었다. 지금 화가 나서 힘

조절이 안 되는 모양이었다.

"재민 씨!"

"도대체 왜 너한텐 자꾸 이런 일이 일어나는 거지?"

그녀도 알고 싶었다. 왜 이런 안 좋은 일들만 일어나고 있는지.

"당장 경호원 붙일 테니까 그런 줄 알아."

"재민 씨, 내가 회사를 그만둘게요. 그리고 집에만 있으면……."

"집은 안전하고?"

"……."

"어떤 놈인지 조사하고 있으니까 조금만 참아."

그가 그녀를 위해 미행하는 사람을 알아보는 중인 것 같았다.

"부모님 빚쟁이인지 아니면 스토커인지. 아니면 아예 다른 사람인지 내가 알아볼 테니까, 그동안은 불편하더라도 경호원하고 같이 다녀."

"알았어요."

"후……."

그가 자신의 머리카락을 신경질적으로 쓸어 올렸다.

"하루도 편할 날이 없어. 있을 때나 없을 때나……."

도통 알아들을 수 없는 말이었다.

"조심할게요."

"성주야……."

그가 성주를 품에 안았다.

"네 잘못이 아냐! 쫓아다니는 놈이 나쁜 거지."

"미안해요. 항상 짐만 되는 것 같아요. 이 은혜를 도대체 어떻게 갚아야 할지……."

"갚는 방법은 말했을 텐데?"

"……."

성주는 그가 뭘 원하는지 잘 알고 있었다. 그를 닮은 아기를 원했다. 이왕이면 아들로.

"밥은?"

"아직요."

"나도 못 먹었어."

"왜요?"

"밥이 목구멍으로 넘어가는 자리가 아니었거든."

"누굴 만났는지 물어봐도 돼요?"

"M&T그룹 딸."

"……."

그가 선을 봤다는 말을 하고 있었다. 그의 재킷을 받아 든 성주는 괜히 울컥해 코끝이 찡했다. 재민은 그녀의 남자가 아닌데 시간이 흐를수록 그에 대한 소유욕이 생기는 성주였다.

"밥 같이 먹어."

"씻고 나와요."

"알았어."

그녀는 그의 드레스룸에 재킷을 걸어두고 오전에 아주머니가 해 놓고 가신 음식을 차리기 시작했다. 그의 집에 와서 가장 편한 건 이렇게 음식을 차리고 설거지만 하면 된다는 것이었다.

"먹자."

상을 다 차리자 그가 때맞춰 나왔다.

"먹자."

"네."

"집에서 먹는 밥이 최고야."

그가 자리에 앉아 밥을 맛있게 먹고 있었다. 하지만 성주는 밥이 목에 넘어가지 않았다. 그녀는 오늘 선을 본 내용이 아주 궁금했다.

"M&T그룹의 따님은 어때요?"

"괜찮아."

"……."

마음에 든 모양이었다. 그녀에게 미안해서 그런지 얼굴의 표정은 무표정이었지만 괜찮다고 분명히 말했다.

"마음에 드셨나 봐요."

"그 얘긴 하지 말자."

"……."

재민이 그녀의 말을 단칼에 잘라 버렸다. 하긴 그녀와 이야기를 할 거리는 아니었다. 아마 껄끄러웠을 것이다.

"오늘 두리가 코바늘로 뜬 인형을 선물해 줬어요. 손재주가 아주 많은 친구예요. 성격도 좋고."

성주가 화제를 돌렸다.

"언제 그만둘 거야?"

"내일 가서 사람 구하라고 말할게요."

"잘 생각했어. 창빈이 보러 병원 다니고, 성주도 취미 생활을 시작해 봐."

"천천히요."

밥을 먹고 설거지를 하는 동안 그는 잠이 들어 버렸다. 그녀가 욕실에서 나오기가 무섭게 그녀를 안던 사람이 오늘은 등을 돌리고 잠을 청했다. 성주는 서운한 마음이 가득했다. 놀란 마음을 그에게 안겨 위로받고 싶었는데 그는 다른 여자를 생각하며 잠이 든 게 분명했다.

서럽고 우울한 밤은 한없이 길었다.

영숙은 집 안에서 마사지를 받고 있었다. 마사지사가 온몸에 오일을 바르고 문지르기 시작했다. 쉰세 살이라는 나이가 무색할 정도로 그녀의 몸은 탄탄했다. 모델치고는 육감적인 몸을 가지고 있는 그녀였다.

"사모님, 정말 20대 아가씨들이 울고 갈 몸매이십니다."

"그래?"

남자 마사지사에게 전신을 오일 마사지를 받는 그녀였다. 여자 마사지사보다 끈적이기는 해도 남자 마사지사들이 섬세하고 힘 있게 잘 만져 주었다. 특히 야릇한 남자의 손길이 필요할 때는 딱이었다.

영숙은 외도는 하지 않았지만 이런 식으로 즐길 건 즐기는 여자였다. 돈 많고 예쁜 그녀를 마다할 사람은 아무도 없었다. 하지만 끝까지 가지는 않았다. 잘못하면 최 회장에게 꼬투리를 잡히기 때문이었다.

최 회장도 정도껏 즐기고 있었다. 완벽하게 외도를 한 건 한 번뿐이었다. 그때 그녀가, 아니 박 집사가 여자를 반 병신을 만들었다고 했다. 그러고 나서는 그렇게 딴 살림을 차린 적은 없었다.

똑똑!

박 집사가 분명했다. 그녀가 이렇게 마사지를 받으면 박 집사는 항상 들어왔다. 그 이유를 모르는 그녀가 아니었다. 그래서 때로는 그녀의 몸을 그대로 보여 줄 때도 있었다. 그래야 박 집사의 마음이 끝까지 그녀에게 향하도록 할 수 있기 때문이었다.

오늘도 가슴이 다 보이게 똑바로 누운 영숙이었다. 마사지사는 아무렇지 않게 그녀의 가슴을 마사지하기 시작했다.

"왜?"

"오늘 제 눈으로 확인했습니다. 최 사장님이 정성주와 같이 동거하고 있는 모습을 말입니다."

"……."

갑자기 좋았던 기분이 사라져 버리고 속이 부글부글 끓었다.

"오늘 선보러 안 갔어?"

"선보러 가시긴 했습니다만, 집에 같이 들어간 건 정성주입니다."

"그래서? 지금 내 속을 천불나게 하는 거야? M&T 딸은 뭐래?"

"민성아 씨는 최 사장님이 아주 마음에 드신 모양입니다. 중간에 소개하신 분에게 다음에 또 만나고 싶다고 말씀하셨답니다."

좋은 징조였다.

"재민이는?"

"속아서 나가신 자리인데도 그냥 나오시지 않은 걸로 봐서는 완전히 마음에 안 드신 건 아닌 것 같습니다."

"그래? 정성주가 문제네."

"오늘 처리하러 갔는데 예기치 않은 일 때문에……."

"이번엔 하지 마. 내가 알아서 할게."

"네?"

박 집사가 놀란 모양이었다. 영숙은 또다시 골치 아픈 일에 휘말리기 싫었다. 재민이 성격에 그 자리를 뛰쳐나오지 않은 건 마음에 들었다는 뜻이었다.

"사모님 금박을 붙여야 하니까 잠깐만……."

말을 하지 말라는 소리였다.

"들었지? 나가 봐. 그리고 더 이상은 정성주 건드리지 마. 내가 알아서 할게."

"네."

"붙여, 진짜 금이야?"

"그럼요. 이 한 장 만드는데 금이 상당히 들어갔습니다. 동화그룹 사모님도 비싸서 못했다는 그것입니다."

"아주 여우야."

"전 늑대입니다."

마사지사가 그녀의 유두를 살짝 비틀었다. 슬쩍 아래를 보니 마사지사의 페니스가 서 있었다.

"얼른 해. 엉뚱한 생각하지 말고."

"네……."

아주 능글맞은 마사지사였다. 그녀의 여성을 슬쩍 쓸어 올리며 얼굴에 팩을 얹었다.

"움직이지 마세요."

"응······."

그렇게 말하며 마사지사가 그녀의 여성을 만지기 시작했다. 지금은 아주 야릇한 마사지 시간이었다. 집 안에서, 그것도 남편이 있는 공간에서 이러고 있는 게 미안할 거라고 생각하겠지만 영숙은 아니었다.

그들은 그들만의 삶이 있었다. 서로 터치를 하지 않으면서도 즐길 건 즐기는 삶이었다. 사랑을 한 번도 받지 못해서 그런지 이렇게라도 그녀가 여자라는 걸 인정받고 싶었다.

박 집사는 마른침을 삼키며 영숙의 몸을 바라보았다. 오십이 넘은 여자의 몸이라고 보기 어려웠다. 하긴 20대 초반에 재민을 낳았으니 몸매가 망가지지 않고 유지할 수 있었을 것이다. 그리고 육감적인 가슴은 터질 것 같아 보였다.

그는 마사지사가 오는 날이 좋았다. 그녀의 몸을 볼 수 있었기 때문이었다. 지금은 마치 잔칫상 앞에 배고픈 거지 같은 느낌이었다.

"이번엔 하지 마. 내가 알아서 할게."

영숙의 이 말이 그의 가슴에 못을 박았다. 그녀는 영숙을 위해
뭐든 다 할 생각이었다. 하지만 다른 건 아무리 열심히 해도 영숙
의 반응이 만족스럽지 않았다. 하지만 박 집사가 한 일 중에 영숙
이 가장 기뻐했던 건 최 회장의 첩을 사람 구실 못하게 만든 그때
였다.

박 집사는 영숙의 칭찬에 목이 말라 있었다. 마사지실을 나온
그는 최 회장과 마주쳤다. 박 집사는 최 회장이 마음에 들지 않
았다. 그리고 그는 최 회장의 사람이 아니라 김영숙의 사람이었
다.

"김 여사는?"

"마사지 받고 계십니다."

"그래?"

"뭐 하실 말씀이라도……."

"아니야, 내 방으로 와인이나 가지고 와."

"네, 알겠습니다."

뭐든 최상급인 그들이었지만 부부로서는 아주 최악이었다. 거
의 남남인 사이 같았다. 다른 사람들이 보면 다르겠지만 말이다.
그래도 돈이 좋은 건 이혼을 하지 않고 유지를 한다는 것이었다.

박 집사는 영숙이 안쓰러웠고 영숙의 마음을 아프게 하는 것들은 다 제거할 생각이었다.

정성주는 그의 제거 대상 1호였다.

6. 알 수 없는 그의 마음

두리의 눈에 눈물이 가득 고여 있었다. 어찌나 미안한지 성주는 아무 말도 못한 채 두리를 바라보고만 있었다.

"난 언니랑 진짜 오래 일할 줄 알았어요."

서운한 마음을 그대로 드러낸 두리였다.

"나도 그랬어."

"점장도 괜찮아졌는데, 왜요?"

"사정이 생겼어. 나중에 꼭 알려 줄게."

점장에게 사직서를 주러 가기 전에 성주는 두리에게 그만둔다는 말을 미리 했다.

"이러는 게 어디 있어요?"

급기야 두리의 눈에서 눈물이 터져 나오고 있었다.

"미안해."

성주가 두리를 안아 주었다. 근무한 기간은 오래되지 않았지만 많은 일이 있어서 그런지 정이 많이 들었다.

"내가 연락할게."

"연락은 연락이고, 그만두는 건 다르죠. 연락도 안 하려고 했어요?"

어린아이처럼 우는 두리가 안쓰러웠다.

"더 좋은 사람이 올 거야."

"언니······."

다른 매장 직원들이 무슨 일인가 싶어 그녀들 쪽을 보고 있었다.

"나 사직서 내고 올게. 오늘이 마지막 날은 아니야. 후임이 올 때까진 있을 거야."

"그래도······."

성주는 두리의 어깨를 한 번 툭 치고는 정장 코너로 향했다.

"점장님."

그녀가 부르는 소리에 점장이 깜짝 놀라 일어났다. 그 모습에 웃음이 터지려 했지만 꾹 참았다.

"이거······."

"이게 뭔데?"

"사직서요."

"……그만두래?"

"네."

솔직하게 말했다. 사유에 개인적인 사정이라고 적었지만 그 이유를 점장이 누구보다 잘 알았다.

"이제 팔자 핀 거야?"

"아마도요."

"알았어. 일단 후임자는 일주일 안으로 올 거니까 걱정하지 말고."

"네."

"그동안 수고했어. 그리고 내가 했던 말 너무 마음에 담아 두지 말고."

"생각해 볼게요."

그녀는 그렇게 말을 하고는 고개 숙여 인사를 한 뒤에 자신의 매장으로 향했다. 한 방 날린 기분이 들어 발걸음이 가벼웠다.

아침에 이래저래 시간을 낭비하다 보니 점심식사 시간이 늦은 성주는 빠르게 밥을 먹고 직원 휴게실로 가기 위해 엘리베이터에 탔다. 유일하게 직원과 고객이 같이 탈 수 있는 엘리베이터였다.

사실 고객용이라기보다는 직원용에 가까운 곳이었다. 워낙 구석진 곳이라서 고객들은 잘 타지 않았다. 지하 2층의 식당에서 12층의 휴게실까지는 좀 멀었다.

늦은 시간에 식사를 해서 그런지 엘리베이터 앞에서 기다리는 건 그녀뿐이었다. 지하 4층에서 올라온 엘리베이터 안에는 재민과 다른 사람들이 서 있었다.

외출했다가 온 모양이었다.

1층에서 다시 한 번 선 엘리베이터 안에 사람들이 우르르 몰려들어 왔다. 한 팀으로 이루어진 중국인 관광객들이었다. 그녀는 관광객들 때문에 안으로 밀려들어 갔다.

"어머!"

그가 그녀의 팔을 잡아 자신의 코트 안으로 끌어 들였다. 그를 올려다보았지만 재민은 그녀를 보고 있지 않았다. 딴청을 피우는 것이었다. 그런데 그때 그의 손이 그녀의 허리를 단단히 잡았다. 그리고는 그녀와 함께 사람들을 등지고 섰다.

성주는 엘리베이터의 구석에 섰고 그는 그녀를 가린 채 마주 섰다. 사람들에게서 완벽하게 차단이 되었다.

그리고 어찌나 중국 사람들이 떠들어 대는지 엘리베이터 안이 쩌렁쩌렁하게 울리고 있었다.

"흡!"

그의 손이 갑자기 그녀의 옷 속으로 들어와 그녀의 맨살을 어루

만졌다. 손은 점점 위로 올라왔고 나중엔 브래지어 안으로 밀고
들어왔다.

"……미쳤어요?"

그녀가 그가 들릴 정도로 작게 말했다. 하지만 그는 아랑곳하지
않고 그녀의 유두를 만지기 시작했다. 성주는 그가 주는 쾌감에
어쩔 줄 몰라 입술을 깨물었다. 엘리베이터가 왜 이렇게 느리게
가는지 알 수 없었다.

성주는 이를 꽉 깨물었다. 그렇지 않고는 신음소리를 낼 것 같
았다. 그의 다른 손이 이번엔 그녀의 바지 안으로 들어왔다. 그의
몹쓸 코트는 그녀의 모든 걸 완벽하게 가려 주고 있었다.

그의 손가락이 그녀의 질 안으로 들어왔다. 다리에 힘이 빠져
버린 성주는 엘리베이터에 기대섰다. 그는 악마 같았다. 사악하고
음란하며 몹시도 섹시했다. 그녀의 영혼은 이미 그의 지배를 받고
있었다.

11층의 식당가에서 사람들이 우르르 내렸다. 그리고 엘리베이
터엔 이제 그와 그녀 둘뿐이었다.

"다음은 집에서."

12층에 도착하자 그가 그녀에게 속삭이듯 말했다. 그리고는 그
녀만 두고는 다시 아래층으로 내려갔다. 성주는 12층의 직원 휴게
실에서 한참을 멍하게 앉아 있었다. 뛰는 심장을 주체하지 못했기

때문이었다.

1층 명품관은 아주 마음에 들었다. M&T그룹의 딸답게 선아는 평소엔 국내에 백화점엔 잘 오지 않았다. 모르는 사람들과 함께 쇼핑하는 것도 그렇고, 숍에 들르면 아는 얼굴 한둘은 보기 때문에 주로 외국에 가서 사는 편이었다.

그녀가 어딘가에 나타났다 하면 재벌가의 사모들이 모여들기 시작했기 때문이었다. 엄마 없이 자란 그녀는 누군가의 엄마인 사람들이 부담스러웠다.

하지만 오늘은 특별히 명성백화점 안주인인 김 여사를 만나기 위해 이곳에 왔다. 물론 그녀가 온 목적은 따로 있었지만 말이다. 첫눈에 반한 남자의 어머니였다. 그리고 그의 어머니를 만나러 왔다고 하면 그도 올 게 분명했기 때문이었다.

"티파니 매장에서 보자고 했지?"

그녀가 좋아하는 곳이었다. 타파니의 제품이라면 웨딩 링 빼고는 다 가지고 있었다. 뭔가 그녀의 허전한 마음을 채워 주는 느낌이 들어 좋아했다. 하지만 국내에 있는 티파니 매장엔 처음이었다.

"안녕하세요?"

한눈에 알아볼 정도로 거만한 자세로 앉아 있는 여자를 향해 선아가 인사를 했다.

"어머, 왔어요? 오는 데 힘들었죠?"

"아뇨."

"어쩜 이렇게 예뻐요. 이러니 우리 재민이가 마음에 들어 하지."

"재민 씨가요?"

"그럼요, 걘 마음에 들지 않으면 그 자리에서 일어나는 애라고요."

재민의 엄마가 수다스럽긴 해도 하는 말들은 아주 마음에 들었다.

"티파니 제품들을 좋아한다고 하던데?"

"네, 거의 다 가지고 있을 정도로요."

"그래서 한국에 특별히 온 한정판 에디션이 있어서 한번 준비해 봤어요."

티파니에서 한국 고객들을 위해 한정판으로 나온 목걸이였다. 다른 나라엔 없는 것이었다.

"어머, 예뻐요."

근래에 받은 선물 중에 가장 마음에 들었다.

"아니 최 사장은 왜 이렇게 안 오는 거야?"

그때였다. 최 사장이 티파니 매장 안으로 들어왔다. 선아는 완전히 오늘 계 탄 날이었다.

"어머니."

"선아 씨 왔어."

"안녕하십니까?"

"안녕하세요."

선아는 심장이 터질 것 같았다.

"선아 씨 목걸이 어떠니?"

"예쁘네요."

선아의 얼굴이 빨개졌다.

"네가 선물해."

"네."

당황한 기색 없이 그가 카드로 결제했다.

"아니, 괜찮은데……."

"어때, 우리 아들이 선물하는 건데."

"감사합니다."

"목걸이가 주인에게 간 거죠."

그는 말까지 매너 있게 했다. 아주 마음에 들었다. 그때였다. 그의 핸드폰이 울리기 시작했다. 통화를 하던 그는 일 때문에 가야 한다고 했다. 아쉬웠지만 갑자기 부른 거라 보낼 수밖에 없었다.

"저도 재민 씨에게 선물 하나 하고 싶은데 뭐가 좋을까요?"

"그래요? 그럼 하나 생각나는 게 있는데, 같이 갈래요?"

"네."

돈은 상관없었다. 그에게 선물을 받았으니 차라도 사 주고 싶은 마음이었다. 물론 백화점에서 아무리 비싸도 그 가격에 미치진 못할 테지만 말이다. 재민의 어머니를 따라 5층의 남성관으로 갔다.

"슈트도 좋을 것 같아요."

"아니, 슈트는 너무 많아."

"그럼요?"

"와이셔츠를 사 주면 좋아할 거야."

"와이셔츠요?"

"와이셔츠하고 넥타이 정도면 남자 선물로는 좋지."

"그럴까요?"

"우리 재민이가 와이셔츠 욕심이 많아."

뭐 그의 어머니가 그렇다고 하니까, 선아는 와이셔츠를 사 주기로 했다. 에르메스나 보스 정도면 괜찮을 것 같았다. 하지만 그들이 간 곳은 해밀턴이란 매장이었다.

"어서 오세요."

직원이 굉장히 미인인 곳이었다.

"우리 최 사장이 여기서 잘 사 가는 와이셔츠 좀 보여 줘요."

"네."

그녀는 침착하게 와이셔츠를 보여 주었다.

"맞춤 사이즈시라서 맞추셔야 합니다. 기간은 일주일 정도 걸립니다."

"그럼 와이셔츠 말고 넥타이를 좀 보여 줘요. 그래도 선물인데, 바로 드리고 싶어서요."

"네."

직원이 디자인을 고르러 간 사이에 김 여사가 큰소리로 말을 이어갔다.

"우리 최 사장이 사 준 목걸이가 너무 잘 어울린다."

"감사하죠."

다시 생각해도 기분 좋은 일이었다.

"이번 주 토요일에 시간 있어? 시간 있으면 우리 집에 와서 식사나 하지."

"네."

약속이 있는데 지금은 최 사장보다 중요하지 않았다. 그때 넥타이를 가지고 직원이 왔다.

"우리 최 사장이 목걸이까지 사 준 여자는 처음이야. 나도 예비 며느리 맞을 준비는 해야지."

"감사해요. 그럼 토요일에 갈게요."

"알았어요."

아주 기뻐하는 눈치였다. 수다스럽긴 해도 나쁜 사람 같지는 않았다. 선아는 기분 좋게 넥타이 두 개를 사서 선물 포장을 하고 매장을 나왔다. 선아는 그를 놓치지 않겠다고 다짐했다.

"진짜 예쁘죠. 연예인인가? 봤어요? 온몸을 명품으로 감았어요."

두리는 흥분을 하고 있었다.

"최 사장님하고 결혼할 사람인가 봐요. 딱 보기에도 대단한 사람 같아요."

"응."

성주는 몸에서 기운이 빠져 나가는 기분이었다. 그의 입장에선 그녀는 그저 아기를 낳을 사람이고 지금 저 여자는 결혼할 여자인 것이다. 정신이 멍한 가운데, 하루를 어떻게 보냈는지도 모르게 시간이 흘러가고 퇴근시간이 다가왔다.

로커에서 옷을 갈아입고 핸드폰을 확인하자 문자가 들어와 있었다. 최 사상이었다. 경호원업체를 알아보는 중이라고, 월요일까지는 그의 차를 타고 가자고 했다. 그녀는 그와 만나는 장소로 향했다.

약속된 장소에서 차를 탄 성주는 말없이 창밖만 보았다.

"무슨 일 있었어?"

"아뇨."

"그런데 왜 그래?"

"오늘 사직서 냈어요."

"……잘했어."

그는 그 한마디 말만 할 뿐 더 이상의 말은 하지 않았다. 운전기사도 그들을 룸미러로 훔쳐 볼 정도로 분위기가 냉랭했다. 그녀야 이유가 있다고 하지만 그가 그렇게 인상을 쓸 이유는 없었다. 집에 도착하자 그녀가 주차장에서 빠르게 올라온 그녀는 현관문을 들어서다가 그에게 잡혔다.

"왜 그래?"

"당신은 왜 그래요?"

"뭐가?"

"그 여자와 결혼한다면서…… 왜 화난 것처럼 구냐고요."

"결혼?"

그의 눈을 보는 순간 눈물이 나 버린 성주였다.

"내가 얼마나 더 당신한테 용서를 구해야 우리의 예전 일을 잊겠어요?"

"……못 잊어."

그가 단호하게 말했다.

"그럼 난 당신의 그림자로 평생을 살아야 하나요?"

"그렇게 살아. 내 그늘 밑에서 살라고."

"다른 여자와 결혼을 한 당신을 내가 어떻게 봐요. 나처럼 안고 살을 부비면서 다른 여자와 있는 걸 난 못 볼 것 같아요."

"자존심이 상해?"

"아뇨, 내가 자존심이 어디 있겠어요? 그게 아니라……. 난 내가 사랑하는 사람이 다른 사람을…… 읍!"

그가 그녀의 입술을 삼켰다. 너무나 거칠게 키스하는 바람에 그녀의 입술이 터지고 말았다. 피 맛이 났지만 그는 멈추지 않았다. 온몸이 타들어 갈 것 같았다.

"으으읍……! 그만!"

그녀가 그를 밀어냈다.

"왜냐고? 왜 화가 난 것처럼 구냐고?"

"……."

"널 보면 미친놈처럼 자꾸 달려들게 돼. 만지고 싶고 빨고 싶고 넣고 싶어. 어쩔 땐 하루 종일 널 안는 생각에 거래를 놓칠 뻔한 적도 있어."

"……."

"난 그렇게 미친놈이 아니었는데……."

"하면…… 되잖아요."

"뭐?"

"다 하면 되는 건데 왜 화를 내요? 내가 없는 것도 아니고 눈앞에 있는데……."

"성주야!"

"난 당신이 나한테 미친 듯이 빠져 있었으면 좋겠어."

그의 눈빛이 변했다. 커다랗고 날카로운 눈이 그녀를 가득 담고 있었다.

"그러니까…… 제발 화난 표정으로 날 무시하지 말라고요!"

그녀도 속에 담아 두었던 말을 다 쏟아냈다.

"난 당신이 다른 여자랑 있는 게 싫어요."

그의 눈을 똑바로 보며 시원하게 말을 한 그녀는 속이 시원했다. 그동안 죄를 지은 건 아니어도 그에게 요구할 자격이 없다고 생각했었다. 물론 지금도 그렇긴 하지만, 지금 말하지 않으면 안 될 것 같았다.

그가 그녀를 끌어당겨 안았다.

"왜 대답이……. 읍!"

그가 다시 그녀의 입술을 자신의 입술로 막았다. 그의 혀가 거칠게 그녀의 입안으로 들어왔고 그의 힘에 못 이겨 그녀는 벽 쪽으로 뒷걸음질을 쳤다.

쿵!

그녀의 등에 현관 옆의 벽이 닿았다.

"으으읍!"

그는 이성을 잃은 듯이 그녀를 탐했다. 그녀의 가슴을 만지는 동시에 그는 성주에게 미친 듯이 키스를 했다. 그녀의 윗옷이 벗겨지고 그가 급하게 브래지어를 가슴 위로 올렸다. 그는 눈앞에 드러난 가슴의 정점을 입안에 넣고 빨기 시작했다.

그가 빠는 힘이 너무 강해서 유두가 너무 아팠지만 성주는 미칠 것 같은 쾌감에 그를 멈추게 할 수 없었다.

"아…… 훗……."

그녀의 입에서 신음이 터져 나왔다. 그가 무릎을 꿇고 그녀의 치마를 벗겨 냈다. 그리고 그녀의 검은 숲에 입을 맞추었다. 성주는 그의 머리카락을 손으로 잡았다.

"재민 씨……."

그가 그녀의 한쪽 다리를 자신의 어깨 위로 올리고는 그녀의 여성을 핥기 시작했다. 미칠 것 같은 쾌감에 그녀의 클리토리스가 움찔거리기 시작했다. 성주는 그가 점점 이성을 잃어가고 있다는 생각이 들었다.

그의 혀 놀림이 거칠어졌고 그의 손가락은 그녀의 질 안에 들어가 있었다.

"아아아…… 넣어 줘요."

그의 페니스를 느끼고 싶었다. 하지만 그는 아직 애무를 끝낼 생각이 없는 것 같았다. 그가 자리에서 일어나더니 그녀를 안아 들었다. 그들은 키스를 하면서 복도를 이동했다. 재민은 보지 않고도 잘 걸어가고 있었다.

"안 되겠어."

그가 헉헉거리며 그녀를 복도에 있는 콘솔 위에 올려놓았다. 거실까지도 가지 못한 그였다. 그녀의 입술에 키스를 하며 자신의 옷을 빠르게 벗었다. 재민은 지금 그녀를 갖지 않으면 죽을 것 같은 모습이었다.

"재민 씨……. 어서요."

그런 그를 성주가 부추겼다. 그가 으르렁거리며 콘솔 위에 앉아 있는 그녀의 다리를 벌렸다. 그리고 자신의 성난 페니스를 그녀 안에 밀어 넣었다.

"재민 씨…… 아아아……."

"으윽!"

그가 숨을 멈춘 채 그녀 안에 페니스를 넣고는 움직이기 시작했다. 어찌나 거칠게 움직이는 지 콘솔이 흔들리기 시작했다.

"아아아……."

"미치겠어."

그가 이를 악물며 말했다. 그가 미치는 만큼 성주도 미칠 것 같았다. 그의 움직임에 콘솔도 미친 듯이 움직였다.

퍽퍽퍽!

그가 허리를 강하게 움직일 때마다 성주는 그에게 매달렸다. 그가 다시 그녀를 안아 들었다. 불편함을 느낀 모양이었다. 이번엔 그녀를 안고 침실로 갈 거라고 생각했지만 그건 오산이었다. 그녀를 거실 소파에 눕혔다.

"아아악!"

"으으윽!"

그는 참지 못하고 곧바로 그녀 안으로 밀고 들어왔다. 그들의 섹스는 그렇게 한없이 이어지고 있었다. 누구 하나 지치는 기색 없이 계속해서 서로를 밀어붙였다. 그의 페니스가 주는 극도의 쾌감에 성주는 이성을 잃어 갔다.

급기야는 그를 소파에 눕히고는 그의 페니스를 입에 물었다.

"으으윽! 성주야……. 그만……."

이번엔 그가 성주에게 사정했다. 성주는 아주 맛있는 사탕을 빨아들이듯이 그의 페니스를 빨기 시작했다. 그가 그녀의 머리카락을 잡았지만 성주는 아랑곳하지 않았다. 그의 페니스는 천상의 맛이었다.

츄읍츄읍…….

"으으윽……."

그가 몸부림치며 내뱉는 신음이 듣기 좋았다. 그를 끝까지 밀어붙일 마음은 없었지만 지금은 그녀도 욕망을 주체할 수가 없었다. 그가 소파에서 일어나 그녀를 다시 소파에 눕혔다.

"더 이상은 힘들어."

재민이 이렇게 말하며 그녀의 다리를 벌렸다. 기대에 찬 눈으로 성주는 재민을 바라보았다. 재민도 그런 성주를 보며 자신의 페니스를 손으로 잡고는 그녀의 질구에 문질렀다.

"빨리……."

"나도 급해."

그는 이렇게 말을 하며 페니스를 질 안으로 밀어 넣었다.

"아…… 읏……."

이제는 삽입 때 고통보다는 쾌감이 더 많이 느껴졌다. 좋았다. 이렇게 좋은데 어떻게 다시 헤어질까? 성주의 눈에서 눈물이 흘러내렸다. 그가 그 눈물을 보았는지 혀로 그녀의 눈물을 핥았다.

"아아아……."

그가 빠르게 움직이기 시작했다. 아무래도 마지막을 향해 달리고 있는 것 같았다.

"으으윽!"

"아아앙……."

그의 분신이 그녀 안에 뿌려지고 있었다. 그리고 그는 그대로 성주의 몸 위에 누웠다. 그의 무게가 기분 좋게 느껴졌다. 이렇게 좋아도 되는 건지 알 수 없었다. 성주는 그의 머리카락을 손으로 빗어 내렸다.

"침실로 가요."

소파가 불편하게 느껴지지는 않았지만 그를 안고 있으니 눈물이 날 것 같았다. 아버지의 회사가 부도가 나지 않았었다면 그와 결혼을 했었을까? 아마 그렇게 되었을 것이다. 하지만 어차피 지난 일이고 바꿀 수도 없는 일이었다.

"왜 날 버렸지?"

"……버린 적 없어요."

"뭐?"

"생계를 유지해야 했어요. 어린 동생을 키워야 했고, 그 외엔 아무것도 생각할 수가 없었어요."

"핑계야."

"그래도, 지금 또 그 상황이 온다면 나의 선택은 같을 거예요."

그가 몸을 일으켰다.

"나에게 미안하지 않나?"

"내가 얼마나 아팠을지도…… 생각해 줘요."

"내 고통은 생각해 봤어?"

그는 이렇게 말하고는 욕실로 사라졌다. 그가 사라지고 나서 성주는 한참을 울었다. 사랑한다는 말까지 했지만 달라진 건 아무것도 없었다. 그는 여전히 그녀를 미워했고 그녀는 대가를 치르고 있었다.

오늘이 백화점 근무 마지막 날이었다. 새로 들어온 직원이 일을 아주 잘하는 것 같아 마음이 놓였다. 두리는 아침부터 울어 눈이 퉁퉁 부어 있었다. 그녀가 그만두는 게 어지간히 서운한 모양이었다.

"제가 잘할지 모르겠어요……."

새로운 직원이 그녀에게 말했다.

"잘하실 거예요."

"본점 와이셔츠 코너가 해밀턴 매장 주에서 톱인 거 아시죠? 진짜 부담스러워요."

솔직히 성주가 근무한 한 달이 본점 매장이 생긴 후 매출이 가장 높았다. 그러니 당연히 부담스러울 수밖에 없을 것이다.

"오늘은 1시간 일찍 나가 봐야 해. 점장님한테도 말씀드렸어."

"왜요?"

"개인적인 일 때문에……. 다음에 연락할게. 그때 저녁 먹자."

"네."

두리가 또 울었다. 성주는 두리를 안아 주고는 1시간 전에 매장을 빠져 나왔다. 오늘 저녁에 동생이 머물 고시원을 보러 가기로 약속이 되어 있었다. 재민이 한사코 같이 가겠다고 하는 바람에 어쩔 수 없이 시간을 앞당겨 잡았다.

지하주차장에서 그가 기다렸다. 오늘은 운전기사도 없이 그 혼자였다.

"김 기사님은요?"

"오늘은 그냥 내가 한다고 했어."

그는 약속장소로 이동을 했다. 노량진에 꽤 유명한 고시촌이라고 했다. 합격률이 높은 곳에 가야 시험 운이 좋다고 그가 직접 알아본 곳이라고 했다.

"창빈일 검사 만드는 게 내 목표야."

"네?"

"아주 친한 검사가 많을수록 좋으니까."

그는 진담이 섞인 농담을 하고 있었다. 사업을 하는 사람이 법조계 사람을 알아두려고 하는 건 어쩌면 당연한 일이었다.

그와 함께 고시원을 가면서 그녀가 물었다.

"이번 주말에 집에 가실 거예요?"

"응, 약속이 있어서."

선본 여자와 밥을 먹을 모양인가 보다.

"왜?"

"아뇨, 그냥······."

그는 별말 없이 운전을 했고 그들은 고시촌에 도착했다. 건물은 생각보다 오래되어 보였다. 하지만 밥 하나는 끝내주게 잘 나오는 곳이었다. 고시원 주인 식구들과 고시원생들이 가족처럼 밥을 먹는 곳이었다.

그리고 정말 이곳 출신의 판사와 변호사, 검사와 정치인들이 수도 없이 많았다. 복도에 붙여진 사진들이 이곳의 역사를 말해 주고 있었다.

"병원에 있다고?"

"네, 퇴원하면 이곳에 빈방이 생기는 시기와 맞을 것 같아서요."

나이가 아주 많은 할머니가 이곳의 주인이셨다.

"알았어. 공부하기도 힘든데 교통사고까지······. 쯧쯧쯧······."

어른이 걱정을 해 주셨다.

"많이 좋아졌어요."

"그렇다니 다행이구만. 계약서는 봤지?"

"네."

"우리 아들 둘 다 여기서 공부시켜서 검사로 만들었어. 여기 오면 내 손자라고 생각하니까 걱정하지 마. 본인만 열심히 하면 돼."

"감사합니다."

사람이 믿음이 가는 곳이었다. 계약서에 도장을 찍고 재민이 할머니께 선금을 드렸다. 그리고 그는 차에 시동을 걸기 위해 먼저 나갔다.

"보통 사람은 아닌 것 같구먼."

나가는 그를 보면서 할머니가 아는 체를 했다.

"아주 좋은 관상이야. 여자도 많이 꼬일 상이고. 남자친구야?"

"네? 네……."

"마음고생 좀 하겠어."

마치 그녀의 마음을 읽기라도 한 듯, 할머니가 한마디를 하셨다. 고시원에서 나온 성주는 그의 차를 탔다.

"배고프지?"

"조금요."

"밥 먹으러 가자."

"집에서 안 먹고요?"

"응, 오늘은 외식을 하고 싶어."

"알았어요."

그녀는 그의 말을 따랐다. 그게 편했다. 예전 같으면 그녀가 위주였지만 지금은 그렇지 않았다. 성주는 차를 운전하는 그를 힐끔 보았다. 그의 마음이 궁금했다. 그녀를 어떻게 생각하는지 그의 진심을 알고 싶었다.

7. 걸림돌

토요일 오후, 성주는 조용히 소파에 앉아서 그녀의 무릎을 베고 누워 있는 재민의 머리카락을 쓰다듬고 있었다. 그녀는 설마 재민과 함께 클래식 음악을 들으며 이런 한가로운 시간을 보내리라고는 상상도 하지 못했었다.

"으으음……."

"깼어요?"

"아니……."

어젯밤부터 새벽까지 그들은 집 안 곳곳을 돌며 섹스투어를 했다. 그의 미친 듯한 소유욕이 섹스를 할 땐 더 폭발했다. 어쩔 땐 무서울 정도였다.

"체력이 대단한 것 같아요."

"정력이 대단한 거지."

"그동안 많은 여자를 만났어요?"

"아니, 여자는 없었어."

그가 단호하게 말했다.

"난 사이가 좋지 않은 부모님 사이에서 커서 결혼에 대한 기대감이 별로 없어. 그건 여자에 대한 기대감도 마찬가지야. 그동안은 바빠서 여자 만날 틈도 없었고."

그는 그냥 툭하고 던진 말이었지만 솔직히 성주의 입장에선 충격이었다. 그럼 지난 5년 동안 그는 여자가 없었다는 소리였다.

"그래서 더 널 잡아먹을 듯이 몰아붙이는 걸 수도 있어."

"……."

마치 남 얘기를 하는 것 같았다.

"넌?"

"저도 다른 사람은 없었어요……. 하루하루가 너무 힘들어서 다른 건 생각할 겨를이 없었거든요."

"지금은?"

"……."

"나만 생각해."

그가 결론을 내 주었다. 그리고 그녀의 목을 잡아 그의 얼굴 가까이로 끌어내렸다.

"쪽!"

그가 살짝 입을 맞추었다.

"더 진한 걸 하고 싶지만 본가에 가 봐야 해."

"네……."

그는 몸을 일으켜 샤워를 하러 갔다. 잡고 싶었지만 잡을 수가 없었다. 그의 걸림돌이 될 수는 없었다. 상대는 우리나라 최고의 기업인 M&T그룹의 외동딸이자 후계자였다. 거기에 굉장한 미모와 지성까지 겸비한 여자였다.

그녀도 보았지만 자신은 상대도 되지 않는 하이레벨의 여자였다. 그가 슈트가 아닌 편안한 캐주얼 차림을 하고 나왔다. 그녀가 아주 좋아했던 스타일이었다.

"오늘 저녁은 혼자 먹어야겠어."

"네……."

"다녀올게."

"……."

그가 그녀를 두고 나갔다. 마음이 허전했다. 어떻게 해야 맞는 것일까? 성주의 머리가 복잡했다. 성주는 동생의 병원에 가 보기로 했다. 직장을 그만두고서는 처음 가는 병원이었다.

동생은 이제 많이 회복되어 감겨 있던 붕대도 갈 때마다 하나둘 씩 사라졌다.

"창빈아."

"누나."

"이제야 잘생긴 얼굴이 보이네."

"그 인물이 어디 가겠어?"

농담까지 하는 걸 보니 이제 많이 나은 것 같았다.

"고시원 계약했어."

"고마워."

"감사인사는 재민 씨한테 해."

"당연하지. 그런데 사랑에 빠진 사람 얼굴이 왜 그래?"

"뭐가?"

"완전 실연당한 사람 얼굴이야."

다른 사람의 눈에도 그녀가 그렇게 비치는 모양이었다.

"아니야, 몸살이 좀 나서."

"회사도 그만뒀다면서……. 건강 좀 챙겨."

녀석이 또 잔소리를 시작하고 있었다.

"알았어. 밥은?"

"때 되면 알아서 나와. 맛도 괜찮고."

"다행이다."

"병원에 자주 오지 마……."

"왜?"

"……공부하는데 방해돼."

동생은 그녀가 걱정인 것이다. 그래서 못 오게 하는 것이었다. 동생이 하도 등을 떠밀어 성주는 병원을 나왔다. 오랜만에 대학로를 걸으니 기분이 이상했다. 항상 바쁘게 살아서 이런 곳에 온 적이 언제였나 싶었다.

그래서 저녁도 사 먹고 아이쇼핑도 하면서 시간을 보내고 있었지만, 성주의 머릿속은 온통 재민 생각뿐이었다. 그렇게 시간을 보내도 7시가 안 되었다. 성주는 그냥 집에 가기로 하고 버스를 탔다.

집 근처에 도착한 성주는 지난번에 제대로 감사 인사도 못 한 경비 아저씨에게 드릴 건강 음료를 약국에서 사서 경비실을 찾았다.

"안녕하세요? 지난번에 신세 진……."

"아! 알지."

아저씨가 다행히 반갑게 맞아 주셨다.

"이거 받으세요. 인사도 제대로 못 드리고……."

"아냐, 그만큼 인사했으면 됐어."

"네?"

"남자친구가 다음날 와서 이거 사 주고 갔어. 돈도 줬는데……

내가 부담스러워서 저것만 받았어."

벤치다운 패딩이 걸려 있었다.

"추운데 아주 요긴하게 입고 있어. 그리고 아주 사람이 괜찮더라고. 여기에 사는 돈 좀 있다는 사람들도 다들 싸가지들이 없는데, 그 사람은 진짜 재벌인데도 사람이 예의가 바르더라고."

아저씨가 입에 침이 마르게 칭찬을 했다. 그렇게 경비 아저씨에게 인사를 한 성주는 집으로 향했다. 은근히 그녀의 일을 두루두루 살피고 있는 재민이었다. 한숨을 쉬면서 그녀는 집으로 천천히 걸어갔다.

집 앞이었다. 오늘은 따뜻한 물에 몸을 좀 녹이고 일찍 자야겠다는 생각이 들었다. 온몸이 나른하게 피곤했다. 사람이 일을 하다가 쉬니까 몸이 늘어지는 것 같았다.

"저기요!"

깜짝 놀란 성주가 가슴에 두 손을 올렸다.

"네?"

"제가 길을 몰라서 그러는데 이쪽으로 나가면 큰길이 나오나요?"

"저도 잘…… 읍!"

그때였다. 뒤에서 누군가 그녀의 입을 손수건으로 틀어막았다.

"으으읍!"

성주가 발버둥 쳐도 뒤에 있는 남자의 힘을 당할 수가 없었다. 손수건에 약이라도 묻힌 건지 성주의 의식이 점점 흐려졌다.

명성그룹 본가는 잔칫집 분위기였다. 재민이 4대 독자다 보니 친척들도 없고 해서 집 안이 북적이는 날이 많지 않았다. 아버지 생신이나 되어야 손님들이 많지, 어머니 생신 때도 거의 조용히 지내는 편이었다.

그런데 오늘은 선아가 온다고 집 안이 난리도 아니었다. 아무리 재벌이라도 그냥 손님 초대일 뿐인데 현악 4중주까지 부르는 건 재민이 봐도 어이가 없었다. 선아가 아무리 괜찮은 며느리라고 해도 이건 도에 넘었다.

그는 조금 일찍 집에 도착해서 아버지와 바둑을 두었다. 아버지의 유일한 취미가 바둑이어서 그는 어릴 때 바둑 프로에게 개인 지도를 받았었다. 그래서 재민의 바둑 실력은 아주 좋은 편이었다.

"대마가 잡힙니다."

"어디?"

그가 한 수를 불러 주었다.

"M&T그룹 딸이 마음에 드는 거야?"

아버지가 무심한 척하며 은근슬쩍 그의 마음을 물었다.

"아뇨."

"그런데 집까지 초대해?"

"함부로 기분 상하게 할 집안도 아니니까요."

"결혼하지 않을 거면 희망을 주지 마."

아버진 뭔가를 알고 계시는 눈치였다.

"성주라는 아이, 다시 만난다면서?"

"같이 있습니다."

"그런데 네가 함부로 하지 않아야 할 사람을 집까지 초대하는 건 이상하지 않아?"

"……제가 알아서 하겠습니다."

아버지와 그는 한참을 이야기를 나누며 바둑을 두고 있었다.

"어머니를 사랑하십니까?"

"……아니."

"그런데 결혼은 왜 하셨습니까?"

"너 때문에."

아버지의 대답은 간단했다.

"결혼은 그냥 한집에 원수와 사는 거야. 그래서 난 네가 결혼하는 거 그렇게 서두르지 않아도 된다고 생각한다. 하지만 네 엄마의 입장은 또 다르겠지."

"……."

아버지는 어머니를 원수라고 표현했지만 두 분 간에는 미운 정이라는 게 있었다. 대부분 어머니가 하는 대로 아버진 그냥 내 버려 두셨다. 싸우는 게 싫어서라고 말은 하셨지만 아버진 재벌 가에서 살아남기 위해 노력한 어머니를 인정하고 계시는 것이었 다.

"이번엔 어머니께서 일을 좀 크게 벌리신 것 같습니다."

"왜?"

"선을 보기 전에 M&T그룹과 조율을 하던 사항이 있었습니다."

"뭔데?"

아버지에겐 성사가 된 다음에 구체적으로 말을 해 드릴 생각이 었다.

"저희와 합작해서 중국에 백화점과 호텔을 진출하고자 했는 데, 이렇게 딸이 중간에 끼어 버리니 조금 난감한 상황이 됐습니 다."

"그래서 이러지도 저러지도 못하고 있었구나?"

"네, 좀 생각할 시간이 필요했습니다."

"결혼할 생각이었어?"

"그게 아니라 어떻게 해야 마음이 다치지 않을지 생각하고 있 었습니다."

"그랬구나. 네 엄마가 아들 앞길을 막고 있어."

저녁식사 시간이 다 되어 갔다. 재민은 성주에게 전화를 걸었지만 잠을 자는지 받지 않고 있었다. 경호원을 쓰라는 그의 말을 끝까지 듣지 않은 성주였다.

"답답하군. 그냥 밀어붙였어야 하는 건데……."

성주의 고집을 꺾지 못한 걸 뒤늦게 후회하는 재민이었다.

"재민아, 선아 씨 왔어."

재민은 현관으로 나가 선아를 맞이했다.

"안녕하세요?"

"네."

선아가 밝게 웃으며 그를 보고 있었다. 선아는 확실하게 그에게 관심이 있어 보였다. 그게 문제긴 했다. 하지만 사업 때문에 그녀를 이용하기는 싫었다.

"선아 씨 왔어요!"

어머니가 콧소리까지 섞어 가며 그녀를 맞이했다. 옷도 평소보다 과하게 명품으로 도배한 어머니였다. 어떻게 해서든지 그를 선아와 엮고 싶은 모양이었다. 하지만 그건 뜻대로 되지 않을 확률이 높았다.

식당은 그도 놀랄 정도의 음식들이 차려져 있었다. 먹을 사람은 네 명인데 음식은 40인분을 한 것 같았다.

"와……."

선아도 놀랐는지 식탁을 보고는 입을 다물지 못했다.

"선아 씨 집보다는 못하지 뭐."

"아뇨, 저희는 이렇게 먹어 본 적은 파티 때 빼고는 없어요."

선아는 솔직한 스타일의 여자 같았다. 어머니 없이 자라서 어머니 또래의 여자들을 싫어한다는 소리를 듣긴 했었다. 어머니를 난처하게 할 수도 있었다. 솔직히 어머니도 딸을 키워 보진 않았으니까 말이다.

"안녕하세요?"

아버지를 보고는 선아가 밝게 인사했다. 어머니를 대할 때보다 훨씬 편해 보였다.

"앉아요. 오늘은 우리 집 주방장이 솜씨 자랑을 좀 했네."

"그러게요."

그도 무뚝뚝하게 말했다. 식사 시간 내내 어머니 혼자서 말을 했던 것 같았다. 선아는 거의 그를 신경 쓰느라 정신이 없었다. 하지만 그는 그냥 밥 먹는 데 열중할 뿐이었다. 식사를 마치고 어머니가 선아에게 집을 구경시켜 주라며 그의 등을 떠밀었다.

기회는 이때인 것 같아 그는 선아를 데리고 집 안 구석구석을 구경시켜 주기 위해 나갔다.

"어릴 때부터 팬이었어요."

"감사합니다."

"이렇게 인연이 될 줄은 몰랐네요."

"저도 살짝 놀랐습니다. 아버님을 일주일에 한 번은 꾸준히 뵈었거든요."

"어, 그런 말씀 없었는데?"

그녀가 놀란 눈으로 그를 보았다.

"극비리에 투자 건을 진행 중입니다."

"아, 그러셨구나."

"그래서 제가 선아 씨를 특별하게 대할 수밖에 없죠. 우린 동지니까."

선아의 표정이 굳어졌다. 그의 말의 뜻을 알아차린 것 같았다.

"여자가 있다고 들었어요."

선아 정도의 재벌이면 상대에 대해 어느 정도 뒷조사는 필수일 것이다.

"정보력이 대단하신데요? 전 아직 그 정도의 정보력은 가지고 있지 않아서……."

다 알고 있지만 매너 있게 빠져 주는 게 사업을 위해 좋았다. 그녀를 건드릴 필요는 없으니까.

"첫사랑인가요?"

"첫눈에 반했고 사랑했고 차였습니다. 이제 다시 기회가 왔으니 잡으려고 노력 중입니다."

"순애보네요."

그녀가 살짝 비웃었다.

"어머니는 싫어하시는 것 같던데?"

"그래서 걱정이긴 합니다."

그는 솔직하게 말했다.

"무슨 말인지 이해했어요."

"저도 선아 씨가 이해하셨으리라고 생각했습니다."

"이해했다는 거지 포기했다고는 안 했어요."

그녀는 똑 부러지게 말했다. 하지만 그의 마음은 변하지 않을 거란 걸 선아도 알 것 같았다. 선아를 집으로 보내고 나자 벌써 10시가 넘은 시각이었다. 금방 갈 줄 알았는데 어머니가 끝까지 잡고 있었다.

"오늘은 왜 박 집사가 안 보여? 맨날 껌딱지처럼 붙어 있더니."

아버진 박 집사를 마음에 들어 하지 않으셨다.

"집안 어른이 돌아 가셨다고 시골 내려갔어요."

"그랬군."

어머니의 말에 아버진 고개도 안 돌리고 답했다. 두 분은 언제나 이렇게 냉랭한 분위기였다.

"저도 이만 가보겠습니다."

"그럴래? 다음 주에도 오고."

어머니가 다음 주에도 선아를 초대할 모양이었다.

"다음 주는 제가 일정이 잡혀 있어서 안 됩니다."

"최재민!"

"가 보겠습니다."

그는 어머니의 부름을 뒤로하고 집으로 향했다. 성주가 보고 싶었다. 그는 이미 그녀를 용서했다. 다만 자신의 욕망을 무섭게 일깨우는 성주와 거리를 두고 싶었다. 마치 자신이 짐승이 된 것 같은 느낌이 들었기 때문이었다.

"성주야!"

집 안에 불이 꺼져 있었다. 그는 병원에 있는 창빈에게 전화를 걸었다. 창빈의 말에는 6시 전에 나갔다고 했다. 그런데 이 시간까지 집에 들어오지 않은 것이었다. 불안했다. 그는 경찰청장에게 전화를 걸었다.

오랜 인연이 있는 분이었다. 그리고 일단 성주의 실종 신고를 먼저 했다.

"어떤 놈인지 반드시 잡아서 죽여 버리겠어!"

재민은 성주를 찾기 위해 밖으로 나갔다. 그리고 그의 경호원들을 총 집합시켜 근처의 CCTV부터 확인하기 시작했다.

"성주야, 제발……."

재민의 입술이 타들어 갔다.

한참을 잔 것 같았다. 눈을 뜨니 남자 셋이서 그녀를 마치 동물원의 원숭이 보듯 바라보고 있었다. 손발은 묶여 있었고 입은 테이프로 막아져 있었다.

"형님한테 일어났다고 말해."

"네."

남자들은 뭔가 불안한 눈빛이었다. 무슨 이유 때문에 그들이 이렇게 불안하게 그녀를 쳐다보고 있었는지, 성주는 형님이라고 불리며 방에 들어온 남자의 말 덕분에 알게 되었다.

"최재민 알지?"

"……."

짝!

매서운 손이 그녀의 얼굴을 향해 날아들었다. 입안에서 피 맛이 느껴졌다.

"알면 안다, 모르면 모른다. 고개만 끄덕여. 최재민 알지?"

그녀가 고개를 끄덕였다

"다른 여자와 결혼할 사람 옆에서 버러지처럼 붙어 있는 건 좀 그렇지 않을까?"

"……."

"당장 그 집에서 나와."

"……."

짝!

"대답 안 하지?"

50대 정도의 남자는 굉장히 날카로운 눈매를 가지고 있었다. 주변의 사람들이 형님이라고 하는 걸 보니 조직의 보스인 것 같았다. 하지만 그렇다고 하기는 남자의 머리는 꽤 인상적이었다.

머리에 기름칠을 해서 완벽하게 단정한 머리를 하고 있었다. 마치 강박증 환자처럼 그는 모든 면에서 각이 잡혀 있었다.

"오늘은 경고만 하고 그냥 보낼까 했는데 안 되겠어."

남자의 눈빛이 갑자기 살기를 가득 담은 눈으로 바뀌었다. 이 사람들이 왜 이러는지 알 수 없었고 특히 이 남자는 마치 원수를 보듯이 그녀를 보고 있었다.

"으으음……."

입에 테이프가 붙은 채로 성주는 몸을 비틀어 저항했지만 손발이 묶인 그녀는 어떻게 할 도리가 없었다.

퍽!

"윽!"

"움직이지 마. 그래 봐야 나만 더 자극할 뿐이니까."

마치 축구공을 차듯이 배를 걷어차인 성주는 숨을 쉴 수가 없었다. 하늘이 노랗게 변하고 있었다. 가뜩이나 요즘 마음고생이 심한 그녀는 체중도 감소했고 체력도 많이 약해졌다. 그래서 오늘 남자의 매질을 더욱더 못 견딜 것 같았다.

성주는 이렇게 맞다가는 죽겠다는 생각이 들었다. 남자는 원하는 답을 기다리지 않았다. 테이프로 입을 막았다는 건 그냥 죽이겠다는 말이었다. 언젠가 뉴스에서 범죄 전문가가 나와서 하는 소리를 들었는데 범인이 얼굴을 가리지 않고 보이면 그건 죽이겠다는 말과 같다고 했다.

그들은 어느 누구 하나 얼굴을 가리지 않았다. 그녀를 이 방 안에서 처리하겠다는 뜻과 같았다. 남자는 손에 장갑을 착용한 상태였다. 따귀를 때릴 때도 촉감이 이상했는데 딱 붙는 의료용 수술 장갑을 끼고 있었기 때문이었나 보다.

지문을 남기지 않겠다는 뜻인 것이다. 두려움이 성주의 온몸을 관통했다.

"5년 전에 끝이 났으면 다시 만나지 말았어야지."

남자는 그들의 세세한 사정까지 알고 있었다.

"왜 또 나타나서 이렇게 여러 사람을 힘들게 만들어?"

남자가 자리에 쭈그리고 앉아서 그녀를 한심하다는 듯 쳐다봤다.

"여자가 너무 예쁘면 팔자가 드센 거야. 내가 오늘 그 팔자에서 벗어나게 해 줄게."

찰싹찰싹!

두려움에 떠는 그녀의 얼굴을 기분 나쁘게 건드리는 그였다. 도대체 누군데 그녀를 이렇게 괴롭히는 것일까?

"으으읍!"

마지막 반항으로 소리를 지른 성주의 두 눈엔 눈물이 흐르고 있었다.

"아직 정신을 못 차리셨어요?"

그가 자리에서 일어나 그녀를 내려다보았다.

"나가 있어."

"네?"

"너희들은 가도 좋아."

"형님……."

"내가 이년 손보고 갈 테니까 너희들은 가."

"그냥 겁만 줘도 될 것 같은데요. 형님 더 이상은……."

"아니, 이런 것들은 죽여야 돼. 그래야 우리 영숙 씨가 편하지."

분명히 영숙이라고 했다. 영숙이면 재민의 어머니 이름이었다. 그럼 오늘 일은 재민의 어머니가 하수인을 시켜서 저지른 일이란 얘기였다. 충분히 그런 짓을 하고도 남을 사람이었다.

결국 그녀는 이렇게 인생을 마감하는 것이었다. 창빈이는 어쩌란 말인가? 이 세상에 혼자 남을 창빈의 생각에 성주는 눈에서 하염없이 눈물이 흘렀다.

야속하게도 사람들이 나갔다. 허름한 창고에는 악마 같은 남자와 성주 둘뿐이었다.

퍽!

그가 다시 배를 발로 찼다. 그리고는 또다시 그녀에게 설교를 하기 시작했다. 남자가 담배를 물었다.

"예전에 영숙 씨가 운 적이 있었어. 내 눈이 완전히 돌아 버렸지. 감히 우리 영숙 씨를 울린 일이 뭔가 하고 물었어. 그 이유는 영숙 씨에게 직접 들었는데, 최 회장이 바람이 났다는 거야."

남자가 담배 연기를 내뱉었다.

"그래서 내가 어떻게 한 줄 알아? 여자를 오늘 너처럼 묶어서 야구 방망이로 몇 대 쳤지. 그랬더니 병신이 되어 버렸어. 머리도 망가져서 일곱 살짜리가 됐지. 그리고 중요한 건 그날의 일을 기억하지 못한다는 거야."

무서운 얘기를 마치 자랑 삼듯이 말하고 있었다.

"웃기지? 방망이질 몇 번에 병신이 되다니……."

남자는 혼자서 재미난 이야기를 하는 것처럼 낄낄거렸다.

"그래서 이번엔 확실하게 하려고."

그가 잠시 나갔다가 들어오더니 커다란 휘발유통을 가지고 들어왔다.

"이러면 증거조차 없어지는 거지."

"으으음……."

그녀가 두려움에 몸부림을 쳤다.

퍽!

"조용히 해. 꼴 보기 싫으니까. 사람이 분수에 맞게 살아야 하는 거야. 그래서 난 분수에 맞지 않는 인간들을 보면 참을 수가 없어. 특히 너같이 가진 것도 없는 하녀 신분 주제에 어디 재벌가의 며느리 자리를 넘봐?"

그는 이를 악물며 화를 내고 있었다.

"나도 몇 십 년이나 그냥 바라보기만 했어. 사람이 너무 좋으니까 그냥 바라보기만 해도 좋아. 나도 그렇게 욕심을 내지 않고 있는데, 너 따위가 감히 어떻게 그래?"

퍽!

"윽!"

생각이 나면 한 대씩 발로 차는 그였다. 자신이 재민의 어머니를 좋아하지만 그저 바라보고 있는 것처럼 성주도 그래야 했다는 것이다. 한마디로 주제 파악을 했어야 한다는 말이었다. 성주는 지금 이 순간 창빈과 재민이 너무나 보고 싶었다.

"사람은 분수를 지켜야 해."

"……."

"이번엔 영숙 씨가 가만히 있으라고 했는데 내가 못 참고 하는 일이라서 완벽하게 처리해야 해. 영숙 씨에게 피해가 가지 않도록 말이야."

재민의 어머니를 굉장히 사랑하는 모양이었다. 성주는 공포 영화를 보는 느낌이었다. 현실에선 도저히 일어날 수 없는 일이었다.

"최 사장을 사랑하지? 그러면 놔 줘. 최 사장은 네가 생각하기도 어려운 그런 분과 결혼을 할 거야."

M&T그룹의 딸을 말하는 것이었다.

"사랑한다는 이유만으로 그 사람의 발목을 잡으면 안 되는 거야. 걸림돌이 되지는 말아야지. 그렇게 도움을 받고……."

"으으읍!"

남자는 휘발유를 그녀의 몸에 붓기 시작했다.

"잘 가. 너무 집을 비웠더니 안 되겠어. 내가 없으면 엉망이거든."

남자가 무슨 소리를 해도 이제는 귀에 들리지 않았다. 성주의 시선은 남자의 손에 들린 라이터에 가 있었다. 불을 켜기만 하면 그녀의 인생은 끝이었다.

"그럼, 잘 가."

"으으읍!"

놀란 성주가 발버둥을 치던 찰나에 갑자기 그녀가 있는 곳으로 사람들이 들어와서 남자를 제압했다. 남자의 눈과 그녀의 눈이 마주쳤다. 그는 독기 어린 시선으로 그녀를 보았다.

"성주야!"

재민의 목소리였다. 그 목소리에 성주는 너무나 안심이 되어 눈물이 쏟아지기 시작했다. 재민이 성주에게 와서 그녀를 와락 끌어안았다. 그리고 입에 붙은 테이프를 제거해 주고 손과 발을 묶은 끈도 끊어 주었다.

"재민 씨!"

"괜찮아……. 내가 있잖아……."

그의 목소리도 떨리고 있었다. 성주는 그에게 매달려 하염없이 눈물을 흘렸다. 잠시 후에 구급차가 도착하자 그는 성주를 태우고 창빈이 있는 병원으로 향했다. 재민은 그녀가 안정을 취해야 한다고 고집을 부렸다. 그의 말이 맞았다.

그녀는 지금 정신이 없었다. 어떻게 그런 일을 겪고 멀쩡할 수 있겠는가?

"박 집사님이 왜 그랬을까?"

이유를 알 턱이 없는 그였다.

"재민 씨 어머니를…… 너무나 짝사랑한 나머지 벌인 일이에요."

"……."

"재민 씨 어머니가 시켰다는 게 아니라…… 그 사람이 알아서 한 거예요. 자기도 오랜 세월 재민 씨 어머니를 바라보기만 했다고, 나도 재민 씨를 바라보기만 해야 한다고 했어요. 재민 씨 어머니의 마음을 아프게 하는 사람들은…… 다 가만히 두지 않겠다는 말도 했어요."

"알았어, 나중에 얘기해."

그녀의 호흡이 거칠어지자 재민이 진정시켰다.

"나중에 얘기하자……."

"그런데 어떻게 알았어요?"

"느낌에 박 집사의 짓일 것 같았어. 그래서 어머니에게 박 집사 어디에 있냐고 물었지. 처음에 어머닌 별일 아니라고 생각하신 것 같아. 그래서 박 집사가 소개해 준 흥신소 사장의 전화번호를 가르쳐 주셨어."

"어머님이 도와주셨네요?"

"그런 셈이야."

성주는 갑자기 졸음이 밀려왔다.

"나…… 졸려요."

"알았어……. 우선 자."

박 집사라는 사람에게 얼마나 맞았는지 온몸이 너무나 아팠다. 지금은 그냥 쉬고 싶은 마음뿐이었다.

8. 끝나지 않은 시련

　얼마나 잤는지 몰라도 해가 중천에 떠 있었다. 마치 아주 끔찍한 꿈을 꾼 느낌이었지만 어제의 일은 현실이었다. 온몸이 너무 쑤시고 아팠다. 특히 입안은 아직도 부어 있어서 따끔거렸다. 얼굴을 맞았을 때 안쪽 치아에 입안이 다 찢어진 것 같았다.

　어제 일이 떠오르자 갑자기 온몸에 오한이 온 것 같은 떨림이 느껴졌다. 어쩌다가 이런 일에 휘말리게 됐는지……. 역시 그녀는 운이 없는 사람 같았다.

　그리고 확실한 건 재민의 어머니는 그녀를 생각보다 더 격렬하게 반대한다는 것이었다. 여러 가지 상황이 그녀를 힘들게 하고 있었다.

"일어났어?"

수척해진 얼굴의 재민이 병실 문을 열고 들어왔다.

"네, 잠도 못 잔 거예요?"

"아니."

얼굴에 수염이 거뭇거뭇하게 솟아나 있었다. 어제 입었던 옷을 그냥 입고 있는 탓에 양복 재킷과 와이셔츠에 그녀의 피가 묻어 있었다.

"집에서 따뜻한 물에 샤워하고 쉬어요."

"내가 알아서 해……!"

"……."

그는 화가 난 목소리였다.

"미안해, 내가 예민했어……."

"그 사람은 어떻게 됐어요?"

"지금 경찰서에 있어. 다른 사건도 병행해서 조사할 거야."

최 회장의 외도와 관련해서 여자 하나를 폭행했다는 사건인 것 같았다.

"그 사람, 뭐 하는 사람이에요?"

"……."

"설마 어머님이 고용하신 조폭?"

"아니, 우리 집 집사야."

"네?"

놀라운 일이었다. 자신의 직업을 이용해서 사랑하는 사람의 곁에 있을 수 있었던 것이었다.

"무섭네요."

"뭐가?"

"그 사람은 어머님을 짝사랑하고 있었던 것 같아요."

"알아. 경찰에서는 묵비권을 행사하고 있는 중이라는군."

"원래 그렇게 이상한 사람이에요?"

"아니, 아주 친절하고 일을 잘하는 사람이었어. 어머니에겐 지나치게 충성스러운 사람이었지."

생각해 보니 그 사람의 말에서 영숙 씨가 빠진 적이 없었다. 아마도 그의 전부가 재민의 엄마인 김영숙인 것 같았다.

"그런데 이번 일은 왜 그랬을까요? 자신은 상관없는 일인데……."

"알아보고 있는 중이니까 너무 깊게 생각하지 마."

"네, 재민 씨도 집에 가서 눈 좀 붙여요."

"내가 알아서 할게."

"아니 어서요. 저도 자고 싶어요."

"알았어. 간병인 오면 갈게. 지금 식사하라고 보냈거든."

그는 여러모로 그녀를 신경을 써 주고 있었다. 그의 마음이 진심이라는 것도 안다. 하지만 그건 그녀가 처한 상황이 그로 인한 것이기 때문일 것이다. 그녀를 사랑해서가 아니다…….

성주는 눈을 감았다. 그러자 잠시 후에 그도 병실을 나갔다. 간병인이 들어왔는지 잠시 후에 문이 열리는 소리가 들렸다.

"식사는 맛있게……."

눈을 뜨고 처음 그녀와 눈이 마주친 사람은 간병인이 아니었다. 어떤 남자와 같이 들어온 재민의 어머니였다. 한눈에 보기에도 너무나 고급스러운 명품을 머리서부터 발끝까지 걸친 재민의 어머니는 그녀를 벌레 보듯이 보고 있었다.

백화점에 왔을 때도 그랬다.

"……안녕하세요?"

"이 상황이 안녕할 상황이야?"

김 여사가 독하게 쏘아붙였다.

"네가 지금 침대에 편하게 누워 있는 게 누구 덕인 줄이나 알아?"

"감사하게 생각하고 있습니다."

김 여사가 전화번호를 알려 주지 않았다면 그녀는 지금 통구이가 되어 있었을 것이다. 통구이. 다시 생각해 봐도 어이가 없는 일이었다.

"이거."

무슨 종이 한 장을 그녀의 일굴에 휙 하고 던진 김 여사였다.

"사인해."

"네?"

"뭘 그렇게 물어? 하라면 하는 거지."

종이를 든 성주는 그것이 박 집사란 사람을 용서한다는 합의문임을 알았다.

"싫습니다."

"뭐?"

"전 이 사람 손에 죽을 뻔했습니다."

"그래서? 죽었어? 널 살려 준 건 나라고."

"그래도 못합니다."

"완전 미친 거 아니야? 야, 우리 아들이 네 동생 병원 치료비에 너한테 돈 많이 쓰던 거 같은데 이렇게 거머리처럼 굴 거야?"

"사모님……. 그래도……."

"야! 어디서 말대답이야 말대답은?"

"죄송합니다."

말을 하려니 얼굴서부터 온몸이 아팠다. 특히 배가 아파 왔다.

"제가……. 아……."

"어디서 아픈 척이야?"

해도 해도 너무 했다. 딱 보기에도 그녀의 얼굴은 시퍼렇게 멍이 들었고 한쪽 눈은 안 떠질 정도로 부어 있었다. 그런 그녀에게 아무리 남이라고 하지만 그런 말을 하다니 서러운 생각이 드는 성주였다.

"뭐라고 하셔도 전 그 사람이 저에게 왜 그랬는지 정확한 이유와 사과 없이는 그 무엇도 하지 않을 겁니다."

"그래? 그럼 나도 너에게 치료비를 줄 수 없으니까 당장 병원에서 나가!"

"……."

"내가 너한테 주려고 우리 아들을 귀하게 키운 줄 알아? 그 어미에 그 딸년이구만."

돌아가신 분까지 거론하는 건 정말 너무했다.

"사인해!"

"못합니다."

"못해? 김 변호사!"

옆에 서있던 남자가 변호사인 모양이었다.

"그거 가지고 와."

변호사가 인주를 가져오자 김 여사가 그녀의 손을 잡고는 억지로 지장을 찍게 했다.

"이렇게까지 하게 만들어야겠어?"

서류를 보고는 흡족한 미소를 짓는 김 여사였다.

"우리가 치료비까지는 내 줄 테니까. 치료나 받아. 그리고 당장에 재민이한테서 떨어져."

김 여사는 찬바람을 쌩하게 날리며 병실을 나갔다.

"엄마……."

부모님이 돌아가신 후 처음으로 어머니를 찾으며 울었다. 이렇게 어머니가 보고 싶었던 적이 또 있었나? 보고 싶어도 이렇게 찾은 적은 처음이었다. 얼마나 울었을까?

"누나!"

창빈이 휠체어를 끌고 그녀의 병실을 찾았다. 친구 영환이가 같이 왔는데 둘 다 그녀의 모습을 보고는 놀란 것 같았다.

"누나, 어떻게 된 거야?"

"아니야……."

"뭐가 아니야?"

"넌 어떻게 알고? 재민 씨가……."

"아니야, 내 간병인하고 누나 간병인이 아는 사이라서 우연히 알게 됐어."

하긴 재민은 창빈이 걱정할까 봐 그런 말을 할 사람이 아니었다.

"누가 누나 얼굴을 이렇게 만든 거야?"

"그냥 운이 안 좋았어……. 범인은 경찰서에 잡혀 있고."

"강도야?"

"뭐, 그런 거야."

자세한 일을 안다면 창빈이 자책할 게 뻔했다. 자기 때문에 성주가 고생을 한다고 말이다. 그래서 성주는 입을 다물었다.

"경찰은 뭐래?"

창빈의 안색이 굳었다.

"지금 조사 중이야."

"내가 가 봐야겠어."

"아니, 재민 씨가 알아서 하고 있으니까 걱정하지 마."

"내가 그 자식을 죽여 버리겠어!"

창빈은 누나가 그렇게 당한 게 억울한 모양이었다.

"누나 내가 이렇지만 않았어도……."

"난 다행이란 생각이 든다. 네가 그렇지 않았다면 내가 경찰서에 너를 말리러 다녀야 할 판이니까."

창빈이 한숨을 쉬었다.

"창빈아, 누나 쉬고 싶어."

"다친 건……."

"외상만 심하지, 뼈 부러지고 그런 데는 없는 것 같아. 그러니까 오늘은 그냥 가."

"알았어……."

창빈은 걱정 가득한 얼굴로 병실을 나갔다. 성주는 마음이 너무 아팠다. 죽기 직전까지 간 긴박한 상황에서 그녀는 두 남자를 생각했다. 이렇게 살아 돌아오면 무조건 기쁠 줄 알았는데 재민의 어머니가 그녀의 영혼을 죽이고 있었다.

재민과 계속해서 만난다면 이번 일이 아니어도 이번 일보다 더한 일을 벌일 것 같았다. 재민의 어머니의 독기 어린 눈빛이 잊혀지지 않는 성주였다.

병원에 입원해 있던 내내 성주는 아침마다 장미꽃 바구니를 받았다. 음식은 호텔식이 배달되어 왔고 간병인은 아주 선한 아주머니였다. 몸은 이렇게 호강을 하고 있는데 성주의 마음은 가시방석이었다.

"밥을 이렇게 안 먹어서 되겠어요?"

"괜찮아요. 입맛이 없어서……."

"휠체어 타고 산책이나 나갔다가 올까요?"

"아뇨."

그녀는 지금 밖에서 낯선 사람을 만나는 게 두려웠다. 누가 그녀를 공격할지 모르는 상황이었기 때문이었다.

"사람들이 무섭죠?"

간병인이 물었다.

"뭐……."

"제가 아가씨 돌보기 전에 돌보던 아가씨는…… 성폭행 피해자였어요."

"……."

"나쁜 새끼가 어찌나 때렸는지……. 광대가 함몰이 되고 한쪽 눈은 아예 실명이 되어 버렸죠. 결혼을 앞둔 직장인이었는데 몸도 많이 상했지만 정신적으로도 힘들어했어요."

"지금은요?"

"……."

안 좋은 느낌이 들었다.

"그 일을 극복하지 못하고 2주 전 그만……."

"……."

"저도 너무 놀라서 아가씨 간병하기 전까지 쉬었어요."

"네……."

"병원에서 환자들만 상대하다 보니 이런저런 일들을 많이 봐요. 너무 억울하게 다친 사람들도 많이 봤죠."

간병인이 그녀에게 무슨 말인가를 해 주고 싶은 모양이었다.

"난 아가씨가 혼자가 아니라는 걸 알았으면 좋겠어요. 혼자라고만 느끼면 스스로가 너무 초라해지잖아요."

"무슨 말씀이신지 알겠어요."

"힘내요. 우연치 않게 어떤 사모님이 병실에서 난동 부리는 걸 봤어요……. 말리려고 하는데 상황이 종료된 것 같아서 가만히 있을 수밖에 없었죠."

"잘하셨어요."

"이제 힘내고 나가서 이겨요. 내가 보기에 아가씨는 질 이유가 없어요. 그리고 남자친구도 잡고."

"……."

간병인 아주머니가 진심으로 응원해 주고 있었다. 하지만 힘이 나기는커녕 맥이 더 풀리는 느낌이었다.

아침에 경찰이 다녀갔다. 아주 간단한 질문만 했다. 이상하게 깊은 질문을 피하는 눈치였다. 아마도 김 여사의 입김이 들어간 모양이었다. 오늘은 재민에게 이 일을 말해야 하나 말아야 하나라는 생각이 들었다.

그녀에게 아무리 모질게 했어도 재민에겐 어머니였다. 그녀가 안 좋은 일을 말한다면 둘 사이를 갈라놓는 일뿐이 안 되는 것이었다.

입원한 지 일주일이 지났다. 얼굴에 멍은 엷어지고 있었지만 그녀가 입은 상처는 그대로였다.

"사과 좀 먹어요."

간병인 아주머니가 사과를 권했지만 그녀는 먹지 않았다. 입맛이 없었다.

"내일 퇴원인 거 알죠?"

"네."

"퇴원했다고 통원치료 게을리하면 안 돼요."

"네, 감사해요."

간병인은 정말 좋은 사람 같았다. 내일 집에 가면 경호원들이 그녀를 지킬 거라고 했다. 불안해서 도저히 안 되겠다는 말을 해서 이번엔 재민이 하자는 대로 내버려 둘 생각이었다. 성주는 이제 아무것도 생각하기 싫었다.

이 상황을 어떻게 잘 넘기고 이제 그와 어떻게 그들의 관계를 풀어 갈지 진지하게 생각할 때라는 생각이 들었다.

박 집사가 경찰서에서 웃으면서 나왔다. 순철이 두부를 사 들고 경찰서 앞에서 기다리고 있었다.

"형님, 이거……."

"치워."

"그래도."

순철이 다시 권하자 그가 두부를 받아먹었다.

"그래도 대단하십니다. 이렇게 빨리 나오시게 될 줄은 몰랐습니다."

"이게 다 우리 영숙 씨 덕분이지."

"재벌이 좋긴 좋네요. 변호사만 5명을 붙여 주셨다지요?"

"그래? 그러니 경찰들도 어쩔 수가 없는 거지."

그의 눈앞에 검은색 벤츠가 서 있었다. 박 집사는 순철을 뒤로 하고 그 차에 올랐다.

"사모님."

보름 만에 영숙의 얼굴을 보니 좋았다. 몇 년은 못 보게 될 줄 알았는데 말이다.

"이거 받아."

"이건⋯⋯."

검은 가방 안에 든 건 돈다발이었다.

"이제 시골에 내려가서 농사나 짓고 조용히 살아. 이건 퇴직금 이라고 생각하고."

"사모님⋯⋯."

"우리의 인연은 여기까지야. 내가 그래서 뭐라고 했어. 이번엔 가만히 두라고 했지?"

"죄송합니다."

"아니야, 이쯤해서 우리도 정리하는 게 서로를 위해서 좋을 것 같아."

"그래도 사모님⋯⋯."

"이만 여기서 헤어지자. 짐은 사람들 시켜서 시골로 보냈어. 그런 줄 알아."

그녀는 그를 경찰서 근처에 내려 주고는 떠나 버렸다. 평생을 바쳐 사랑한 여자에게 차이고 말았다. 하늘이 무너져 내리는 기분이었다.

"내가 누구 때문에 그렇게 했는데……."

박 집사는 이를 갈았다.

"이게 다 그년 때문이야. 이번엔 진짜로 죽여 버리겠어……."

그는 동생들이 운영하는 심부름센터가 아닌 작은 모텔에 방을 얻었다. 그리고 또다시 기회를 엿볼 생각이었다. 이번엔 혼자서 할 생각이었다. 다른 것들은 그냥 거추장스러울 뿐이었다. 그리고 지난번보다 더 철저하게 계획을 세울 생각이었다.

재민의 집으로 온 지 일주일이 지났다. 재민은 사고 전보다 말수가 더 적어졌고 그녀를 안으려고도 하지 않았다. 물론 그녀가 다치고 온몸이 멍투성이라서 배려하는 것이겠지만 그래도 서운한 마음이었다.

성주는 오전에는 병원을 다녀오고 집에 도착한 후부터는 물리치료와 마사지를 받았다. 하루 종일 마사지를 받고 나면 재민이 들어오기 전에 잠이 들어 버리는 경우도 있었다.

재민의 어머니가 한 말들이 아직 그녀의 가슴에 남아 있었지만, 지금은 어디론가 도망갈 수도 없었다. 왜냐하면 다시 그를 버린다면 이제 그녀가 견딜 수 없을 것 같았기 때문이었다. 가슴 깊이 사랑하는 남자였다. 그를 위해 그냥 참으며 받아들이는 수밖에 없었다.

다음에는 어떤 위협이 그녀에게 가해질지 모르겠지만, 성주는 견디자는 결론을 내렸다. 그래도 사람인지라 김 여사의 위협이 두렵기는 했다. 어쨌든 김 여사는 막강한 힘을 가진 사람이었기 때문이었다.

이제 어느 정도 외관상으로는 멀쩡해진 그녀였다. 그래서 내일부터는 평소에 배우고 싶었던 걸 배우기로 했다. 바리스타 학원에 등록할 생각이었다. 작은 커피숍을 하는 게 그녀의 꿈인데 창빈이 고시원에 들어갔고 그녀도 당분간 머물 곳이 있으니, 그동안 학원을 다니면서 자격증을 따고 커피숍에서 아르바이트를 좀 한 다음에 커피숍을 차릴 계획이었다.

"서울은 좀 힘들고⋯⋯."

변두리나 아니면 아예 지방도시도 괜찮을 것 같았다. 어치피 칫솔에 배부를 수는 없으니까 말이다. 이렇게 딴생각을 하게 된 건 아무리 해도 그와의 아기가 생기지 않아서였다. 그녀가 피임을 하는 것도 아닌데 이상하게 임신이 되지 않고 있었다.

그것도 지금 상황에선 스트레스였다.

"언젠가는 생기겠지……."

한숨을 쉬며 그녀는 저녁을 차릴 준비를 하고 있었다. 그동안은 그가 꼼짝을 못하게 해서 상도 차릴 수가 없었다. 그들이 있을 때 다른 사람이 있는 걸 싫어하는 재민은 상주 도우미를 두지 않았다.

도우미는 주로 오전에 와서 5시 전에 퇴근을 했다. 그러니 저녁 상은 그가 직접 차려 먹은 것이었다. 그래도 그는 불만을 드러내지 않고 있었다.

국이 거의 다 데워지고 있는데 그가 퇴근을 하고 들어오는 소리가 들렸다.

"오늘도 수고하셨어요."

그녀가 그의 재킷을 받아 주었다.

"맛있는 냄새가 나는데?"

"아주머니가 오늘은 김치찌개를 끓여 놓고 가셨어요. 씻고 나오세요."

"알았어, 그런데 오늘은 아주 좋아 보이네."

"오늘은 컨디션이 나쁘지 않아요."

"다행이야."

그는 이렇게 말하고 더 이상의 말없이 침실로 향했다. 그를 보니 속상했다. 왜 저렇게 피한다는 생각이 드는지 알 수 없지만 분명 그는 그녀를 피하고 있는 것 같았다. 하긴 귀찮은 일을 몰고 다니는 그녀였다.

동생의 일에서부터 지금 그녀의 일까지. 모두 재민의 입장에선 달갑지 않은 일들이었다. 그가 나오고 그들은 말없이 저녁을 먹었다. 그리고 그는 그녀가 설거지를 하는 동안에 침실로 들어가 버렸다.

9시도 안 된 시간이라 잠을 자긴 이른 시간이었다. 설거지를 마친 성주는 침실이 아닌 헬스장에 있는 그를 발견하고는 침실로 들어갔다. 그리고는 욕실로 향했다. 샤워를 하고 잠을 잘 생각이었다.

욕실 앞에 대형 거울을 통해 2주 만에 처음으로 자신의 몸을 비춰 보았다. 그동안은 일부러 전신 거울을 보지 않았었다. 그래도 오늘 보니 몸이 많이 좋아졌다.

"그렇게 맞고도 괜찮아졌네."

뭐든지 시간이 약인 것 같았다. 샤워를 마친 성주는 온몸에 바디로션을 바르며 생각에 잠겼다.

"오늘은 안 되겠어."

성주의 몸이 그를 원하고 있었다. 그리고 그의 마음이 아직 떠나지 않았는지 궁금했다. 재민은 그녀를 사랑하는 게 아니라 그녀의 몸을 좋아했지만 성주는 재민을 사랑했다. 처음 본 순간부터 헤어져 있던 기간에도 성주의 마음을 지배하던 단 한 명의 남자는 재민이었다.

온몸에 향이 좋은 바디로션과 향수까지 살짝 뿌린 그녀는 침대에 누워 그를 기다리고 있었다. 이불을 덮어 그녀의 맨몸을 가렸다. 그리고 방 안의 불은 끄고 커튼도 다 쳤다. 방 안은 어둠 그 자체였다.

얼마 후 그가 거친 숨을 몰아쉬며 방으로 들어왔다. 그는 불도 커지 않고 곧장 샤워실로 들어갔다.

물이 떨어지는 소리가 아주 요란하게 들렸다. 그가 샤워를 마치고 침대 안으로 들어왔다. 그녀가 자는 줄 알고 그는 침대 끝에 누웠다.

"운동 끝났어요?"

"응."

그는 간단하게 답을 하고는 그녀에게 등을 돌리고 누웠다.

"재민 씨……."

"……."

그녀가 그의 이름을 부르며 뒤에서 그를 안았다. 그의 맨등이 그녀의 맨가슴에 닿았다. 그도 느껴졌는지 그의 몸이 갑자기 굳었다.

"오늘…… 하고 싶어요."

그녀의 직설적인 말에 그가 생각에 빠진 것 같았다.

"싫어요?"

거절하면 어쩌나 하는 생각이 든 성주였다.

"아직 낫지 않았잖아?"

"오늘은 괜찮아요."

"성주야……."

"아무 생각도 하지 말고 날 안아 줘요. 당신이 이렇게 거부하는 거, 불안해요."

그가 몸을 돌리자 그녀가 그의 품 안으로 쏙 들어갔다.

"네가 힘들어."

"난 괜찮아요. 혹시 내가 싫은 건 아닌가요?"

"후……."

그가 한숨을 쉬는데 성주는 가슴이 아팠다. 왜 그는 그녀를 거부하는 것일까?

"성주야, 남자는 싫은 여자 앞에서 이렇게 반응하지 않아."

그가 성주의 손을 잡아 그의 페니스에 가져갔다. 성이 난 그의 페니스가 그녀의 손에 잡혔다.

"그런데 왜?"

성주가 그의 페니스를 위아래로 만지며 은근한 목소리로 물었다. 그녀의 목소리는 이미 욕망으로 인해 갈라져 있었다.

"으윽…… 제발……."

그가 성주의 손을 잡았다.

"난 지금 재민 씨를 원해요."

"더 이상은……."

"참지 마요."

그녀의 손에 있는 그의 커다란 페니스가 움찔거리며 움직이기 시작했다. 그도 한계점에 도달한 것 같았다.

"성주야, 널 다치게 할 수도 있어."

"난 다치지 않아요. 그리고 지금은 다 나았……. 읍!"

그가 더 이상은 참지 못하고 그녀를 덮쳤다. 그동안 참아 왔던 욕망을 한꺼번에 분출하기 시작했다. 그의 혀가 그녀의 입안을 휘젓고 있었고 그의 호흡은 거칠어질 대로 거칠어졌지만 그는 자제하고 있었다.

그는 거친 키스를 하고 있었지만 그녀의 몸엔 쉽게 접근하지 못하고 있었다. 아마도 그녀가 아플까 봐 걱정을 하고 있는 것 같았다. 오늘 같은 날은 그녀가 조금 더 적극적이어야 할 것 같았다. 그리고 지금 성주는 재민만큼이나 흥분해 있었다.

성주가 그를 살짝 밀어내고는 그의 위에 올라탔다.

"오늘은 가만히 있어요."

"······."

"내가 하고 싶어요."

그녀는 그의 귀에 대고 속삭였다.

"성주야······."

거칠기만 하던 그가 순한 양처럼 그녀의 이름을 불렀다. 이래서 맹수를 길들이는 맛이 있구나 라는 생각이 드는 성주였다. 성주의 혀가 그의 목을 따라 위험스럽게 아래로 내려가고 있었다.

샤워를 마친 몸이라서 그런지 혀끝에 닿는 그의 살의 맛은 시원했다.

"날 죽이려는군."

"아하······. 이런다고 죽지 않아요."

그녀의 목소리가 심하게 가라앉아 있었다. 그녀의 혀는 겁도 없이 그의 무성한 검은 숲까지 내려갔다.

"으음······. 감촉이 좋아요."

"성주야······."

"쉿! 즐겨요······."

그녀가 생각해도 사악한 말이었다. 그는 지금 완전히 굳어 있었다. 참고 있는 것이다. 그의 말처럼 욕망으로 이성을 잃어 그녀를 다치게 할까 봐 두려운 것이었다.

"으음······ 츄읍츄읍!"

"으윽!"

그녀가 그의 페니스를 삼키고는 빨아 대기 시작했다. 세상에서 가장 맛있는 사탕처럼…….

"으윽…… 하아 하아!"

이번엔 그가 몸을 활처럼 휘었다. 그녀가 주는 짜릿한 고통에 그의 숨이 넘어갈 것 같았다. 재민이 성주의 머리카락을 쥐었다.

"츄읍츄읍……. 앗, 으…….."

성주도 미칠 것 같았다. 그의 페니스를 한참이나 핥던 성주의 혀가 이번엔 그의 발끝까지 내려갔다.

"그만!"

더 이상은 참기 힘들었는지 그가 성주를 침대로 눕혔다.

"제발……. 안아 줘요."

"하…… 아……."

그녀의 말에 그가 거친 숨을 몰아쉬었다. 그리고 그녀의 가슴에 입을 맞추기 시작했다. 미친 듯이 그녀의 가슴을 빨기 시작한 그였다. 이제 정말 그는 이성을 잃어버린 것 같았다. 한 마리의 짐승이 포효하는 소리가 방 안 전체를 휩쓸고 지나갔다.

"하아 하아……."

"아…… 흐……."

그의 손이 그녀의 질 안으로 들어가서 그녀의 질벽을 긁어 대고 있었다. 성주는 몸을 비틀며 쾌감을 즐기고 있었다. 이러다가 섹스의 노예가 될 것 같았다. 아니, 지금 그녀는 이미 그의 섹스에 빠져들어 버렸다. 헤어 나올 수 없을 정도로 말이다.

그의 혀는 벌써 그녀의 여성을 집어 삼키고 있었다. 그의 혀가 미친 듯이 검을 숲을 헤집었다. 굶주린 짐승이 먹이를 급하게 먹어 치우는 것 같았다. 그의 혀가 그녀의 여성을 가르고 들어와 그녀의 클리토리스부터 질까지 길게 훑어 내렸다.

"아아앙……."

성주도 흥분해서 몸을 활처럼 휘었다. 그의 혀가 그녀를 미치게 만들었다. 그녀의 애액과 그의 혀의 움직임이 만나 아주 질척이는 야한 소리를 내고 있었다. 그들에게는 부끄러움이란 없었다.

그녀가 거의 정신을 잃어 갈 즈음, 그가 그녀의 다리를 벌리고 그의 페니스를 젖은 질에 밀어 넣었다.

"으윽!"

"아아아앙……."

그들의 섹스런 신음이 동시에 터져 나왔다. 그가 평소보다 더 거칠게 허리를 움직이기 시작했다. 참았던 것만큼이나 강하게 그는 그녀를 차지해 갔다.

"아아아……. 사랑해요."

"헉헉헉……."

그녀는 사랑한다고 말했지만 그는 아무런 말도 하지 않았다. 서운함이 생기긴 했지만 성주는 그냥 마음에 담아 두기만 했다. 그에게 사랑하는지 물었다가 아니라고 하면 그때는 정말 마음이 무너져 내릴 것 같았기 때문이었다.

"아아앙……."

"으윽!"

그가 자신의 분신들을 그녀의 몸 안에 쏟아냈다. 따뜻한 기운이 그녀의 자궁 안에 퍼지고 있었다. 그 어떤 때보다도 자극적인 느낌이었다. 성주는 그를 끌어안고는 한참이나 그 느낌을 만끽했다.

거친 숨을 몰아쉬는 재민도 성주를 꼭 끌어안았다.

"사랑해요……."

"……."

그는 여전히 아무런 말도 하지 않았다.

9. 악연의 끝

추위가 어느덧 가시고 따뜻한 봄기운이 재민의 집을 가득 채우고 있었다.

드르륵—!

거실의 창을 연 성주는 오랜만에 상쾌한 아침 공기를 마시고 있었다. 창빈도 퇴원을 해서 고시원에 들어간 상황이었고 그녀도 바리스타 학원을 잘 다니고 있었다. 재민과는 여전히 뜨거운 밤을 보내며 무탈한 하루하루를 보내는 성주였다.

"불안해."

커피를 마시다 말고 그녀는 이렇게 중얼거렸다. 너무 평안한 일상이라서 오히려 불안했다. 그녀의 인생은 언제나 좋은 일만 일어나지 않았다. 그녀는 커피 한잔을 마시고는 학원으로 출발할 준비를 했다.

윙―

매일 아침 같은 시간에 재민에게 전화가 왔다.

"여보세요?"

[출발했어?]

"아뇨, 지금 나가려고요. 날씨가 아주 좋아요."

[그러네. 이번 주에 별장에 갈까?]

"좋아요."

그는 언제나 그녀를 배려했다. 그게 더 미안했다.

[잘 다녀와.]

"수고하세요. 이따 저녁에 봐요."

[알았어.]

이제는 핸드폰 너머의 목소리까지 섹시하게 들렸다.

"대책이 없네."

그녀는 이렇게 말을 하고는 가방을 메고 집을 나섰다. 청바지에 야구 점퍼를 입고 노 메이크업에 포니테일로 머리를 묶은 그녀는 10대 소녀처럼 보였다. 그녀가 집에서 나오자 경호원들이 그녀를 차에 태우고 학원까지 데려다주었다.

그리고 학원이 끝나면 그녀를 태우고 그녀가 원하는 장소까지 데려다주었다. 남자 경호원들이 언제나 그녀를 위해 수고해 주었다.

"이거 드세요."

나오기 전에 보온병에 그녀가 직접 내린 커피를 담아 왔다.

"이렇게 신경 안 쓰셔도 됩니다."

"아 참, 이것도."

도우미 아주머니가 싸 주신 샌드위치도 그들에게 건넸다.

"기다리면서 드세요."

"감사히 먹겠습니다."

아주 무뚝뚝한 사람들이었다. 웃는 법도 없었고 쓸데없이 농담도 하지 않았다. 마치 기합이 바짝 든 군인들과 있는 느낌이었다. 학원에 내려 첫 시간 수업을 받고 있는 모두의 시선이 뒷문으로 향했다.

얼떨결에 성주도 고개를 돌리자 문 앞에는 김 여사가 아주 차가운 얼굴을 하고 서 있었다. 성주는 김 여사가 온 이유를 알기에 선생님께 양해를 구하고는 김 여사에게로 갔다.

"안녕하세요?"

"안녕? 내가 지금 안녕하게 생겼어?"

"……."

김 여사의 목소리가 아주 거칠어져 있었다. 그리고는 학원 1층에 마련이 된 커피숍으로 그녀를 끌고 내려갔다.

"무슨 일로……."

"무슨 일? 벌써 몇 개월째 우리 재민이 등골을 빼먹었으면 이제 사라질 때도 되지 않았니? 지난번에 M&T그룹 딸과의 선도 깽판을 놓더니 지금까지도 이러고 있으면 어떡해?"

성주는 그녀를 벌레 보듯이 하는 김 여사의 눈빛이 싫었다. 마치 더러운 것을 보는 눈빛이었다.

"그렇게 마음에 안 드세요?"

처음으로 물었다.

"그래, 마음에 안 들어. 너 같으면 아들이 별 볼일 없는 여자한테 매달려 있는데, 좋겠니?"

"아들의 선택을 믿어 보시는 건……."

"닥쳐!"

이건 마치 어디선가 본 막장 드라마 같았다. 김 여사의 얼굴이 빨개졌다. 당장이라도 그녀를 때릴 기세였다.

"이번엔 정말 놓치기 아까운 신붓감이니까 방해하지 말고 사라져."

툭!

진짜 돈 봉투가 그녀 앞에 던져졌다.

"네가 생각하는 것보다 훨씬 많은 액수일 거야."

"어머님……."

짝!

그녀의 얼굴이 옆으로 돌아갔다.

"어머님? 미친년이 지금 뭐래? 사람이 좋게 나가니까 한번 해볼만 하다고 느낀 거야?"

"……."

기가 막혔다. 커피숍의 직원들은 그녀를 잘 아는 사람들이었다. 창피하단 생각이 들었다.

"넘볼 사람을 넘봐야지?"

"이 돈 받지 않겠습니다. 그리고 우린 헤어지지 않을 겁니다. 안녕히 가세요."

그녀가 인사를 하고는 먼저 일어났다.

"야!"

김 여사가 뒤에 대고 소리를 질렀지만 성주는 그냥 자리를 떴다. 아직도 얼얼한 뺨을 손으로 문질렀다. 이건 정말 아니었다. 성주는 바로 강의실로 들어가지 못하고 커피숍 뒤에 있는 주차장에서 잠시 서 있었다.

성호원의 차는 그녀와 반대편에 있었다. 부끄러운 모습을 그들에게 들키기 싫었다. 괜히 또 재민의 귀에 들어간다면 모자간의 사이만 갈라놓는 경우가 되니까.

"성주 씨!"

"네."

눈물을 훔치며 그녀를 부르는 쪽을 본 성주의 얼굴에 핏기가 사라졌다.

"오랜만이야."

소름이 끼치는 얼굴, 절대로 잊지 못할 그 얼굴이 어째서…….

"사람 살려…… 읍!"

박 집사가 몇 개월 만에 나타났다. 교도소에 있어야 하는 사람이 왜……. 성주의 의식이 점점 흐려져 갔다.

"지금 뭐라고 한 거야?"

[성주 씨가…….]

경호원의 목소리가 불안으로 떨리고 있었다.

[나올 시간이 지났는데 나오지 않으셔서 올라가 봤더니…….]

"뭐? 그걸 지금 말이라고 해?"

[어떤 사모님과 함께 나간 후에 돌아오지 않는다고…….]

"사모님?"

사모님이라는 소리에 재민의 머리가 복잡해지기 시작했다. 전화를 끊고 그는 어머니에게 전화를 걸었다.

"여보세요!"

[어, 아들……]

"오늘 성주 만나셨어요?"

[그사이에 이르디?]

가긴 간 모양이었다.

[아주 영악한 구석이 있어? 어디 그런 걸 이르고 그래? 뭐라고 하디? 지 때렸다고 하디?]

"때리셨어요?"

[다 들었으면서 왜 모른 척이야?]

아주 어이가 없는 상황이었다.

"성주가 사라졌어요."

[떠난 모양이네. 아주 잘한 생각이야.]

"어머니, 박 집사 어디 있어요?"

[뭐?]

"박 집사 어디에 있냐고요."

성주에게는 박 집사가 풀려났다고 말하지 않았다. 불안해할 게 뻔했기 때문이었다. 그런데 또다시 납치라니 기가 막혔다.

"이번에 성주에게 무슨 일이 생긴다면 그땐 어머닐 용서하지 않을 겁니다."

[재민아…….]

"전 성주와 결혼하기로 마음먹었습니다. 어머니 덕분에요. 박 집사 연락처나 보내 주세요."

[연락을 안 한 지 오래돼서…….]

이번엔 어머니도 모르는 모양이었다. 전화를 끊은 그는 성주가 사라진 학원으로 가서 CCTV를 보기 시작했다.

"뒤편 주차장은 우리도 잘 안 쓰는 공간이라서요. 건물 앞에 주차장도 넓어서 대부분은 앞에 세우거든요."

며칠 동안 뒤로 들어가는 차를 보니 한 대가 계속해서 성주가 학원에 있는 시간에 맞춰 들어왔다가 나갔다.

"이 차 번호 좀……."

그는 차 번호를 따서 경찰서로 향했다. 그리고 번호를 조회하고 실종 신고를 냈다. 이번엔 범인을 특정했기 때문에 바로 수사에 착수했다. 근처의 CCTV를 일일이 확인하면서 차량의 동선을 파악했다.

재민의 속은 까맣게 타들어 가고 있었다. 박 집사를 죽여 버렸어야 하는 건데 그렇게 못한 걸 두고두고 후회할 것 같았다. 법정 싸움에서 처음으로 진 그였다. 너무 확실한 증거였기에 어머니의 화려한 변호사 군단을 무시했던 게 실수였었다.

"어머니에게 지다니……."

재민은 자신에게 화가 났다.

"성주야…… 제발……."

제발 무사하길 기도했다. 이렇게 하늘에 대고 기도해 보기는 처음이었다. 최재민답지 않은 일이었다.

박 집사는 자신이 미리 준비해 둔 허름한 집에 차를 세웠다. 개들을 키우며 이곳에 머문 지 2달이 되어 갔다. 서울에서 모텔 생활을 하다가 이곳에 자리를 잡은 건 다 오늘을 위해서였다.

서울의 조금 외진 곳에 그가 딱 원하는 곳이 있었다. 이곳은 태릉선수촌에서 그리 멀지 않은 곳이었다. 서울인데도 배 밭이 많았고 외곽 쪽으로 빠지는 곳이라서 완전 시골이었다. 이 집은 버려진 집이나 마찬가지라서 아주 헐값에 임대를 했다.

투견을 두 마리 사서 키우고 있었다. 아주 성질 머리가 못된 녀석들이었다. 사람을 무는 녀석들이라서 그도 밥을 줄 때 조심해야 하는 놈들이었다.

어릴 때부터 키운 게 아니라 그도 주인이라기보다는 밥 주는 사람 정도로 여기고 있는 듯했다.

사람집사에서 지금은 개집사가 된 그였다.

"월…… 월월!"

"조용히 해!"

여자의 화장품 냄새를 맡자 흥분해서 아주 지랄들이었다.

"시끄러!"

이 집의 장점은 담이 있다는 것이었다. 밖에서는 안이 보이지 않았다. 그는 트렁크를 열고는 묶여 있는 성주를 어깨에 들쳐 멨다. 운동으로 다져진 그의 몸은 50대라고 하기에는 믿기지 않을 정도로 아주 건장한 몸이었다.

툭!

그녀를 작은 방에 던져 놓은 그는 화덕에 불을 지피기 시작했다. 오늘을 위해 그가 만든 화덕이었다. 증거를 완벽하게 인멸하기 위한 방법이었다.

"이제 기다리고 기다리던 시간이네……."

활활 타오르는 불을 보며 그가 중얼거렸다. 그의 마음에 있던 영숙에 대한 사랑은 이제 미움으로 바뀌었다. 성주를 처리하고 그 다음은 영숙이었다. 지난 몇 달 동안 박 집사의 사랑은 증오로 바뀌었다.

모든 문제의 발단이 된 성주를 죽이고 다음은 영숙이었다. 그녀에 대한 그의 사랑을 아주 우습게 생각한 대가를 반드시 치르게 하고 싶었다.

방 안으로 들어가자 성주가 눈을 똑바로 뜨고 그를 보고 있었다. 물론 시끄럽게 굴면 안 되기 때문에 입에 테이프를 붙여 놓았다.

"반가워."

그가 성주 옆에 앉았다.

"으으읍!"

"어차피 죽을 거니까 기운 빼지 말고."

박 집사의 눈이 아주 무섭게 빛을 발하고 있었다.

"널 죽이는 이유가 궁금하지? 그건 영숙 씨를 화나게 했으니까. 영숙 씨가 화가 나면 내가 마음이 아팠거든."

성주의 눈에서 눈물이 흐르고 있었다.

"무서워? 아니야. 오늘은 뜸 안 들이고 쉽게 끝내 줄게."

"으으음⋯⋯."

"아 참, 말은 끝까지 해야지. 영숙 씨를 내가 그렇게 아꼈는데 영숙 씨가 나의 마음을 모르더라고. 그러니 일단 사건의 발단인 너부터 죽이고 그다음은 영숙 씨야."

박 집사는 지금 제정신이었다. 어느 때보다 정신이 또렷했다. 그래서 그동안 영숙에게 미친 듯이 바보처럼 충성하던 자신이 보이기 시작한 것이었다.

"내가 말이야⋯⋯. 어떻게 영숙 씨에게 충성한 줄 알아? 자존심도 버리고 말이야."

그가 그녀의 목을 조르기 위해 끈을 준비했다. 단번에 보내는 게 좋을 것 같아 아주 질긴 나일론 끈을 준비했다. 다 성주를 위한 배려였다.

"자 시작하자."

"으으음……. 으……."

성주가 미친 듯이 발버둥치고 있었다.

"이러지 마, 너만 힘들어……."

끈이 그녀의 목 가까이 다가왔다.

"박씨!"

밖에서 그를 부르는 소리가 들렸다.

"박씨!"

옆집 아저씨의 목소리인 것 같았다. 옆집이라고 해 봐야 한참 떨어진 곳에 있는 집이었다.

"박씨, 이놈의 개들 좀 어떻게 하라고!"

화가 많이 난 것 같았다. 어쩔 수 없이 그는 방에서 나왔다.

"왜요?"

"시끄러워서 살 수가 있어야지."

"죄송해요, 원래 성격이 포악한 녀석들이라서……."

"그러니까 더 단속을 해야지. 여기 어디 무서워서 오겠어?"

"알았어요."

"오늘은 누가 있나?"

"누가 있다고 그러세요? 혼자 개나 키우고 사는 집에."

"하긴…… 어쨌거나 주의 좀 시켜 줘."

그렇게 말하면서 남자가 집 밖으로 나가려다가 다시 들어왔다.

"우리 집에 잠깐 같이 가."

"왜요?"

"우리 마누라가 반찬을 해 놨으니까 가지고 가."

"네?"

"혼자 있는데 밥은 제대로 먹겠어?"

"괜찮습니다."

"그래도 빨리……."

박 집사의 손을 잡아 끈 남자였다. 귀찮게 생겼다.

"어서……."

박 집사는 어쩔 수 없이 그에게 끌려 집을 나섰다. 성주는 목숨 줄이 긴 것 같았다.

방에서 쾌쾌한 냄새가 날 법도 한데 허름한 집의 외관과는 다르게 안은 너무나 깔끔했다. 아마도 집사라는 직업 때문에 지저분한 꼴을 못 보는 강박증 같은 게 있는 것 같았다.

성주는 빠르게 몸을 일으켰다. 그녀는 두 손과 두 발이 묶여 있었지만 다행히 손이 앞으로 묶여 있어서 일어날 수만 있다면 줄을 끊을 수도 있을 것 같았다. 성주는 마치 자벌레처럼 몸을 접었다가 펴 가면서 뾰족한 물건이 있는 곳으로 이동했다.

방 안에는 가위가 있었다. 그걸 양손으로 집어 먼저 발목에 감긴 테이프를 끊어 냈다. 그리고 발로 가위를 잡아 벌린 다음에 가위 날 쪽을 이용해서 손목의 테이프를 끊는 데 성공했다.

"월! 월! 월!"

개들이 그녀를 보더니 짖기 시작했다. 이러면 박 집사가 알 것 같았다. 그래서 성주는 뒤도 돌아보지 않고 집 밖으로 있는 힘껏 뛰었다. 맨발인 그녀에게 비포장도로는 고통 그 자체였지만 성주는 뛰지 않을 수 없었다.

그녀는 자칫하다가는 박 집사와 부딪칠 수 있었기 때문에 마을의 반대쪽인 산을 선택했다. 큰 산이 아닌 완만한 작은 산이었다. 저 산을 넘으면 아무라도 사람 사는 집이 나오길 바라며 성주는 산을 타기 시작했다.

재민은 성주가 납치된 차의 동선을 파악하는 데 성공해서 지금 태능 쪽으로 향하고 있었다. 우리나라의 기술이 이렇게 좋은지 처음으로 알았고 CCTV가 이렇게 많이 설치되어 있는지도 처음 알았다. 도로 곳곳에 설치된 CCTV의 분석 결과를 실시간으로 받으며 그는 태능의 배 밭까지 오게 되었다.

"제발……."

"차 안에 계십시오."

경호원이 말했지만 재민은 가만히 있을 수 없었다. 그래서 차에서 내려 박 집사의 사진을 가지고 집집마다 방문을 하면서 물었다.

그런데 그때 그의 눈에 박 집사가 보였다. 비닐봉지를 들고 입에 담배를 문 그와 눈이 딱 마주쳤다. 박 집사가 손에 든 봉지와 담배를 버리고는 뛰기 시작했다.

"거기 서!"

그도 박 집사를 따라 뛰었다. 잡아야 한다. 설마……. 아닐 것이다. 그는 안 좋은 생각이 들었지만 애써 떨쳐 버리고 있는 힘껏 박 집사를 쫓았다. 아무리 빨라도 50대의 남자가 30대의 그보다 빠를 순 없었다.

"억!"

그의 옷 뒷덜미를 잡아 세운 재민이었다.

퍽!

재민은 다짜고짜 주먹부터 날렸다. 이래서 사람을 죽이는구나 싶었다.

"헉헉, 성주는?"

"헉헉헉……."

"말 안 해?"

"……."

입가에 피가 흐르는 박 집사는 씩 웃을 뿐 아무런 말도 하지 않았다. 재민의 눈에 불꽃이 일었다. 죽여 버릴 것이다. 그는 박 집사를 거침없이 때리기 시작했다. 그의 주먹에 박 집사가 맥을 못 추리고 있었다.

"어딨냐고!"

"……."

그의 옆에는 경호원들이 있었지만 그가 너무 흥분해 있어 아무도 말리지 못하고 있었다.

"찾았습니다!"

박 집사의 집을 찾은 것이었다.

"목숨 줄이 길어!"

퍽!

다시 한 번 박 집사의 얼굴을 날려 버린 그였다. 박 집사는 땅바닥에 그대로 뻗어 버렸다.

"그런데……."

"빨리 말해!"

경찰의 뜸을 들이자 화가 난 재민이었다.

"정성주 씨가 보이지 않습니다."

"뭐?"

"도망친 것 같습니다. 방 안에 끊어진 테이프가 있었습니다. 가

위도 있었고, 그걸로 끊은 것 같습니다."

재민은 성주가 사라진 집으로 향했지만 어디에서도 성주를 찾을 수가 없었다.

성주는 달리고 또 달렸다. 그리고 산에 올라가서는 건너편에 있는 마을을 보며 한숨을 돌렸다. 하지만 지체할 수는 없었다. 어쩔 수 없이 점점 어두워지는 산길을 걷기 시작했다. 그렇게 길도 제대로 없는 산을 넘기 시작한 그녀였다.

발은 찔리고 찢겨 있었지만 극도의 공포에 고통도 느끼지 못하고 있었다. 그렇게 산을 넘어 불빛이 보이는 곳까지 간 그녀였다.

가까이 가 보니 예쁜 전원주택이었다.

"저기요……."

마당에 사람들이 바비큐 파티를 준비하고 있었다. 그리고 피투성이인 그녀를 보고는 모두들 놀란 것 같았다.

"살려…… 주세요."

그녀는 그 자리에 풀썩 주저앉아 버렸다.

"아빠! 귀신! 우아앙……."

어린아이가 산발에 엉망인 그녀를 귀신으로 착각하고는 그대로 울음을 터트렸다.

"괜찮아요?"

젊은 남자가 그녀 앞으로 왔다.

"경찰······."

"112에 신고해요. 빨리!"

그 소리에 성주는 안심이 되었다. 정말 스스로도 인정할 정도로 길고 모진 삶이었다. 그리고 얼마 후에 경찰차가 도착했다.

"괜찮아요? 아가씨?"

"아뇨······."

"이름이 뭐예요?"

"정······성주······."

"정성주? 그 정성주? 우리가 얼마나 찾은 줄 아십니까? 어서 보고해!"

경찰들이 아주 난리였다. 재민이 그녀를 찾고 있는 것 같았다.

"아가씨를 납치했던 범인은 잡혔습니다."

"······."

이제 정말 편하게 잠을 잘 것 같았다. 지난번처럼 풀려나지 않는다면 말이다. 긴장이 풀려 버린 성주는 그대로 의식을 잃었다.

재민은 성주를 입원시킨 후에 경찰서를 찾았다. 박 집사가 도대체 왜 그렇게 성주를 괴롭혔는지 이유를 듣고 싶어서였다. 이번엔 그 혼자만 간 것이 아니었다. 그의 어머니인 김 여사를 같이 데리고 갔다.

어머니도 이번엔 충격을 받은 것 같았다. 그리고 자신이 시킨 게 아니란 말만 되풀이하고 있었다. 그래서 같이 경찰서로 가게 된 것이었다.

"재민아⋯⋯."

"어머니, 이번엔 그냥 넘어갈 일이 아닙니다."

"그래서 너, 설마 내가 시켰다고 생각하는 거야?"

"⋯⋯."

"재민이 너!"

어머니가 아주 억울하다는 듯이 펄쩍 뛰었다. 그리고 강력계 사무실로 향했다. 서장실이 아닌 강력계로 향한 이유는 어머니에게 그런 배려를 하고 싶지 않기 때문이었다. 재민은 어머니에게 이렇게 화가 난 적은 처음이었다.

강력계 취조실에 경찰 두 명과 박 집사, 어머니 그리고 재민. 이렇게 다섯이 변호사 없이 마주하고 있었다.

"누가 시킨 일이야?"

"⋯⋯."

박 집사는 어머니와 그를 번갈아 가며 쳐다보았다.

"단독 범행이야?"

"……."

"묵비권을 행사할 텐가?"

"박 집사 왜 이러는 거야? 박 집사가 혼자한 일이잖아……. 왜 말을 안 해?"

어머니가 답답한지 박 집사에게 따지듯이 말했다.

"……."

"그럼 누가 시킨 건데? 지난번 일도 내가 하지 말라고 했는데, 혼자 다 저질러 놓고. 내가 수습 다 하고 이번 일도 혼자 해 놓고 왜 이러는 거야? 왜 사람을 나쁘게 만들어?"

박 집사는 기분 나쁜 미소만 짓고 있었다. 재민은 어머니가 억울해하는 걸 보고는 어머니가 시킨 일이 아니란 확신이 들었다.

살면서 어머니가 저렇게 억울해하는 건 처음 보았기 때문이었다.

"어머니가 얼마나 당신을 아꼈는데. 아주 심각한 배신이네."

그가 살짝 박 집사의 비위를 건드렸다.

"지난번엔 아들 몰래 어벤져스 급 변호인단으로 구해 내시더니, 이제는 아주 뒤통수를 제대로 맞으십니다. 어머니."

"뭐?"

어머니는 뒷목을 잡았다.

"올 때까지도 편을 드시더니 막상 와 보니까 제 말이 맞죠? 분명히 뒤통수칠 거란 말이요."

그가 박 집사의 눈치를 살폈다.

"어머니가 좋아하던 남자는 저렇게 쓰레기입니다."

"……."

어머니의 허벅지를 그가 꾹 찔렀다. 가만히 있으란 말이었다.

"아니, 왜? 이유는 좀 궁금하네."

"……."

"어머니를 떠나서. 왜 성주야? 그것도 두 번이나?"

그는 끝까지 말할 생각이 없는 것 같았다.

"아, 참. 보여 줄 게 있어."

그가 사진 한 장을 꺼내서 박 집사에게 보여 주었다. 비웃던 박 집사의 얼굴에서 웃음기가 사라졌다.

"내가 찾아냈어."

"죽었다는 소문이 났었는데 살아 있더라고."

아버지가 외도를 했던 여자의 사진이었다. 박 집사가 반병신을 만들었다고 한 그 여자였다. 그녀의 얼굴 사진이었다. 그날의 상처들을 그대로 가지고 있는 얼굴이었다. 지금도 치료를 받고 있다고 했다.

사람이 무서워서 숨어 사는 사람이 되어 있었다.

"그날의 증거들이 같이 있으니까, 아마 이번 일에 가중 처벌이 되겠지."

"……."

"어머니를 사랑했다고 하지 마. 넌 그냥 화풀이 대상을 찾았을 뿐이야. 갖지 못하는 것에 대한 분풀이로 말이야."

"아니야."

"아니긴, 비열한 새끼."

"난 영숙 씨를 위해 최선을 다했어."

"원하지 않은 일이야."

"아니야, 영숙 씨는 눈빛으로 나에게 원한다고 했어!"

"아니."

눈빛으로 알 수 있다니 기가 막힐 노릇이었다. 어머니에게 잘 보이고 싶어 하던 집사의 일이라고 하기엔 성주의 상처가 너무 컸다. 평생을 이 사진 속의 여자처럼 오늘의 일을 기억할 텐데…….

"박 집사, 난 널 한 번도 남자로 생각해 본 적 없어. 그리고 이런 일을 바란 적도 없고."

"거짓말……."

정신이상자가 따로 없었다. 어머니도 많이 놀란 것 같아 보였다. 경찰들이 나머지 조사를 하겠다고 했고 그가 준 예전의 사건의 파일도 받아 같이 수사하겠다고 했다. 이번엔 재민도 최강의 변호인단을 구성해서 박 집사를 영원히 빛을 못 보게 만들겠다고 말했다.

경찰서에서 나오면서 그는 어머니에게 말했다.

"병원에 가셔서 성주에게 사과하세요."

"내가 왜?"

"어머니."

"내가 왜 걔한테 사과를 해? 내가 시켰어? 오늘 여기에 온 이유는 너에게 내가 그러지 않았다는 걸 말해 주려고 온 거야."

재민은 이렇게 어머니에게 실망한 적이 없었다.

"그리고 걔하고 난 박 집사보다 더 악연이야. 아들하고 엄마 사이를 갈라 놔?"

어머니가 목에 핏대를 세우며 강하게 말했다.

"왜 그렇게 성주를 싫어하십니까?"

"그 어미에 그 딸이야."

성주의 어머니가 모델 출신이고 어머니의 라이벌이란 소리를 듣기 했다.

"어쩌면 그렇게 얄미운 것까지 닮았는지……."

아무리 라이벌이라고는 하지만 어머니는 이를 갈 정도로 성주의 어머니를 싫어했다.

"돌아가신 분입니다."

"이렇게까지 그년 편을 들어야겠어?"

"어머니!"

어머니를 분이 안 풀리는지 몸을 부르르 떨기까지 했다. 어머니는 자신의 출신 때문에 강한 콤플렉스가 있으신 분이었다. 할머니에게도 아주 심한 시집살이를 당했다. 그래서일까 세련되고 고급스러운 이미지를 고수하신 분이었는데 오늘은 그가 아는 어머니의 모습이 아니었다.

"제가 성주의 편을 드는 게 아니라 어머니께서 잘못하신 일을 스스로 사과하라고 말씀드리는 겁니다. 그래야 저의 자랑스러운 어머니가 맞으니까요."

"……싫어!"

어머니가 소리를 지르더니 자신의 차에 타고 그대로 경찰서를 떠났다. 그는 허탈한 마음이 들었다. 그리고 바로 변호사에게 전화를 걸었다.

"여보세요, 이번 사건은 최고의 변호인단으로 꾸리세요. 납치, 폭행, 살인 미수로 최소 무기징역은 받게 해야 합니다."

그는 전화를 끊고 성주가 있는 병원을 향했다. 너무 미안해서 병원으로 향하는 그의 발걸음이 무거웠다. 인생 자체가 힘든 여자였다. 부모님이 부도 후에 자살로 생을 마무리하고 홀로 동생을 돌보며 살아야 했던 그녀였다.

그런 이유로 그를 떠난 줄 알면서도 그는 성주를 용서할 수 없었다. 그래서 헤어진 후에도 재민은 사람을 붙여서 항상 성주를 감시했다.

이번에 본점으로 이동을 시킨 것도 남자직원들이 성주에게 미친 듯이 구애를 했기 때문이었다. 불안했다. 그래서 그가 있는 본점으로 그녀를 이동시킨 것이었다. 물론 성주는 모르는 일이지만 말이다.

성주는 항상 그의 시선 안에 있었다. 그렇게 바라만 본 게 자그마치 5년이었다. 이러다가 말겠지 하는 마음이 어느새 그리움이 되어 그녀의 곁에 가지 않고는 못 견디게 되어 버렸다. 그렇게 재회를 한 이후에 그는 자신의 마음을 꽁꽁 숨겼다.

처음 그녀를 만났을 때처럼 사랑에 빠져 허우적거리는 바보가 되고 싶지 않아서였다. 그러면 또 그녀가 자신을 떠날 것 같았기 때문이었다. 그런데 그의 몸은 늘 성주를 원했다. 그건 전혀 컨트롤이 되지 않았다. 특히 성주가 미친 듯이 달려들 땐 대책이 없었다. 그냥 무너지는 수밖에. 그의 안에 있는 짐승 같은 감정이 살아났다.

병원에 도착한 그는 한숨을 쉬었다. 이번 일은 성주의 잘못이 아닌 그의 책임이었다. 그래서 더욱더 성주의 얼굴을 보기가 미안한 재민이었다. 그래서 그는 병원 앞에서 하염없이 담배만 피우고 있었다.

10. 끈질긴 사랑의 끈

눈을 뜨자 익숙한 하얀색 천장이 보였다. 그녀의 옆에는 재민이 아닌 창빈이 얼굴이 하얗게 질린 채로 그녀를 내려다보고 있었다.

"으으음……."

머리가 어지럽고 속도 메스꺼웠다. 그렇게 한번 창빈의 얼굴을 확인한 성주는 다시금 눈을 감았다. 자꾸만 졸음이 쏟아졌다. 아무래도 링거에 수면제도 넣은 것 같았다. 그러지 않고서는 이렇게 졸릴 수가 없었다.

얼마나 갔을까? 다시 눈을 뜬 그녀의 눈앞에 창빈이 아닌 재민이 보였다.

"으으음……."

이상하게 또 말이 나오지 않았다. 목이 깔깔한 게 이상했다.

"괜찮아. 수면제 때문에 그래."

그녀의 예상대로 수면제가 들어 있었던 모양이었다. 그래도 이번엔 다시 잠들지 않았다. 눈의 초점을 맞춘 후에 다시 그를 보았다. 창빈이 아닌 재민이 확실했다. 그녀가 손을 뻗었다. 그의 체온을 느끼고 싶었기 때문이었다.

"나 여기 있어."

그가 그녀가 내민 손을 잡아 주었다. 그리고 그 자리에 무릎을 꿇고는 그녀의 손을 잡고는 가만히 있었다.

"왜…… 그래요?"

이런 그의 모습을 예상한 게 아니었다.

"그냥, 미안해서……."

"뭐가…… 미안해요?"

"다……."

그는 정말 그녀에게 미안해하고 있었다. 아마도 자신의 어머니와 박 집사의 관계를 알고 미안해하는 것 같았다.

"그런데…… 박 집사는 왜 구속이 안 됐죠?"

"어머니가 빼내셨어."

"아……."

그의 어머니가 그렇게 대단한 사람인 줄 몰랐었다. 그렇게 확실한 범인을 빼내다니 말이다.

"왜 말 안 했어요?"

"불안해할까 봐."

그녀의 예상이 맞았다.

"이젠 못 나오게 해 줘요……."

"그렇게 될 거야. 이제 어머니도 손 못 써."

"고마워요……."

그녀는 그에게 고맙다는 말을 했다.

"자꾸 내 일만 처리하게 만들어서 어쩌죠?"

"아니야."

그의 얼굴에 지친 기색이 역력했다.

"내가 너무 당신을 힘들게 하나 봐."

"아니, 내가 힘들게 해서 미안……."

그가 그녀의 손을 다시 꼭 잡았다. 성주는 너무 마음이 무거웠
다.

"정성주 환자분."

"네."

간호사가 병실에 들어왔다.

"소변검사 다시 할게요."

"왜요?"

"산부인과에서 다시 검사를 하라고 오더가 내려왔어요."

병원에 입원을 하고 각종 검사를 받았다. 피도 뽑고 혹시나 해서 CT촬영까지, 안 한 검사가 없었다. 찢어진 부위는 꿰매고 다친 부위를 치료했다. 그런데 검사를 또 하다니……. 뭔가 결과가 안 좋으니 그러는 것일까.

"어디가 안 좋은가요?"

"정확한 건 검사해 봐야 알 것 같아요."

그녀는 소변을 받기 위해 몸을 일으켰다. 지난번 맞았을 때보다는 덜 아팠다. 이런 생각이 들자 성주는 자기도 모르게 웃음이 나왔다.

"왜?"

"그냥…… 갑자기 긍정적인 사람이 된 것 같아서요."

"뭐?"

"아니에요."

그녀는 병실에 있는 화장실에서 소변을 받아 간호사에게 주었다. 링거를 가지고 다니는 게 보통 일은 아니었다.

"여기서 잘 거예요?"

"응."

"괜찮으니까 빨리 집에 가서 편하게 자요."

"아니야."

그는 재킷을 벗고는 정말 잘 기세였다.

"최재민 씨!"

"자, 나도 정말 피곤하거든."

그가 눈을 감았다. 여전히 무뚝뚝한 표정의 그였다. 무릎을 꿇고 그녀의 손을 잡은 건 아마 꿈이었던 것 같았다. 그는 눈을 감았고 잠시 후에 성주도 눈을 감았다. 같은 방에서 따로 잔 건 처음인 그들이었다.

그가 왜 병실에서 잠을 자려 했는지, 그녀는 잠들기 전에 알았다. 내일은 토요일이었다. 그가 쉴 수 있는 날이었다. 하지만 그는 평일이었어도 지금처럼 그녀의 곁을 지켜 주었을 것이라고 확신할 수 있었다.

잠을 뒤척일 줄 알았는데, 그런 심한 일을 겪은 사람이라고 보기 힘들 정도로 성주는 편안하게 아침을 맞이했다. 병실 창문으로 따뜻한 햇볕이 들어왔다. 눈을 떠 보니 그는 아직 잠이 들어 있었다. 깨우고 싶지 않아서 그녀는 계속해서 침대에 누워 그를 바라보고 있었다.

소파가 불편할 텐데도 그는 깊게 잠들어 있는 것 같았다. 오른손을 이마에 올리고 자는데 그의 주먹에 피가 맺혀 있는 것이 보였다. 아마도 박 집사를 때린 것 같았다. 그녀에겐 공포스러운 하루였고 그에겐 지치는 하루였던 것 같았다.

성주는 그가 자신을 이제 놓아 주면 좋겠다는 생각을 했다. 물론 그녀는 그를 사랑하는 마음으로 살아갈 것이다. 그가 그렇게 싫어하는 다른 남자는 절대로 없이, 그냥 그와의 추억만을 생각하며 그렇게 나이 들어 가리라고 다짐했다.

너무 완벽한 사람……. 그래서 놓아 주어야 하는 사람…….

성주는 이런 생각을 하며 숨죽여 울었다. 그러는 사이에 아침 회진시간이 돌아왔다.

"안녕하십니까?"

그녀의 주의치의인 외과 과장이 의사들과 함께 들어왔다. 그들의 소리에 재민이 소파에서 일어났다.

"최 사장님, 소파에서 주무셨습니까?"

"아…… 예……."

그가 멋쩍은 미소를 지었다.

"좋은 소식과 안 좋은 소식이 있는데 어느 쪽부터 들으시겠습니까?"

지난번에 다쳤을 때도 그녀의 주치의였는데 그때는 이런 식으로 말하지 않았었다. 어제의 소변검사가 문제가 있는 모양이었다.

"매도 먼저 맞는 게 나으니까……."

그녀의 말에 의사가 그녀를 보는 게 아니라 최 사장을 보고 있었다.

"좋은 소식부터 말씀해 주세요. 안 좋은 소식을 먼저 들을 기분이 아니라서."

"좋은 소식은 뼈에는 이상이 없고 뇌진탕이나 뇌출혈도 없었습니다. 겉으로 보이는 타박상은 시간이 지나면 나을 것 같고 찢어진 부위는 어제 치료했습니다. 실은 시간이 지나면 녹는 실이니 실밥 제거 때문에 병원에 오실 일은 없을 것 같습니다."

"다행이네요. 안 좋은 소식은……."

그의 표정이 굳어졌다. 덩달아 성주도 긴장을 하고 말았다.

"의사를 바꾸셔야 할 것 같습니다."

"네?"

"전 이제 필요하지 않아서요."

"왜요?"

"산부인과로 바꾸셔야 할 것 같습니다."

둘 다 금방 이해하지 못하고 있었다.

"임신 2주차입니다."

"……."

"너무 초기라서 지금은 소변검사가 가장 정확한데 임신이 맞습니다. 그래서 두 번 한 것이고요. 축하드립니다."

정신이 멍한 건 그도 마찬가지인 것 같았다.

"축하드려요. 그래도 큰일 날 뻔했는데 아기가 복덩이인 모양입니다."

"감사……합니다."

의사가 나가고도 그는 한참이나 멍하게 서 있었다. 아기를 원한다더니 아닌 모양이었다. 성주는 서운함을 숨기고 가만히 그를 보았다.

"밥 먹어야죠……."

의사가 온 사이에 아침밥이 도착했다.

"……."

"재민 씨?"

그는 그녀에게서 등을 돌리고 서 있었다. 임신이 그렇게 싫었나? 라는 생각이 들었다. 그런데 그의 어깨가 가늘게 떨리고 있었다.

"재민 씨, 울어요?"

"아니……."

분명히 울고 있었다. 그는 뒤를 돌아보지 않고 말했다. 그에게 시간이 필요한 것 같아서 그녀는 아무 말도 하지 않았다. 그에게 잠깐 시간을 준 사이에 성주는 자신의 배를 내려다보았다.

소중한 아기가 선물처럼 그녀에게 왔다. 너무 기쁜 나머지 눈에 눈물이 고였다. 하지만 그의 냉담한 반응에 성주는 눈물을 끝까지 참았다. 그리고 무슨 일이 있어도 아기는 꼭 낳겠다고 속으로 다짐했다.

"뭐 해요. 밥 식겠어요. 먹어요."

둘은 아기에 관한 이야기를 하지 않았다. 그때 그녀의 간병인이 출근을 했다. 지난번에 그녀를 돌봐 준 간병인이 오늘부터 그녀를 봐 주기로 했었다.

"안녕하세요?"

"좋은 소식이 들리던데요?"

"벌써 아셨어요?"

"들어오는데 간호사분이 그러시더라고요. 난 두 번이나 나쁜 새끼에게 당해서 걱정했는데 기쁜 소식으로 얼굴을 봐서 좋아요."

"저도요."

분위기가 이상하다고 느꼈는지 간병인 아주머니는 더 이상 말을 하지 않았다.

"식사하세요."

"전 집에 좀……."

재민이 그녀에게 인사도 하지 않고 밖으로 나가 버렸다.

"최 사장님 울고 계시던데요?"

"그러게요……."

성주는 풀이 죽어 버렸다. 왜 저러는 것일까? 그렇게 싫은 일이었나? 그녀는 밥이 목구멍으로 넘어 가지 않았지만 아기를 위해 꾸역꾸역 밥을 넘기기 시작했다.

재민은 도저히 자신의 차를 운전할 수가 없어서 택시를 타고 본가로 출발했다. 그가 말없이 울고 있자 택시 기사가 룸미러로 그를 힐끔거리고 있었다.

"병원에서 안 좋은 말이라도 들었어요?"

그를 알아보지 못하는 사람이었다. 하긴 자기 차 놔두고 재벌이 택시를 탄다고 생각하는 사람은 없을 테니까.

"아뇨."

"그런데 왜?"

"여자친구가 임신을 했습니다."

"그게 그렇게 슬픈 일이에요?"

"네?"

그는 지금 아주 기쁜 상태였다.

"계획된 임신이 아닌가 봐요? 원치 않은 임신 때문에 힘들어하는 사람들이 많죠."

"아니요, 정반대예요. 전 너무나 기쁩니다."

"에이……. 누가 손님 얼굴을 보고 기뻐한다고 생각하겠어요? 잔뜩 긴장된 얼굴에 울기까지 하는데……."

그가 룸미러에 비치는 자신의 얼굴을 보았다. 얼굴이 굳어 있긴 했다. 하지만 너무 기뻤다.

"여자친구 앞에서도 이 표정이었어요?"

"네."

"아……. 당장 가서 미안하다고 해요. 그 표정이면 손님 여자친구는 많이 속상했을 겁니다. 우리 딸이 이번에 딸을 낳았는데 시어머니가 지은 표정이 꼭 손님 표정 같았어요. 매를 부르는 표정이었죠."

택시 기사는 신이 났는지 계속해서 수다를 떨었다.

"거기가 3대 독잔데 딸을 낳았다고 어찌나 구박이던지……."

"기사님, 여기서 세워 주세요."

"여기는 궁궐이네요."

택시 기사가 조금 전의 주제를 잊고 지금은 그의 집에 아주 감탄에 감탄을 하고 있었다. 택시에서 내린 그는 집으로 들어갔다. 대문으로 들어가 본 적이 없는 그였다. 보통은 지하주차장을 통해 집으로 들어갔는데 오늘은 이렇게 걸어서 들어가니 기분이 이상했다.

"어, 재민이 왔구나."

거실에서 신문을 보고 계시던 아버지가 그를 반갑게 맞이해 주었다.

"어머니는요?"

"지금 주방에 있을 거야. 내가……."

"어머니!"

재민은 주방으로 향했다. 그곳에서 차를 내리고 있는 어머니가 보였다.

"……."

그를 보고도 반가운 인사 대신에 차만 내리는 어머니였다.

"잠깐 거실로 오세요. 아주 중요한 일입니다."

"아버지 차 내리고 있는 거 안 보여?"

"보입니다. 빨리 오세요."

그가 먼저 갔지만 어머니는 고집스럽게 차를 다 내려서 한참 후에야 그들이 있는 곳까지 차를 가지고 왔다.

"전 성주와 결혼할 겁니다."

"뭐가 어째?"

어머니가 목에 핏대를 세우고 그에게 달려들 기세였다.

"결혼식은 당분간은 올리지 않고 혼인신고만 할 겁니다."

"걔가 그렇게 하자고 해? 혼인신고만 하면 어마 무시한 위자료로 떵떵거리고 살려고 그러는 거야."

그는 어머니의 억지에 어이가 없었다.

"그래서 결혼식을 당분간은 못 올리는 이유가 있습니다."

"뭔데?"

"성주, 임신했어요."

어머니는 귀를 의심하는 표정이었다.

"그래서 몸조리가 필요해요."

"아주 이제 하다 하다……."

"여보!"

"왜요? 걘 우리 재민이 돈 보고 덤비는 애라고요."

"어머니, 전 말씀드렸으니까 가 보겠습니다. 저도 어머님이 이러시면 다시는 본가를 찾지 않겠습니다."

"재민아!"

그는 뒤도 돌아보지 않고 자신의 집으로 향했다. 집에 두고 온 아주 중요한 물건이 있어서였다. 오늘 그 선물을 주고 성주의 마음을 풀어 줄 생각이었다. 그는 자신이 기분이 너무 좋으면 멍해진다는 걸 오늘 처음으로 알았다.

사랑하는 여자와 자신의 아이…….

허공에 대고 소리라도 지르고 싶은 마음이었다. 하지만 이렇게 기쁜데도 얼굴에 전혀 나타나지 않는 자신 때문에 화가 났는지를 물은 택시 기사의 말에 솔직히 충격이었다. 그렇다면 성주도 상처를 받았겠다는 생각이 들었다.

"성주야……."

그가 사랑하는 마음을 성주에게 전하지 않았기 때문에 더 큰 오해를 할 수도 있었다. 이제는 마음껏 표현해 줄 것이다. 예전처럼······.

성주는 침대에 앉아서 간병인 아주머니의 이런저런 수다를 듣고 있었다. 엄마가 살아 있었다면 아주머니 정도의 나이였을 것 같았다.

"우리 딸이 이번에 들어간 회사에 부장이 그렇게 술만 먹으면 개가 되나 봐. 아침에 출근하기 싫다고 난리야."

"······."

"그래도 내 딸이지만 요즘 애는 요즘 앤가 봐."

"왜요?"

"우리 때는 그냥 윗사람들이 술자리에서 치근덕거리면 참았잖아? 그런데 한판 붙은 모양이더라고."

"정말요?"

"그래, 아침에 잘릴지도 모른다고 하고 가더라."

"그래서 뭐라고 하셨어요?"

"마음대로 하고 오라고 했지. 설마 너 하나 못 먹여 살리겠냐고."

역시 엄마는 이런 존재였다. 자식에게 든든한 울타리가 되어 주는 존재였다. 누군지 모르지만 성주는 그 아가씨가 한없이 부러웠다.

"왜 그래?"

"아니에요."

"임산부가 그렇게 울면 안 돼. 좋은 것만 생각하고. 내가 괜한 얘기를 했나 보다."

"아뇨, 저도 다니던 회사의 상사가 그랬어요."

"세상엔 그렇게 미친놈들이 많다니까 제 마누라한테나 그러지. 나쁜 놈들……."

간병인이 고개를 절레절레 흔들었다.

"아기까지 생겼는데 결혼은 안 해?"

"……."

"괜한 걸 물어봤네……."

"아니에요, 아직 계획은 없어요."

"아기는 낳을 거야?"

"네."

성주가 기운 없이 대답만 하고는 한숨을 쉬며 창밖을 보았다. 날씨는 이렇게 좋은데 그녀의 마음은 비바람이 몰아치고 있었다.

"아기는 축복이야. 어떤 상황에서도 놓을 수 없는 인연의 끈이지. 아기들이 부모를 이어주는 역할을 하기도 해. 살아 보니까 사람이 사랑으로만 살게 되지는 않더라고. 헤어지지 않고 사는 건 다 자식들 덕분이지."

아주머니의 말에 공감은 했지만 언제 어디서든 예외란 게 있기 마련이었다. 그녀의 아기는 어쩌면 둘을 갈라놓을 수도 있었다. 재민이 아기만 데려갈 수도 있었기 때문이었다. 아침에 그의 표정이 그랬고 그는 하나도 좋아하지 않았다.

자꾸 생각할수록 불안하고 가슴이 아팠다. 그때 창빈이 손에 먹을 걸 가득 사 들고 그녀를 찾아왔다.

"누나!"

이제 창빈의 몸은 완벽하게 나아서 생활하는 데 불편하지 않게 되었다. 이게 다 재민 덕분이었다.

"공부하지. 이렇게 오면 시간 뺏기잖아."

"아니야, 나 열심히 하고 있어."

"밥은 먹었어?"

"우리 고시원 밥 맛있는 거 알지?"

"알지, 꼭 할머니 집 같더라."

"맞아."

창빈은 오다가 그녀가 좋아하는 붕어빵을 사 들고 온 모양이었다.

"드세요."

혹시나 뜨거울까 봐 종이에 싸서 붕어빵을 건네는 창빈을 간병인 아주머니가 흐뭇한 시선으로 보았다.

"잘생긴데다가 이렇게 마음도 착하고. 딱 사윗감인데 우리 딸이 나이가 많아 아쉽네."

진심인 것 같았다.

"감사합니다."

"나도 이런 아들 하나 있었으면 좋겠구만. 딸만 하나라……."

"그러시구나."

붕어빵을 먹으며 창빈과 있으니 잠시나마 재민을 잊을 수 있었다.

쾅!

벌컥 문이 열리더니 김 여사가 병실 안으로 들어왔다. 놀란 창빈이 얼른 일어나 성주의 앞을 막아섰다.

"누구신데 이러십니까?"

"넌 뭐야?"

김 여사는 언제나 당당했다. 왜 그렇게 그녀 앞에서 당당한지 모르겠지만 아주 신기할 정도로 당당한 그녀였다.

"창빈아, 괜찮아. 재민 씨 어머님이셔."

"아…… 안녕하세요?"

"아니, 안녕 못해!"

"……."

그녀의 반응에 창빈도 놀라는 눈치였다. 재민이 친절한 만큼 그의 어머니도 친절할 줄 알았던 것 같았다.

"너 애 가졌다며? 진짜야?"

"……."

"그 애가 우리 재민이 아이인 건 맞고?"

"이보세요!"

간병인 아주머니가 욱하신 것 같았다.

"아니, 한 번도 아니고 지난번에도 행패를 부리시더니 뭐 하시는 겁니까?"

"그러는 넌 뭐야? 애 엄마라도 돼? 뭔데 상관이야!"

"……."

김 여사가 너무 드세게 나오니 간병인도 어이가 없는 모양이었다.

"그래, 내 새끼하고 나하고 떼어 놓으니 좋아?"

"말씀이 좀 지나치십니다."

창빈이 조용히 한마디 하자 김 여사는 뚜껑이 완전히 열려 버렸다.

"지나쳐? 뭐가 지나쳐? 네들이 내 아들한테 이렇게 거머리처럼 붙어 있는데, 내가 가만히 있게 생겼어? 누구 돈으로 너희 같은 것들이 특실을 쓰는 줄 알아? 여기가 하루에 얼만지나 아냐고?”

“……”

“아우…… 내가 미쳐. 이놈의 자식은 내가 어떻게 키웠는데 고작 이런 년이나 만나고 다니고…….”

그때였다. 갑자기 서늘한 기운에 성주는 문 쪽을 보았다. 그곳엔 캐주얼 차림의 재민이 서 있었다. 이런 상황에 그러면 안 되겠지만 그가 오니 반갑고 안심이 되었다.

“애는 누구 애야? 우리 재민이 애는 아니지? 하긴 유전자 검사 해 보면 나오는 거니까. 나중에 다 들통날 일이야.”

“어머니!”

재민이 그의 어머니를 불렀다. 재민의 등장에 김 여사도 놀란 눈치였다.

“네가 언제…….”

“가세요.”

“뭐?”

“다시는 어머니 볼 일 없을 겁니다.”

“재민아, 네가 어떻게…….”

“창피한 줄 아세요.”

김 여사가 갑자기 바닥에 주저앉았다.

“내가 어떤 수모를 겪으면서 너를 키웠는데…….”

"……."

"이렇게 이상한 애한테 너 주려고 내가 그 고생을 한 줄 알아?"

"어머니가 선택한 길이에요."

"뭐?"

아들이 차가운 반응에 김 여사도 놀랐는지 멍하게 재민을 보았
다.

"아무도 어머니에게 그런 삶을 살라고 강요하진 않았어요. 어
머니가 원한 삶이지. 재벌가의 안주인이 어머니의 목표지만, 성주
와 저의 목표는 그냥 행복하게 사는 겁니다."

그가 행복이라는 말을 꺼내자 성주는 놀란 눈으로 그를 보았다.
행복하게 살 수만 있다면 얼마나 좋을까?

성주는 이런 생각이 들자마자 마음이 아팠다.

"최재민, 어떻게 네가 엄마한테 이럴 수 있어?"

"어머니께서 도를 넘으신 겁니다. 제가 없을 때마다 이러신 겁
니까?"

"네, 지난번에 입원하셨을 때도 오셨어요."

간병인 아주머니가 재민에게 일렀다. 그녀가 할 수 없었던 말을
대신 해 주었다.

"왜 말 안 했어?"

"……."

재민이 그녀에게 물었지만 가만히 있었다. 더 이상 말을 하면 안 될 분위기였다.

"형, 몰랐어요? 누나 손가락에 억지로 인주 찍어서 그 자식 합의서에 찍었잖아요."

"뭐? 어머니!"

"이제 다들 작당을 했구나!"

"전 어머니가 이러실 줄은 몰랐습니다."

"내가 그러는 게 당연한 거 아니야? 우리가 돈을 다 대 주고 있는데 말이야."

"어머니의 돈이 아닌 제 돈입니다."

"뭐?"

아주 화가 잔뜩 난 김 여사의 얼굴이 추악하게 일그러졌다.

"이쯤 하셨으면 그만하세요. 그리고 어머니도 자식만 보고 사시지 마시고 어머니의 인생을 사세요. 아버지도 신경 써 주시고요."

"아니, 싫어."

"어머니, 오늘은 이만 돌아가세요."

"그렇게 되나 보자. 사랑은 잠깐이지만 핏줄의 연은 영원한 거다. 성주 너도 네가 언제까지 우리 아들의 보호를 받을지 보자. 시작이 있으면 끝이 있는 거야!"

쾅!

김 여사가 병실 문을 쾅 소리가 나게 열고는 밖으로 나가 버렸다.

"누나, 아기 얘기는 뭐야?"

창빈이 그녀를 보고 물었다.

"그게……."

"학생 아주 축하할 일이 있어. 누나가 아기를 가졌지 뭐야. 이건 정말로 축복받은 일이잖아?"

간병인 아주머니가 그녀를 보고 눈짓을 했다. 잘 말하라는 뜻일 것이다.

"누난 아기가 있어서 행복해. 이제 온전히 누나의 편이 생긴 거고, 우리 둘뿐이었는데 새로운 가족이 생긴 거니까 너도 축복해 줘."

"누나……."

동생의 눈이 그녀를 안쓰럽게 보고 있었다.

"창빈아, 축하해 줘. 형이 앞으로 더 잘할 거야. 그리고 우리 결혼할 거니까 쓸데없는 걱정은 안 했으면 좋겠다."

"부모님의 반대가 클 텐데요."

"아버지는 반대하지 않으셔. 어머니가 문제지."

"형, 난 누나가 행복하길 바라요."

"알아, 내가 약속할게."

그녀에게 할 말을 창빈에게 하고 있었다. 그가 책임감 때문에 이런 말을 한 걸 안다. 그래서 더 재민에게 미안한 마음이 들었다.

재민이 창빈이를 데리고 밥을 먹기 위해 나갔다.

"그래도 결혼한다니까 다행이네. 잘생긴데다가 돈도 잘 벌지, 여자 아낄 줄도 알지, 진짜 멋진 남자를 잡았어. 이게 다 뱃속의 아기가 복덩이라서 그래. 태명을 복덩이로 하는 건 어때?"

"좋아요. 복덩이……."

이렇게 그녀의 아기의 태명은 복덩이가 되었다.

11. 한 순간을 위한 긴 기다림

일주일 동안 병원에 있다가 집으로 돌아오니 살 것 같았다. 병원에 있으면서 아픈 사람들만 봐서 그런지 그녀도 환자가 된 것처럼 기운이 점점 빠지는 것 같았다. 그러니 이렇게 집에만 와도 벌써부터 기운이 솟아나는 기분이었다.

재민은 출근을 했고 경호원과 그녀의 비서가 그녀를 집까지 데려다주었다. 재민이 그녀의 일을 봐 주는 비서까지 구해 주었다. 여러모로 그가 신경을 쓰는 것 같아 미안한 마음이 들었다.

"앉으세요."

새로 온 비서가 아직은 어색한 성주는 비서의 눈치를 보며 앉을 것을 권했다.

"네."

오늘 보니 차분한 성격의 비서는 튀는 것 없이 마치 그림자처럼 조용히 그녀의 곁을 지키고 있었다.

"정말 하루 종일 제 옆에 있으시는 거예요?"

"네, 그게 제 할 일이니까 걱정하지 마세요."

비서라기보다는 완벽한 매니저였다. 한미영 씨는 그녀보다 나이가 많은 가정 주부였다. 그가 일부러 출산 경험이 있는 사람으로 비서를 구한 것이었다. 미영 씨는 오송전자 며느리의 비서로 있다가 결혼을 하고 일을 그만두었었다고 들었었다.

"그리고 잘 부탁드립니다. 저도 결혼하고 출산하는 것 때문에 3년 정도 일을 쉬었습니다. 부족한 게 많을 거예요."

"아니에요. 전 이런 경험이 전혀 없어서 어색해요."

누군가 하루 종일 그녀의 곁에 있는 게 아직은 부담스러운 성주였다.

"오송전자 며느리 분도 일반분이세요. 교육자 집안에 초등학교 선생님 출신이셔서 처음엔 많이 힘들어 하셨는데 나중엔 적응 잘 하셨습니다. 시간이 해결해 주는 문제죠."

"아…… 네……."

"제가 보기에 작은 사모님도 타고난 기품이 있으셔서 명성그룹의 며느리로서 손색이 없으실 것 같습니다. 그리고 저도 도움이 되고자 노력하겠습니다."

흐트러짐이 없는 사람이었다. 그렇다고 냉정한 스타일은 아니었다. 그녀를 재벌가의 일원으로 키우려고 확실하게 다짐한 것 같았다.

"아 참, 사장님께서 저에게 당부하신 게 있으십니다."

"네?"

"절대로 재벌가 사모님들과 어울리게 하지 말라고."

"⋯⋯."

그녀가 창피하단 뜻인가? 오해의 소지가 다분했다.

"괜히 처음부터 재벌에 대한 거부감이 생긴다고 처음에는 그런 모임에 억지로 끼워 넣지 말라고 하셨습니다."

"아⋯⋯."

그의 마음이 느껴졌다. 그는 언제나 그녀를 위해 세심하게 배려하고 있었다. 그 때문에 벌어진 일들에 대한 미안함 같았다.

"오늘은 거의 쉬는 일정이신데 내일 부터는 병원 통원 치료도 해야 하고 아기방 인테리어를 위해 인테리어 업자를 부를 예정입니다. 아기방이 생각보다 시간이 많이 걸려서요."

"네⋯⋯."

"그리고 말씀 편하게 하세요."

"아니에요. 저보다 언니신데."

"전 비서입니다. 하대를 하라는 게 아니라 편하게 대하시라는 겁니다."

"시간이 흐르면 나아지겠죠."

하루 종일 혼자 있는 것보다는 한 비서와 있는 게 좋았다. 말동무도 되고 그리고 가르쳐 주는 것도 많을 것 같았다.

"하시고 싶으신 게 있으시면 따로 말씀해 주세요."

"네."

차도 마시고 이야기도 나누고 그리고 노트북으로 아가 방 인테리어에 관해 같이 자료를 조사하다 보니 벌써 재민이 올 시간이었다.

"몇 시까지 계시는 거예요?"

"저는 6시 퇴근입니다."

"그래요?"

"딸을 시어머니 집에서 데려 와야 하거든요."

"어서 가세요. 애기가 엄마를 너무 보고 싶어 하겠다."

"짧은 시간이라도 아주 효율적으로 놀아 주고 있죠."

한 비서가 퇴근을 하고 성주느 주방에서 재민이 저녁상을 치렸다. 도우미 아주머니가 해 놓은 밥상을 다 차린 그녀는 재민이 오기를 기다리고 있었다.

윙—

기다리는 재민은 오지 않고 그녀의 핸드폰이 울렸다.

"여보세요?"

[어디야?]

"주방에서 저녁 차리고 있죠."

[그래? 잠깐 주차장으로 나와.]

"재민 씨 왔어요?"

[응, 가스불은 끄고 나와. 시간이 걸릴 수도 있거든.]

"네."

전화를 끊고 성주는 주차장을 향해 걸어갔다. 무슨 일이지? 주차장에는 시동이 걸린 그의 차가 주차되어 있었다.

똑똑!

그녀가 차 문을 두드리자 그가 차에서 나와 그녀가 탈 수 있게 문을 열어 주었다. 그의 갑작스런 행동에 성주는 당황했지만 자연스럽게 차에 올랐다.

"할 말 있어요?"

차에 오르자마자 성주가 궁금해서 물었다. 이런 일은 한 번도 없었기 때문이었다.

"몸은 괜찮아?"

"완전히요."

그가 차를 출발시켰다.

"어디 가는 거예요?"

"가 보면 알아."

"오랜만에 드라이브하니까 좋긴 좋아요."

"다행이네."

그는 압구정 쪽으로 가고 있었다.

"나 옷도 제대로 안 입었는데……."

정말 그녀는 베이지색 롱스커트에 베이지색 카디건과 안에는 흰색 티셔츠를 입고 있었다. 머리도 대충 틀어 올린 상황이었다.

"어디 갈 거면 미리 말하지."

괜히 그녀 때문에 그가 망신을 당하지 않을까 걱정이었다. 그리고 솔직히 더 걱정이 되는 건 그의 옆에서 초라해 보이는 것이었다. 완벽한 명품 슈트에 세련된 외모까지 그는 지금 재벌가 황태자와 딱 맞는 모습이었지만 그녀는 그렇지 못했다.

"예뻐."

"거짓말."

그가 웃었다. 그때 차가 멈추었다. 그와 동시에 걱정하던 성주는 입을 다물고 말았다. 그가 차를 세운 장소를 보고는 성주는 이 무런 말을 할 수가 없었기 때문이었다.

"여기는……."

조금 달라지긴 했지만 그들이 처음을 만났던 아빠 회사의 광고 촬영 스튜디오였다.

"기억나?"

재민도 목소리가 가라앉아 있었다. 그에게도 이곳은 추억의 장소임에 틀림없었다. 그들의 사랑이 시작된 곳이었다. 그런데 여기는 왜 왔을까? 성주는 의문이 생겼다.

"그럼요, 재민 씨가 얼마나 멋지던지. 심장이 터져 나오는 줄 알았어요."

솔직하게 말했다. 처음 본 순간 그가 얼마나 빛이 나고 멋졌는지 말이다.

"나도 성주를 본 순간 아무것도 보이지 않았어."

왜 이런 말을 하는 걸까? 성주는 의아했지만 애써 태연한 척 물었다.

"정말요?"

"그럼."

그가 그녀의 손을 잡고 스튜디오로 들어갔다. 스튜디오는 아무도 없는지 불이 꺼져 있었다.

"우리 이렇게 막 들어가도 돼요?"

재민이 성큼성큼 스튜디오 계단을 오르자 뒤에서 성주가 물었다.

"응, 오늘 하루 내가 빌렸거든."

"와……."

"오늘 우리가 새로 시작하는 날이니까."

"뭘…… 시작해요?"

"잠깐 여기 있어 봐."

그가 어두컴컴한 스튜디오 문 앞에 그녀를 세워 두고 안으로 들어갔다. 성주는 주변을 둘러보며 예전의 물건들을 눈으로 찾았지만 5년의 시간이 흐른 지금은 다 변해 있었다.

"아쉽다."

하지만 지금 그녀가 서 있는 계단은 그대로였다.

"맞아, 그때도 이렇게 기다렸는데……."

아빠를 따라갔지만 차마 그녀의 우상을 만나지 못하고 문 앞에서 서성이던 성주였다. 아빠가 몇 번을 들어오라고 한 후에야 그녀는 스튜디오 안으로 들어갔다. 안에서 처음 본 건 그가 아니라 사진작가였다.

"모델?"

작가는 아주 자연스럽게 그녀가 모델이냐며 물었다.

"아니, 내 딸."

아빠는 자랑스럽게 그녀의 어깨에 손을 올리며 말했다.

"사장님 딸이 진짜 미인이네."

"고마워."

"다음에 모델 한번 해 볼래?"

"정말요?"

꿈같은 제안도 받고 성주는 너무나 들떠 있었다. 그때였다. 준비를 마치고 나온 재민이 카메라 앞에 섰다. 사람이 아닌 것 같은 아우라가 그의 몸에서 뿜어져 나왔다. 촬영 중에 여러 번 그와 눈이 마주쳤지만 성주는 우연이라고 생각했었다.

하지만 우연이 아니었다. 촬영이 끝나고 그가 아빠에게 인사를 하러 왔다. 그리고 그녀도 그에게 인사를 했다.

"예쁘지? 모델로 써 볼까 하는데, 재민이는 어때?"

"좋은데요."

"그래? 그러면 재민이가 좀 가르쳐 줘 봐. 내가 사진 한 장 찍어 줄게."

"같이요?"

"물론."

사진작가의 제안에 성주는 입이 귀에 걸렸었다. 그리고 그가 자연스럽게 카메라 앞에 서는 법을 아주 속성으로 가르쳐 주었고 그들은 같이 사진을 찍었다. 물론 그녀는 사진을 끝내 못 받았지만 말이다. 아쉬웠다. 그렇게 사진을 찍고 그들은 자연스럽게 전화번호 교환을 했다. 그리고 그에게 생각지도 못하게 연락이 먼저 와서 인연을 이어갈 수 있었고 말이다.

그때의 일이 떠오르자 성주의 얼굴에 미소가 번졌다.

"성주야!"

그가 성주를 안에서 불렀다.

"네."

"들어와."

"헉……!"

시계를 거꾸로 돌려 5년 전 그날로 돌아간 것 같았다. 모든 게 거짓말처럼 그날과 같았다. 그녀는 스튜디오 안으로 들어가자마자 눈물을 흘렸다.

"어쩜……."

스튜디오는 그날 그들이 함께 있었던 것처럼 아버지 회사의 광고 촬영준비가 되어 있었다. 아버지 회사의 로고가 그녀의 눈에 들어왔다. 그리고 그때 재민이 입었던 옷들도 행거에 걸려 있었다. 그리고 놀라운 건 그때의 작가님이 그대로 안에 계셨다.

"안녕, 내가 이렇게 될 줄 알았지."

작가가 반갑게 그녀를 맞이했다. 아마도 이 이벤트를 위해 불을 끄고 안에 숨어 계셨던 모양이었다.

"안녕하세요?"

그녀가 구십도로 인사를 했다.

"이 늙은이가 니들 사랑 놀음에 희생양이 되어야겠어?"

"아, 또 그러신다."

"뭐 인마!"

사진작가분과 그는 아주 친밀해 보였다.

"자꾸 삐딱선 타면 사진 업체 바꿔요."

"또 지랄이다. 내가 안 한다고 했어?"

그의 말에 꼬리를 내린 작가였다. 하지만 성주는 그들의 말이 귀에 들어오지 않았다. 그녀의 눈은 스튜디오 한쪽에 걸린 커다란 사진에 가 있었다.

"저건……."

그녀와 그가 처음으로 찍은 사진이었다. 대형 사진으로 벽면 전체가 다 그들의 사진이었다.

"이 옷 입어."

재민은 사진 속의 옷을 입고 있었고 그녀에게도 똑같은 옷을 주었다.

"이래서……."

"그래, 오늘부터 우리는 1일이야."

성주는 눈물을 간신히 참으며 옷을 갈아입었다. 오늘부터 1일이라는 그의 말을 가슴에 새겼다. 무엇이 됐던 그와 함께하는 1일은 오늘부터였다.

"다들 늙지 않아서 다행이란 소리는 못하겠다. 너무 섹시하게 늙었어."

작가가 셔터를 누르며 말했다.

"화장이라도 할 걸……."

"사진도 맨얼굴 아니야?"

"아니에요, 저땐 나름 신경 쓴 거라고요."

"아……."

"그게 무슨 뜻이에요?"

그들은 찍으라는 사진은 찍지 않고 티격태격하기 바빴다.

"자꾸 이러면 니들 놔두고 간다? 오늘 찍을 게 얼마나 많은지 알아?"

"알았어요."

작가의 말을 그가 잘랐다. 촬영이 어느 정도 진행이 되자 사람들이 하나둘씩 들어오기 시작했다.

"뭐예요?"

"스텝들."

"무슨 스텝이요?"

"우리 웨딩 촬영 스텝들."

과거의 사진과 똑같이 어색한 자세로 사진을 찍은 그녀는 스텝들에게 이끌려 분장실로 향했다. 그리고 메이크업과 헤어를 받았다.

"이렇게 늦은 시간에 미안해요. 퇴근해야 하는 거 아니에요?"

걱정이 된 그녀였다.

"우린 원래 이 시간에 작업 많이 해요. 연예인들은 아침에 작업 안 하거든요."

"그럼 다행이구요."

"드레스 보셨어요?"

"아뇨."

"놀라실 거예요."

스텝의 말에 불안한 마음이 들었다.

"우리나라에서 단연 최고죠. 가격은 상상을 초월하고 야하기도 아주 세계 최강이죠."

"여배우들도 소화하기 쉽지 않을 거예요."

"그래요? 그 정도예요?"

"네, 굉장한 미인이시지만 저건 몸매가 안 되면 정말 소화 불가능이에요. 제가 최선을 다해서 가려 볼게요."

상태가 아주 심각한 옷인 것 같았다. 그녀는 걱정스러운 마음으로 드레스를 보았다. 뭘 걱정하는지 알 것 같았다. 가슴이 없으면 입을 수 있는 옷이 아니었다. 거기에 평평한 배와 잘록한 허리는 기본이고 늘씬한 다리까지 갖추어야 했다.

"부담스러운 디자인이네요."

"안에 아무것도 입으시면 안 돼요. 팬티라인까지 다 보이거든요."

"네."

일단 성주는 그의 호의를 생각해서 입어 보기로 했다. 속에 아무것도 안 입고 옷을 입은 적은 한 번도 없었다.

그녀가 스텝의 도움 없이 일단 대충 걸치고는 손을 봐달라고 스텝을 불렀다. 입긴 입었는데 이건 정말 가릴 부분만 간신히 가린 옷이었다.

"입긴 입었는데……."

"……."

그녀를 처음 본 스텝이 입을 벌리고는 다물 줄을 모르고 있었다.

"잘못 입었어요?"

"아뇨, 이건 신부님 옷이었네요. 진짜 너무 섹시한데요? 완전 서양인 몸매세요. 실장님!"

그녀를 보고 놀란 스텝이 다른 스텝을 불렀다.

"와우!"

그렇게 드레스에 대해 안 좋게 말하던 실장이 감탄사를 연발하고 있었다.

"정말 완벽해요. 이렇게 나가면 스튜디오 뒤집어진다에 전 재산 건다."

실장의 말에 성주는 웃음이 나왔다. 그래도 어색하지 않고 잘 어울린다니 다행이었다. 너무 깊게 파진 옷이라서 가슴이 없으면 하나도 안 예쁜 옷이었다. 거기에 허리 라인이 그대로 드러났기 때문에 저녁을 안 먹기에 망정이지 먹었으면 똥배가 그대로 드러나는 옷이었다. 거기에 걸을 때마다 허벅지까지 찢어진 드레스 사이로 그녀의 매끈한 다리가 그대로 보였다.

"……."

그녀의 등장에 모두가 숨을 쉬지 못하고 있었다.

"어때요?"

특히 재민의 표정이 볼만했다.

"어울릴 줄 알았어."

"당신도요."

그는 블랙 슈트 바지에 흰색 와이셔츠를 완벽하게 풀어 헤친 모습이었다. 그의 가슴근육과 복근이 그대로 드러났다.

"지나치게 섹시한데요?"

"그래?"

그는 여전히 그녀를 보느라 정신이 없어 보였다. 그리고 그가 인상을 썼다.

"왜 그래요?"

"그 드레스를 산 걸 후회하고 있는 중이야. 모든 남자들이 아주 잡아먹을 듯이 보잖아."

정말 기분 나빠하는 얼굴이었다.

"자자, 얼른 촬영 합시다. 신부가 너무 섹시한 거 아냐?"

"……."

작가의 말에 재민은 입을 다물었다.

"예뻐, 아주 좋아."

찰칵! 찰칵! 찰칵!

스튜디오는 순식간에 광고 촬영 장소가 된 것 같았다.

"재민이도 좋아. 너도 너무 섹시해. 넘쳐흐른다."

"닥쳐요!"

"미친 놈!"

둘은 너무 친한 것 같았다. 그들의 웨딩 촬영은 빠르게 진행되었다. 그녀가 임신을 했기 때문에 빨리 끝내자는 말을 한 모양이었다. 촬영을 마치기 전에 그는 마지막 사진을 찍기 위해 옷을 갈아입고 나왔다.

이번엔 아주 단정한 턱시도 차림이었다. 거기에 장미 한 송이를 손에 들고 나온 그를 성주는 넋을 놓고 보았다. 저렇게 멋진 남자가 그녀의 신랑이 되다니……. 생각할수록 가슴이 떨려

왔다.

"멋있어요."

"고마워."

그가 그녀 앞에 한쪽 무릎을 세우고 앉았다. 사진을 찍을 줄 알았는데 뜻밖에도 그가 반지를 그녀에게 건넸다.

"이건……."

"5년 전에 끼워 주려고 샀던 건데…… 늦었어."

"재민 씨……."

"사랑한다. 난 한 번도 널 사랑하지 않은 순간이 없었어. 그 시작은 여기서부터였고……."

재민이 그녀의 손가락에 반지를 끼워 주고는 일어나 그녀의 입술에 입을 맞추었다. 주위에서 환호성이 터지고 난리였지만 지금 스튜디오에는 그녀와 그 둘뿐인 것 같았다. 그의 키스는 너무나 뜨거웠다.

"나와…… 결혼해 줄래?"

"……."

그녀는 답을 할 수가 없었다. 그에게 너무나 미안해서 쉽게 답을 할 수가 없었다. 그를 버린 죄책감에 성주는 입이 떨어지지 않았다.

"미안해서……. 내가 이럴 자격이 있나 하는 생각도 들고……."

성주의 눈에서 눈물이 흘러내렸다.

"미안해할 것 없어. 나도 미안하니까."

"재민 씨……."

"나와 결혼해 줄래?"

모두가 긴장 어린 시선으로 그들을 보고 있었다.

"네……."

그가 그녀의 입술에 다시 한 번 키스를 했다.

찰칵! 찰칵! 찰칵!

"아주 좋아. 자연스러워. 굿!"

사진작가는 그들의 키스에 아주 만족하는 것 같았다. 웨딩 촬영을 무사히 마친 그들이 집에 돌아온 시간은 새벽 3시였다. 그들은 아직까지 손을 꼭 잡고 있었다.

"내일 피곤해서 어쩌려고 그래요."

시계를 본 성주가 걱정스레 물었다.

"쉰다고 했어."

"네?"

"우린 지금부터 3일 동안 신혼여행이야."

"재민 씨!"

주차장에서 그가 그녀를 안아 들었다.

"2인분인데 안 무거워요?"

"전혀."

"거짓말."

그녀는 몸무게가 조금 더 불었다. 임신을 하면 여자들이 살이 찐다는데 그게 사실인 것 같았다. 그녀는 배가 나와야지 살이 찌는 줄 알았지 이렇게 초반부터 찔 줄은 몰랐었다.

"몸은 어때?"

"좋아요."

"다행이야."

"오늘 과도하게 친절한 거 알아요? 불안하게……."

"이제부터 매일 이럴 거야. 안 그런 척하는 게 더 힘들어."

"재민 씨……."

그녀가 그의 입술에 살짝 입을 맞추었다.

"이러면 잔디밭에서 가질 수도 있어."

"나쁘진 않지만…… 아기 때문에 침대까진 참아요."

"으으윽…… 여우!"

그가 빠르게 걸었다. 그리고 그녀의 말대로 그녀를 갖기 위해 침대 위에 성주를 내려놓았다. 빛의 속도로 성주의 옷을 벗긴 재민은 곧이어 자신의 옷도 벗었다. 성주가 몸이 안 좋은 상황이기 때문에 그는 최대한 자제하고 있는 것 같았다.

안 그랬으면 아마도 그녀의 옷을 다 찢어 버렸을 것 같았다.

"어서 와요."

그녀가 팔을 벌리며 그를 불렀다.

"으으음⋯⋯."

그가 그녀의 품 안으로 들어와서 입을 맞추었다. 뜨거운 키스가
아닌 따뜻한 키스를 하는 그들이었다.

"오늘은 좀 여유 있게 할까요? 재벌처럼?"

"재벌처럼 하는 섹스가 뭔데?"

"이런 거요."

성주가 그와 그녀의 방향을 바꾸었다. 그리고는 그의 몸에 키
스를 했다. 그녀의 손가락에 다이아반지가 달빛을 받아 반짝였
다.

"당신은 다 멋있어요. 여기도. 여기도⋯⋯."

그녀의 입술의 점차 아래로 향하고 있었다. 그의 페니스에 다가
가자 재민이 그녀의 머리를 잡았다.

"안 좋아."

"뭐가요?"

"임신 중인데⋯⋯."

"괜찮아요, 아기도 엄마, 아빠가 얼마나 열정적인지 알아야 해
요."

"뭐?"

"가만히 있어요. 숨도 쉬지 말고. 으음……."

그녀가 그의 페니스를 입안에 넣었다. 그의 페니스는 그녀의 입안에서 움찔거리고 있었다. 이 느낌이 좋았다. 그녀 때문에 몸부림치는 그의 모습이 좋았다. 그녀가 그의 페니스를 강하게 빨아들이자 그가 그녀의 머리를 잡았다.

"으으윽!"

츄읍츄읍.

그의 느낌이 좋았다. 그녀의 입술은 마치 고삐 풀린 망아지처럼 그의 몸 구석구석을 돌아 다녔다. 특히 그의 식스팩이 선명한 배에 머물면서 혀로 그의 근육들을 느끼고 있었다.

"으으윽……. 성주야……. 더 이상은……."

그가 이번엔 그녀와의 위치를 바꾸었다. 어찌나 기운이 좋은지 그녀는 단번에 침대와 그사이에 끼었다.

"더 맛보고 싶었는데……."

"안 돼!"

그가 단호하게 말했다. 그리고는 그녀의 풍만한 가슴에 얼굴을 묻었다.

"으으…… 너무 좋아……."

그는 이렇게 말을 하며 그녀의 유두를 혀로 자극했다.

"아아앙……."

가슴 끝이 찌릿했다. 그의 손은 어느새 검은 숲에 가 있었다. 그의 열띤 애무에 성주는 미칠 것만 같았다. 그는 그녀의 가슴을 계속해서 빨아들이고 있었다. 풍만한 그녀의 가슴에 울긋불긋 그의 입술 자국이 남았다.

"빨리 넣어 줘요."

"안 돼!"

그는 이렇게 말을 하며 그녀의 검은 숲에 입술을 묻었다.

"아아……. 제발……."

그의 입술이 위험스럽게 아래로 내려가고 있었다. 재민의 뜨거운 입술이 좋았다. 그의 손길에 미칠 것 같은 욕망을 느꼈다. 그의 혀가 갑자기 그녀의 여성을 둘로 가르고 들어와 클리토리스를 강하게 핥았다.

그리고는 질 안에 자신의 혀를 단단히 세워 집어넣기 시작했다.

"아아앙……."

오랜만에 느끼는 아주 진한 자극이었다. 그녀는 저도 모르게 엉덩이를 흔들어 댔다. 그가 주는 쾌감에 온몸이 뒤틀리는 느낌이었다.

그가 그녀의 다리를 벌리고는 이번엔 손가락을 넣어 자극했다.

"너무 격하게 하면 안 되겠지?"

"아무래도……."

"으으윽!"

그가 신음을 참고 있었다. 생각이 많은 것 같았지만 그것도 잠시, 그는 다시 짐승이 되었다. 그녀의 다리 사이에 자신의 페니스를 문지르며 그는 그녀 안으로 들어갈 타이밍을 찾고 있었다.

"어서……."

그녀의 애간장을 태우는 법도 아는 그였다.

"빨리……."

그가 그녀의 질 안에 마침내 페니스를 넣었다.

"으으윽!"

"아아앙……."

질을 벌리며 밀고 들어오는 페니스의 느낌이 너무나 좋았다. 이러다가 돌아 버릴 수도 있겠다는 생각이 들었다.

성주는 그의 등을 손가락으로 잡았다. 그녀의 손톱이 그의 등을 파고들었다. 하지만 지금은 이렇게 그에게 매달릴 수밖에 없었다. 극도의 쾌감이 그녀를 미치게 만들고 있었다. 그의 움직임이 너무나 자극적이었다.

이제 성주도 그의 리듬을 같이 타고 있었다. 허리를 돌리며 미친 듯이 그와 함께하는 섹스를 즐겼다.

퍽! 퍽! 퍽!

그의 허리 짓이 점점 더 빨라지며 그의 이마에서 땀이 흘러내리고 있었다. 그의 근육들이 마지막을 향해 일제히 경직이 되었다.
그는 정말 마지막 절정을 위해 최선을 다하고 있었다.

"으으윽!"

그의 분신들이 쏟아져 내렸다.

"헉헉헉……."

그가 페니스를 빼지 않은 채로 그녀의 얼굴을 양손으로 잡았다.

"성주야…… 사랑한다."

"……."

성주는 멍하게 그의 얼굴을 보았다. 반지를 끼워 주며 한 그의
고백도 좋았지만, 언제나 섹스를 하며 그가 사랑 고백을 해 주길
바랐던 성주에겐 지금이 더 감동적이었다.

"왜 이제야 말해요?"

"사라질까 봐."

"내가요?"

"그래, 내가 널 너무 사랑하고 있을 때 넌 떠났으니까. 이번에도
말을 하면 또 떠날 것 같으니까……."

"재민 씨……."

"난 널 사랑하지 않은 순간이 한순간도 없었어. 네가 떠난 그 순
간까지도……."

재민의 눈가가 촉촉해지고 있었다.

"다시는 안 그럴게요."

"약속해."

"약속해요."

그들의 입술이 부딪치고 서로의 혀가 또다시 얽혀 들었다. 성주는 재민의 목에 팔을 감고는 꼭 끌어안았다. 다시는 헤어지지 말자는 듯이 말이다.

"어쩌지?"

"왜요?"

"녀석이 다시……."

그녀의 안에 있던 그의 페니스가 다시 부풀었다.

"진짜 못 말려요."

"그러게 말이야……."

그의 입술이 그녀의 입술을 삼켜 버렸다. 그들의 깊고 뜨거운 밤은 이제부터가 시작이었다. 재민은 지칠 줄 모르는 체력으로 그녀를 차지해 가고 있었다. 다시금 그들의 살 부딪치는 소리가 방 안을 울렸다.

"사랑해요."

"나도…… 사랑해."

"이 소리를 듣기까지 너무 오랜 시간이 걸린 것 같아요."

그가 그녀의 얼굴을 잡고는 진지하게 눈을 마주했다. 그리고 말했다.

"사랑해."

그들의 야한 밤은 끝도 없이 이어졌다.

12. 포기 할 수 없는 사랑

아침에 눈을 뜨자마자 반 강제적으로 그녀는 비행기에 올랐다. 잠을 3시간도 못 잔 것 같았다. 꿈같았던 웨딩 촬영과 재민의 청혼은 아직도 그녀의 심장을 미치게 뛰게 만들었지만, 몸은 어젯밤의 섹스로 완전히 녹초가 되어 있었다.

"우리…… 어디로 가는 거예요?"

잠이 덜 깬 목소리로 그녀가 물었다.

"더 자. 한참 가야 하니까."

"네에…….."

그녀는 다시 깊은 잠에 빠져 들었다. 그가 그녀의 손을 꼭 잡아 주고 있었기 때문에 두려울 것이 없었다. 이렇게 편안한 적은 참으로 오랜만이었다.

"으으음……."

한참을 잔 후에 그녀가 눈을 떴지만 여전히 비행기 안이었다. 승무원이 그녀가 손을 들고 물을 달라고 하자 얼른 물을 가져다주었다.

비즈니스 석은 태어나서 처음인 성주였다. 어릴 때 부모님과 가족여행을 다녀온 후로 해외여행도 처음이었다.

도대체 어디로 가는 건지 성주는 궁금했다. 재민은 피곤했는지 수면 안대를 끼고 자는 중이었다. 성주는 창밖을 내려다보았다. 구름이 보이는 것이 아주 묘한 느낌이었다. 얼마 전까지 이런 일들은 상상을 할 수 없는 일들이었다.

그렇게 1시간을 멍하게 하늘만 보던 성주의 귀에 착륙을 알리는 기장의 방송이 들렸다. 공항에 내린 그들은 다시 작은 비행기로 갈아탔다. 그리고 그들이 도착한 곳은 인도네시아의 작은 섬이었다.

이름도 없는 이 섬에는 집 한 채만이 있을 뿐이었다. 물론 편의시설이 잘 갖추어진 집이었지만 말이다.

"와!"

그녀의 입에서 감탄사부터 나왔다.

"여기가 신혼여행지예요?"

"응, 조용한 섬이 좋을 것 같아서 친구에게 말해 두었지."

"도대체 언제부터 준비한 거예요?"

"……."

그는 미소만 지을 뿐 아무런 말이 없었다. 그리고 짐을 챙겨서 집 안으로 이동했다. 집 앞에는 그들을 맞이하는 부부가 있었다. 이 집을 관리하는 사람 같았다.

"안녕하세요?"

놀랍게도 그들은 한국인이었다.

"여기 사세요?"

"네, 이 집을 관리하면서 이곳에 머물고 있죠."

40대 후반 정도 되어 보이는 부부는 아주 인상이 좋았다. 안에 들어서니 그제야 집을 떠나 신혼여행을 온 기분이었다.

"너무 예뻐요."

테라스로 보이는 노을이 너무나 아름다웠다. 말 그대로 붉은 노을이었다. 재민이 뒤에서 그녀를 안았다.

"으으음……. 이제 둘만 있게 되는구나."

"좋아요?"

"응."

"나도 좋아요."

그의 볼이 그녀의 볼에 닿았다.

"그런데 걱정이 있어요."

"뭔데?"

"어른들은 알고 계시는 거예요?"

그의 어머니가 걱정이 되었다. 반대가 심하셨을 텐데…….

"아버지의 허락은 받았어. 하지만 어머닌 아직……."

"이제 더 화를 내실 텐데……."

"아니, 걱정하지 마. 난 어머니를 안 볼 생각이니까. 그리고 다시는 내 앞에서 어머니의 얘기는 안 했으면 좋겠어."

"재민 씨……."

그가 그녀를 돌려 세워 그를 마주 보게 했다.

"내 눈을 봐."

성주가 고개를 들어 그의 눈을 바라보았다.

"난 지금부터는 내 눈 안에 있는 것만 사랑하고 생각할 거야."

"재민 씨……."

"어머니는 분명히 잘못된 생각을 가지고 계셔. 어머니이기 때문에 그럴 수도 있다고 말하지 마. 인간으로서 생각이 틀리신 거야. 이번은 어머니의 잘못이고 스스로 깨닫기 전엔 나도 어머니를 볼 생각이 없으니까, 이 시간부로 어머니 이야기는 하지 말아 줘."

"……."

"대답해."

"알았어요."

그가 그녀를 품에 꼭 안아 주었다.

"어제와는 다르네요."

"어떻게 다른데?"

"오늘은 내 걸 안고 있는 아주 편안한 느낌?"

"어제는 남의 것이었어?"

그가 웃으며 물었다.

"어제는 불안한 느낌이었죠. 이제 꿈일까? 아니면 내가 지금 약에 취하기라도 한 걸까? 별의별 생각이 다 들었어요."

"오늘은?"

"으으음……. 오늘은 다 내 거 같아서 좋아요. 당신의 심장소리도 좋고."

그녀가 그의 가슴에 파고들며 말했다. 이런 행복이 그녀에게 찾아오리라고는 상상도 하지 못했었다.

"우리 밥 먹고 수영할까요? 집 앞에서 즐겨도 좋을 것 같아요."

"좋아."

그가 그녀의 정수리에 입을 맞추었다.

"예전의 최재민으로 돌아온 걸 환영해요."

"예전의 정성주로 돌아온 걸 환영해."

그들의 입술이 아주 진하게 부딪쳤다. 그들은 그렇게 한참을 서로에게 집중하다가 식당으로 나갔다. 그들을 위해 진수성찬이 차려져 있었다. 모든 게 다 싱싱한 해산물로 요리가 되어 있었다.

"여기 계실 동안은 질릴 만큼 많은 해산물을 드실 거예요."

관리인 부부 중에 부인이 말했다.

"전 해물 아주 좋아해요."

성주도 웃으며 답했다.

"으음……."

바닷가재를 입에 넣고는 감탄사를 연발하고 있는 성주였다. 뭐든 맛이 있었다. 시장하기도 했지만 이곳의 해산물은 너무나 신선했다. 재민도 맛있게 먹고 있었다.

"배가 터질 것 같아요. 너무 맛있게 먹었어요."

"그래? 맛있었다니 다행이야."

재민이 그녀의 손을 잡고 바닷가로 가다가 집 안의 수영장으로 방향을 바꾸었다.

"왜요?"

"밤엔 추워. 안에 있는 작은 풀장의 물은 따뜻하다고 하더라고."

"괜찮은데……."

성주는 바다 수영이 하고 싶었다.

"아기 때문에 안 돼."

벌써부터 자식 사랑이 대단한 재민이었다.

"이렇게 아기를 좋아할 줄은 몰랐어요."

"아니, 난 아이들이라고 모두 좋아하지 않아. 내 자식이니까 예쁜 거지. 그리고 난 어릴 때 어머니의 과보호 속에서 컸지만 아버지의 사랑은 받지 못했거든. 그래서 내 아이들에게만큼은 잘하려고."

"아이들?"

"그래, 여자 둘, 남자 둘."

"뭐라고요?"

"왜?"

"너무 많아요."

이제 보니 재민은 자식 욕심이 아주 많은 남자였다.

"난 타협하지 않겠어."

그는 아주 단호하게 말하고는 그녀의 손을 잡고 그들의 방으로 들어갔다.

"이건 너무…… 읍!"

그녀가 더 이상의 말을 하지 못하게 진한 키스를 하고 있는 재민이었다. 그는 성주에 대해 너무나 많은 것을 알았다. 특히 그녀가 무엇에 약한지를 너무나 잘 아는 사람이었다. 그의 혀가 그녀의 입안을 점점 깊게 파고들었다.

영악한 그의 혀는 그녀의 심장까지 파고들 기세였다. 그녀가 키스에 정신을 파는 동안 그가 성주의 원피스를 단번에 벗겨 버렸다. 다리 아래로 떨어지는 옷들은 이미 그의 발에 의해 밟히고 있었다.

"으으음……."

그의 손가락이 그녀의 여성 안으로 들어오자 성주는 저도 모르게 신음을 내뱉었다.

"하……."

그가 잠시 옷을 벗기 위해 그녀에게서 떨어지자 성주는 아쉬움의 한숨을 쉬었다. 하지만 그가 곧 그녀를 안아 들었다. 그리고 침실 앞에 있는 작은 수영장에 그녀와 함께 들어갔다. 바다가 보이는 곳이었다.

"따뜻해요."

물은 생각보다 따뜻했다. 아마 바다 수영을 즐긴 후에 이곳에서 몸을 녹이는 모양이었다. 마치 노천탕 같은 느낌이었다.

"아쉬워?"

"조금요."

"내일 하루 종일 바다에서 일광욕을 즐기면 되지. 여긴 그것 빼고는 할 게 없어."

"재민 씨가 심심하겠어요."

"아니, 난 성주만 좋으면 돼."

그가 성주의 볼에 살짝 입을 맞추었다.

"너무 좋아요."

"다행이야."

"불안하기도 하고……."

그녀는 너무 행복해서 불안했다. 횟수로 6년 동안 그녀의 인생에서 하루 종일 좋았던 기억이 전혀 없었기 때문이었다.

"왜 불안하지?"

"너무 좋으니까 불안해요. 이건 나하고 안 맞는 것 같아서요. 하루 동안 안 좋은 일이 한 번도 안 일어났으니까요. 보통은 다 머피의 법칙인 날이죠."

"머피의 법칙에 반대되는 게 뭔 줄 알아?"

"아니요."

한 번도 반대되는 말은 생각해 보지 않았었다.

"샐리의 법칙이야. 우연히 계속해서 유리한 일만 생기는 것을 말해. 그리고 줄리의 법칙도 있어. 그건 바라는 일이 이루어지는 것이지. 살다 보면 이런저런 말이 있어. 어느 하나만 일어나진 않아."

"그럴까요?"

어떻게 보면 그녀의 머피의 법칙은 몇 년 동안 몰려서 일어났다. 그의 말처럼 어쩌면 이제는 좋은 일만 생길지도 몰랐다. 그가 다시 그녀에게 온 것처럼 말이다.

"이제는 좋은 일만 일어날 거야."

그가 성주를 품 안에 꼭 끌어안았다.

"고마워요. 벌써 좋은 일이 두 개나 생겼어요."

"뭔데?"

"하나는 당신이 나에게 돌아온 거고, 하나는 우리 아기가 생긴 거요."

"그래, 그렇게 좋은 일도 일어나잖아."

그가 그윽한 시선으로 그녀를 바라보며 손으로는 그녀의 가슴을 부드럽게 감쌌다. 피곤했지만 그녀의 몸은 그의 손길에 반응하기 시작했다.

그녀를 안아서 자신의 다리 사이에 앉힌 재민은 성주의 가슴을 만지며 그녀의 목에 키스하기 시작했다.

그의 느린 손길에 성주는 더 많은 자극을 바라는 듯 엉덩이를 그의 페니스 쪽으로 밀며 살며시 흔들었다.

"으윽!"

그의 페니스는 이미 흥분한 상태였다. 그녀가 조금만 건드려도 터질 것 같았다.

"성주야……."

그가 못 참겠는지 그녀의 이름을 불렀다. 하지만 그의 손은 분주히 움직이고 있었다. 그녀의 하얀 가슴을 부드럽게 주무르던 그가 농익은 과일처럼 짙어진 그녀의 유두를 살짝 비틀었다.

"아아앙……."

이번엔 그녀의 입에서 신음이 터져 나왔다. 참을 수가 없는 찌릿함이 그녀의 온몸을 덮쳐 왔다.

"재민 씨…… 넣어 줘요."

이 순간 성주에게 필요한 건 그의 굵고 단단한 페니스였다. 그가 들어오지 않으면 정말 죽을 것만 같았다.

"어서요……."

성주가 숨이 넘어갈 듯이 헉헉거리며 그에게 애원했다. 이렇게 애무를 즐길 사이도 없이 그를 원한 건 처음이었다. 그런 그녀의 마음을 알았는지 그가 성주를 안아 들었다.

"여기서 해요."

"아니, 침대에서 해."

아기 때문에 그가 조심을 하는 느낌이었다. 성주는 그가 자상한 아빠가 될 것 같은 생각이 들었다.

"가요."

"잠깐만……."

그가 자리에서 일어나더니 커다란 수건을 가져와서 그녀의 몸을 닦아 주었다.

"감기 걸리면 안 되니까."

성주는 재민에게 오늘 또 한 번 반했다.

"하루에 한 번씩 반하는 거 알아요?"

"나는 매일 여러 번 반하는데 한 번밖에 안 반하는 거야? 실망이야."

그가 농담을 했다. 그리고는 그녀를 안아 들고는 침대로 향했다.

"오늘이 우리의 첫날밤인가?"

"첫날밤은 어제죠."

"그런 거야?"

"네."

그가 다시 그녀의 입술에 진한 키스를 했다.

"너무 예쁘다……."

그는 사랑이 가득 담긴 눈으로 그녀를 바라보며 그녀 안으로 들어왔다. 온몸에 전율이 강하게 느껴지고 있었다. 여전히 그의 페니스를 물고 있는 질은 찢어질 것같이 아팠지만 이상하게 오늘은 뭔가 달랐다.

평소에는 강렬한 짜릿함이 온몸을 관통했다면 오늘은 사랑이 가득한 전율이었다.

"아아아앙……."

그가 너무 강하지 않게 허리를 움직이고 있었다. 의사에게 너무 심한 부부관계는 안 된다는 말을 들었기 때문이었다. 그래도 그들 사이에 열정을 숨길 수가 없었다.

그의 거친 숨소리가 그의 부드러운 동작과는 달라 그녀를 더 자극시키고 있었다.

"허허헉……."

"아…… 흐……."

침실 전체가 그들의 신음으로 가득했다. 그는 절정을 향해 달리며 동작의 속도를 높이고 있었다. 성주는 그에게 매달려 그의 리듬에 몸을 맡겼다.

"재민 씨……."

"으으윽!"

"사랑해요."

"나도 사랑해…… 으윽……."

그녀 안에 그의 분신들이 깊게 퍼지고 있었다. 격한 숨을 몰아쉬며 재민이 그녀의 몸 위로 무너져 내렸다. 그들의 신혼 첫날은 이렇게 저물어 가고 있었다.

"절대로 못 받아들여요!"

영숙의 목소리가 명성그룹 본가를 울리고 있었다. 최 회장은 처음으로 영숙이 교양 없이 소리 지르는 모습을 보았다.

"둘은 이미 혼인신고도 하고 신혼여행도 갔어."

"재민이가 미친 게 맞아요."

"김 여사!"

"그렇지 않고서는 어떻게 그런 년하고 결혼을 해요. 미친 게 분명하다고요!"

이번에 새로 들어온 이 집사가 안절부절못하고 거실에 서 있었다.

"이 집사, 김 여사 방으로 모셔."

"아니, 안 가! 절대로 못 가!"

"김영숙!"

"내가 이러는 거 봤어요? 난 절대로 이 결혼 승낙할 수 없어요!"

"이미 끝난 일이야."

오늘따라 영숙이 그를 피곤하게 만들고 있었다.

"아무 이유 없이 그러지 마."

"아뇨, 내가 어떻게 재민이를 키웠는데 포기를 해요? 동거하다가도 헤어지는 사람들 다반사고, 결혼을 했다가 다시 재혼하는 건 요즘 흠도 아니에요."

"그래서 애들을 갈라놓기라도 하겠다는 거야? 새아기는 임신까지 했는데?"

"새아기라뇨? 누가 새아기예요?"

영숙이 목에 핏대가 설 정도로 화를 내고 있었다.

"그만해!"

"아뇨, 절대로 용납할 수 없어요. 이번에 돌아오면 결혼 무효 신청할 거니까 그렇게 아세요."

영숙은 뒤도 돌아보지 않고 서재를 빠져 나갔다. 정말 사람을 지치게 만드는 여자였다.

"이 집사."

"네, 회장님."

"저 사람 잘 감시해."

"네, 사람을 붙여 두었습니다."

"잘했어."

이 집사는 아주 두뇌회전이 빠른 사람이었다. 영숙이 데려온 박 집사가 문제를 일으킨 만큼 이번엔 그가 직접 고른 집사였다. 박 집사 같은 사이코패스가 그의 집에 그렇게 오래 있었다는 게 지금 생각해도 소름이 돋는 최 회장이었다.

"이 집사, 애들한테는 연락 왔어?"

"네, 너무 이른 시간이라서 바꾸지 말라고 하시곤 다시 전화 주신다고 하셨습니다."

"그래?"

"네, 출근하시고 점심시간쯤 전화하신다고 하셨습니다."

"알았어."

그런데 이 집사가 밖으로 나가지 않고 서 있었다.

"왜?"

"처음으로 행복해하시는 최 사장님의 목소리를 들었습니다."

"……."

이 집사는 그 한마디만 남기고는 자신의 일을 보기 위해 자리를 떴다.

"행복한 목소리라……."

최 회장은 깊은 생각에 잠겼다.

영숙은 미칠 것 같았다. 억울하고 분해서 아까부터 손발이 떨리고 있었다. 추워서 덜덜 떠는 느낌이 아니라 약한 경련이 온 것같이 그렇게 떨렸다.

"어떻게 나한테 이럴 수가 있어?"

재민이 박 집사 때문에 그녀에게 화가 났다는 건 알았다. 하지만 이번 일은 그녀의 잘못이 아니었다. 재민이가 이런 식으로 그녀에게 복수할 일은 더더욱 아니었다.

"배 속의 애가 재민이 애라는 확신이 어디 있어?"

영숙은 손톱을 깨물며 자신의 방을 서성이고 있었다.

"죽여 버렸어야 했어."

이렇게 말을 하면서 영숙은 어쩔 줄 몰라 하고 있었다.

똑똑!

그때였다. 그녀의 서재 안으로 이 집사가 들어왔다.

"사모님 차 한 잔 드시죠."

이 집사가 차를 그녀의 테이블 위에 올려놓았다.

"차 부탁한 적 없어."

"압니다. 필요하실 것 같아서 제가 준비한 겁니다."

이 집사는 이렇게 말을 하고는 방을 나갔다. 영숙은 차를 마셨다. 속이 타긴 탄 것 같았다. 뜨거운 차를 빠르게 마셔 버린 걸 보면 말이다. 마음이 가라앉은 영숙은 핸드폰을 들었다. 정말 인정하고 싶지 않은 아들의 결혼이었다.

"여보세요?"

[네, 사모님.]

양 변호사였다.

"결혼 무효 소송을 준비해 줘야겠어. 자세한 내용은 내일 사무실에 가서 말할 테니까."

그녀는 전화를 끊었다. 성주의 가장 큰 약점을 찾기 시작했다. 그리고 그녀의 머릿속에 성주의 동생이 떠올랐다.

"정창빈이라……"

영숙은 다시 핸드폰을 들었다.

"어, 난데? 사람 하나 잡아줘야겠어."

그녀는 요즘 그녀의 일을 맡기고 있는 홍신소에 전화를 했다.

"어떻게 해서든지 떼어 놓겠어."

이 집사의 핸드폰이 급하게 울리고 있었다. 최 회장에게 가던 이 집사는 밖으로 나와 전화를 받았다.

"무슨 일이야?"

[사모님의 통화 내역 중에 걱정하실 만한 일이 있어서 연락드렸습니다.]

이 집사는 영숙의 방에 방금 전에도 도청 장치를 설치하러 들어갔었다. 차를 놓는 척하며 테이블 밑에 도청 장치를 달았다. 최 사장이 신혼여행을 떠나기 전에 그에게 부탁한 일이었다. 박 집사의 일도 있고 해서 특별히 부탁한다는 말도 했었다.

이 집사가 보기에도 김 여사는 너무 최 사장에게 집착을 했다. 최 사장을 사랑해서가 아니라 완벽하게 그녀의 소유물로 만들려고 했다. 그런 의미에서 며느리가 가장 중요한 것 같았다.

"뭔데?"

[정창빈을 납치하라고…….]

"뭐?"

김 여사가 너무 멀리 간 것 같았다. 그렇게 되면 박 집사와 다를 게 없었다.

"일단…… 더 들어 봐."

[네.]

최 사장의 구한 도청팀이었다. 실력이 아주 좋은 사람들이라고 들었는데 이제 보니 그 말이 맞는 것 같았다. 전화를 끊은 이 집사는 최 사장의 경호팀에 전화를 걸었다.

"정창빈이 위험하니 오늘부터 집중적으로 경호하도록 하세요."

그는 이렇게 말을 하고 전화를 끊었다. 그가 할 일은 다 한 것 같았다. 제발 아무런 일이 일어나지 않기를 바라는 마음이었다.

이 집사는 아무런 일이 일어나지 않은 것처럼 표정을 바꾸고는 최 회장의 곁으로 갔다.

시간이 이렇게 빠르게 흐르다니 성주는 가는 시간을 잡고 싶을 정도였다. 벌써 내일이면 일주일의 신혼여행을 마치고 집으로 돌아가는 날이었다.

"아쉽다."

그녀는 이렇게 말을 하며 바다에서 수영을 즐기고 있는 재민을 보고 있었다. 재민이 수영을 잘한다는 건 이곳에 와서 처음으로 알았다. 수영을 마친 재민이 해를 등지고 걸어오고 있었다.

"아가야, 축하해. 넌 세상에서 가장 섹시한 아빠를 뒀어."

그녀는 멀리서 다가오는 재민을 보며 배 속의 아이에게 속삭였다. 해를 등지고 걸어오는 재민은 마치 CF화면의 수영복 모델 같았다.

"완벽한 저 남자가 내 남자라니……."

성주는 재민을 보며 다시 한 번 감탄했다.

"심심했지?"

그가 그녀의 옆에 누우며 말했다. 그에게서 바다 냄새가 나고 있었다.

"아니요. 재민 씨 보고 있으니까 시간 가는 줄 모르겠어요."

"그랬어?"

"네……."

재민이 그녀에게로 몸을 돌리더니 진한 키스를 해 왔다. 넓은 모래사장 위에서 지는 해를 보며 키스를 하다니. 성주는 아직도 이 사실이 꿈만 같았다.

"으으음…… 너무 섹시해."

"내가 하고 싶은 말이에요."

"가기 싫다."

"저도요."

그의 목에 팔을 감으며 성주는 깊은 키스를 되돌리고 있었다. 그의 입술에서 짠 소금기가 느껴지고 있었다. 도시남인 그가 침대에서만은 짐승이었는데 여기서는 그냥 하루 종일 그녀에겐 짐승남이었다.

"으음…… 지나치게 섹시한 거 알아요?"

"내가?"

"으응……."

그가 웃으며 그녀의 비키니 상의를 벗겨 버렸다. 그리고는 그녀의 가슴에 입을 맞추었다.

"너무 예뻐."

"아아아앙……."

그가 유두를 강하게 빨아들이자 성주는 저도 모르게 신음을 내뱉었다. 아무도 없는 해변은 둘만의 공간이 되었다. 이렇게 밖에서 그와 사랑을 나눌 기회가 또 있을까 하는 생각에 성주도 점점 대담해져 갔다.

그녀의 손이 그의 수영복을 벗기고 있었다. 재민도 마지막 남은 성주의 수영복을 벗겨 냈다. 모래사장에 깔아 놓은 대형 수건 위에서 그들은 서로의 몸을 탐하기에 바빴다. 노을을 이불 삼아 그들은 신혼의 마지막 밤을 불태우고 있었다.

13. 크리스마스의 법칙

신혼여행을 마치고 돌아온 후부터 성주는 한 비서와 함께 바쁘게 시간을 보내고 있었다. 거의 매일 병원에 가야 했고 아기를 위한 강의나 태교에 좋다고 하는 건 다 배우고 있었다. 한 비서는 그녀가 다른 생각을 하지 못하게 빡빡한 스케줄을 짜서 운영했다.

"꼿꼿이 강의가 끝이 나고 저녁에 최 사장님과 함께 예술의 전당에서 열리는 클래식 연주회에 가실 예정입니다."

"후……."

그녀가 한숨을 쉬었다.

"힘드시죠?"

"직장을 다니는 게 더 쉬울 것 같아요."

"뭐든 장단점은 있죠."

"제가 이렇게 하는 게 맞을까요?"

"자신의 위치에서 최선을 다하는 게 맞는 거냐고 물으시는 거면 맞습니다."

한 비서는 언제나 옆에서 그녀를 든든하게 응원해 주고 있었다.

연주회 시간에 맞춰서 재민이 그녀를 데리러 왔다. 재민은 언제 봐도 그녀의 심장을 두근거리게 만드는 사람이었다.

"오늘 힘들었지?"

그녀를 보자마자 재민이 그녀의 손을 잡으며 말했다.

"아니요, 오늘도 행복했어요."

그녀의 말에 그가 섹시한 미소를 지었다.

"그렇게 웃지 마요."

"어?"

"너무 섹시하니까."

"내가 좀 섹시하긴 하지."

그가 웃으며 그녀의 입술에 입을 맞추었다. 그들의 리무진은 항상 운전사와 차단막이 내려와 있었다. 언제 그가 그녀를 덮칠지 모르기 때문이었다.

"오늘은 조금 더 나왔나?"

그가 성주의 배를 쓰다듬었다.

"그런 것 같기도 한데…… 아직은 모르겠어요."

"배만 본다면 임신한지 모르겠어."

"그래요?"

그들은 예술의 전당에 도착할 때까지 손을 꼭 잡고 있었다. 그들은 특별석에 앉아서 연주회를 보았다. 뉴욕 필하모니의 연주를 직접 듣는 건 처음이었다. 성주는 아기 덕분에 귀 호강은 제대로 하고 있다는 생각이 들었다.

"고마워요."

"뭐가?"

"다요."

그가 그녀의 손을 꼭 잡았다. 이렇게 그의 여자가 된다는 게 행복한 일인 줄은 상상조차 해 보지 않았었다. 연주회 내내 그녀는 행복한 상상만을 하고 있었다. 기분 좋게 연주회를 보고 나온 성주는 밖으로 나오자마자 꺼 두었던 핸드폰을 켰다.

오늘 연주회에 간다고 창빈에게 말하지 않은 게 생각이 났기 때문이었다. 8시쯤이면 전화를 하는 동생이었다. 바빠서 잘 만나지 못하는 관계로 전화라도 자주 하자고 약속한 남매였다.

"……."

핸드폰을 본 성주는 이상하다는 생각이 들었다.

"왜?"

부재중 전화가 3통이나 왔다. 그녀가 바빠서 전화를 못 받으면 문자를 남겼을 텐데 창빈이 문자 없이 3번이나 전화를 한 것이었다.

"무슨 일이야?"

"……."

그녀는 재민의 물음에 답하지도 않고 창빈에게 전화를 걸었다. 그 모습을 본 재민도 자신의 휴대폰을 본 후에 어디론가 전화를 걸었다.

"어디야? ……알았어."

"……."

성주는 창빈에게 계속해서 전화를 하고 있었지만 불안하게 받지 않았다.

"창빈이 병원에 있어."

"네?"

"크게 다치진 않았다고 해."

"창빈이가 다치다니요……."

"휴대폰을 꺼 둔 상황이라서……. 가 봐야 정확한 사실을 알 것 같아."

재민의 표정도 그리 좋진 않았다. 그들이 도착한 곳은 다행히 병원이 아니라 그의 집이었다. 병원에서 나와 그의 집으로 경호원이 데려온 모양이었다.

"창빈아……."

성주는 재빨리 가서 창빈을 안았다. 얼굴에 멍 자국이 있고 싸웠는지 옷에 흙이 잔뜩 묻어 있었다.

"어떻게 된 일이야?"

"고시원에 있는데 누나가 왔다고 해서 고시원 앞으로 나갔다가……. 거기서 남자 둘에게 차로 납치될 뻔했어. 안 끌려가려고 싸우던 중에 경호원 분들이 도와주셔서 겨우 살았어."

"괜찮은 거야?"

"응."

"그 남자들은?"

"지금 경호원들이 조사 중이야."

"경찰서로 안 가고?"

"응, 따로 조사하려고 하는 것 같아."

창빈과 그녀가 대화를 하는 중에 재민은 경호원과 심각하게 대화를 나누고 있었다.

"창빈이 괜찮은 거야?"

"네, 매형. 경호원들은 언제 붙여 주신 거예요? 생각지도 못했는데……. 도움을 받았어요."

"아니야. 내가 미안한 일이야……."

"네?"

재민이 알다가도 모를 소리를 하고 있었다.

"무슨 일이에요?"

"어머니가…… 또 일을 벌이신 것 같아. 미안해."

"……."

이번엔 그녀가 아니라 창빈이가 당한 것이었다.

"내가 대신 사과하고…… 다시는 이런 일이 일어나지 않도록 할 거니까. 이번엔 창빈이가 좀 참아 줘."

"전 괜찮지만 누나한테 만약에 이런 일이 또다시 일어난다면……. 그때는 정말 가만히 있지 못할 것 같아요."

"미안하다."

재민이 다시 한 번 자신의 어머니를 대신해서 용서를 빌었다. 성주도 창빈도 재민의 이런 모습에 더 이상 화를 낼 수 없었다.

"창빈이는 오늘 여기서 자고 가라. 내일 경호원들이 데려다줄 거야."

"어디 가려고요?"

"어머니에게 가서 다시는 이런 일이 일어나지 않게 확답을 듣고 오려고."

"재민 씨……."

"먼저들 자."

재민이 나가고 성주가 창빈을 게스트 룸에 데려다주었다.

"매형 괜찮을까?"

"현명한 사람이니까 알아서 잘 할 거야."

성주는 재민을 믿었다. 그는 자신의 어머니와의 실타래를 잘 풀 거라고 말이다.

어떻게 시간이 간 지도 모르게 그녀는 출산일을 앞두고 있었다. 재민은 매일 퇴근을 한 뒤에는 그녀에게 자석처럼 붙어 있었다. 매일 밤마다 배 속의 복덩이에게 책을 읽어 주는 아주 자상한 아빠였다.

그 정도까지면 좋을 것을 날이 갈수록 그 정도가 심해지는 것 같았다. 날마다 택배박스가 아기방에 쌓이고 있었다.

"재민 씨."

만삭인 배를 만지며 책을 읽던 재민이 그녀의 부름에 책을 잠시 덮었다.

"왜?"

"내일도 택배박스가 산더미처럼 오나요?"

그녀가 택배에 대해 이야기를 꺼낸 건 처음이었다.

"그렇겠지……."

"머리에 이고 있어야 할 판이라고요."

"설마……."

그녀가 그의 손을 잡고는 아기방으로 향했다. 아기방에는 아기 용품들과 뜯지도 않은 박스들로 가득 차 있었다.

"더 이상 놓을 곳이 없으니 이렇게 자꾸 주문할 거면 2층에 잠겨 있는 두 개의 방을 오픈하세요."

"……."

"도대체 잠겨 있는 방에는 뭐가 있는 거예요?"

거의 1년간 입을 다물고 있다가 드디어 물었다.

"혹시 내가 몰라야 하는…… 뭐 그런 비밀 같은 게 있는 거예요?"

"……."

"재민 씨."

"궁금해?"

"안 궁금하겠어요?"

그가 그녀의 손을 잡고는 언제나 굳게 잠긴 방 앞에 섰다. 이러고 있으니 괜히 무서운 생각이 들었다.

"그러니까 꼭 보겠다는 건……."

찰칵!

그가 문을 열었다.

"이 방에 대해 궁금해할 줄 몰랐어."

"비밀 아니에요?"

성주는 아직 방 안을 볼 용기가 없어 시선을 피하며 그에게 물었다.

"어차피 다 알 일인데 뭐."

그는 대수롭지 않게 말했고 성주는 자신의 배를 손으로 감싼 채 방 안으로 들어갔다.

"이건……."

처음 문을 연 방에는 성주와 그가 만났을 때부터 헤어질 때까지의 추억이 가득했다.

"지난번에 사진 촬영했을 때 의상이라든가……. 사진은 다 이 방에서 가지고 간 것들이야."

그날 스튜디오에 걸려 있던 대형 사진도 이곳에 있었다.

"재민 씨……."

"이게 다 우리의 추억이야."

"맞아요."

그녀의 눈가가 촉촉해지고 있었다.

"사실은 크리스마스 날에 보여 주려고 했는데 이렇게 됐어."

"제가 괜히……."

"아니야. 이렇게 행복하면 되는 거야."

그리고 그는 성주의 손을 붙잡고 옆에 있는 방으로 향했다.

"여기는……."

방을 본 성주는 온몸에 소름이 돋는 걸 느꼈다. 방 안에는 그들이 헤어진 동안의 성주의 모습이 사진으로 찍혀 있었다. 그리고 자료들도 굉장히 많은 것 같았다.

"스토커…… 같지?"

"당신이었어요? 언젠가부터 누군가 내 뒤를 미행한다고 생각했는데……."

"그중에 내가 보낸 사람들도 있었을 거야."

"왜?"

그가 뒤에서 그녀를 따뜻하게 안았다.

"두려웠거든……. 네가 내 곁을 정말로 떠날까 봐."

"재민 씨……."

"그래서 해밀턴 본사에 압력을 넣어서 압구정점에서 명동 본점으로 오게 만든 거야."

어쩐지 발령이 너무 급작스럽게 났다고 생각했었다.

"왜 본점으로……."

"압구정점에서 인기가 가장 많더군. 남자 직원들은 물론이고 손님들에게까지 말이야."

"전 신경도 쓰지 않았어요."

"난 신경 쓰였어."

재민이 그녀의 목에 살며시 입술을 댔다.

"성주 넌 언제나 날 불안하게 해."

그의 말에 성주는 웃음이 났다.

"그건 내가 하고 싶은 말이에요. 길 가는 사람들에게 물어봐요. 남편이 섹시모델 최재민인데 불안한지 안 불안한지 말이에요."

"불안해할 것 없어."

"그건 당신 생각이고요."

그녀가 삐친 듯이 말하자 그가 전보다 더 강하게 그녀를 안았다.

"사랑해."

"나도 사랑해요."

그의 입술이 그녀의 목에 머물고 있었다.

"으으음……."

"이 사진 5년 동안이나 찍은 거예요?"

"불안했으니까."

"앞으로 그러지 말아요. 그리고 난 그때 다른 남자 만날 생각 없었어요."

"왜? 창빈이 때문에?"

"아뇨, 내 첫 남자가 나의 눈을 너무 높여 놨기 때문에 어쩔 수가 없었죠."

"나쁜 놈이군."

"아주요."

그가 그녀의 풍만한 가슴을 손으로 감쌌다.

"그 나쁜 놈이 지금도 당신을 간절히 원하는 것 같아."

"그런 것 같아요."

"어떻게 할까?"

"참아야 할 걸요? 얼마 안 있으면 아기가 태어날 예정이라……."

하지만 그의 손은 이미 그녀의 옷 속을 파고들어 맨가슴을 만지고 있었다.

"이건 고문이라고."

그의 손가락이 그녀의 유두를 살짝 비틀었다.

"아…… 흐……."

"제발 오늘은 안게 해 줘."

"안 돼요."

그의 애원에도 성주는 끝내 끝까지 가는 건 거부했다. 물론 그를 위해 야릇한 손장난을 해 주긴 했지만 말이다.

크리스마스이브, 늦은 밤에 갑자기 진통이 오기 시작했다. 예정일보다 일주일이 빠른 날이었다. 놀란 재민이 그녀를 차에 태우고 병원으로 향했다.

"양수……."

이동하는 동안에 양수가 터지고 말았다. 이런 속도라면 금방 아기가 나올 것만 같았다.

"재민 씨……."

"괜찮을 거야."

"무서워요."

"내가 있잖아."

그가 손을 꼭 잡아 주었다. 하지만 그의 손도 떨리는 게 그대로 느껴지고 있었다. 병원에 도착하자마자 그녀는 분만실로 향했다. 몇 가지 검사를 하는 데도 어떻게 되는 게 아닌가 싶어 두려움에 떨었다.

"괜찮을 거예요."

간호사의 따뜻한 말이 고맙게 느껴졌다. 분만 준비를 한 후에 성주는 대기하고 있었다. 양수가 터진 상황이고 아기가 금방 나올 것 같아서 바로 분만실로 들어왔지만, 생각보다 아기가 안 나오고 있었다.

"이러다가 12시 땡 하고 나오는 거 아니야? 그럼 예수님하고 생일이 같네."

의사가 농담을 했다. 하지만 성주의 귀에는 하나도 들리지 않았다. 잦은 진통에 고통이 몰려들었고 혹시나 아기가 잘못되는 건 아닌가 하는 불안감도 있었다.

"후…… 후……."

호흡을 하며 고통을 참고 있는 그녀였다. 그때였다. 진통의 간격이 점차 줄어들고 있었다.

"아아악!"

하늘이 노래진다는 말을 실감하고 있는 성주였다. 성주는 배가 아픈 게 아니라 허리가 끊어질 것 같았다.

"아아악!"

그렇게 고통의 시간이 흐른 후에 성주는 드디어 아기를 낳았다.

"으아아앙……."

아기가 나오고 탯줄은 재민이 잘랐다.

"축하합니다. 아빠를 닮은 사내아이입니다."

최씨 집안에 5대 독자가 탄생한 순간이었다. 손이 귀한 집에 진정한 복덩이가 나왔다.

"고생했어."

재민에 그녀의 이마에 입을 맞추었다. 그녀의 가슴에 아기가 올려져서 모유를 먹고 있었다. 걱정했던 일들이 아기의 모습을 보자봄 눈 녹듯이 사라졌다.

"아주 건강해."

"다행이에요……."

"고생했어."

재민은 아기가 아닌 그녀만을 보고 있었다. 그의 눈에 눈물이 가득 고여 있었다. 성주만큼이나 그도 감격한 것 같았다. 성주가 회복실에서 특실로 옮기는 사이에 가족들이 소식을 듣고 찾아왔다.

창빈이 그녀에게 고생했다면서 두 손을 꼭 잡아 주었다. 그리고 생각지도 않게 최 회장이 그녀의 병실을 찾았다.

"아버님……."

"일어나지 않아도 된다."

최 회장은 얼굴 한가득 미소를 지으며 그녀에게 말했다.

"이렇게 오실 줄은……."

"우리 최씨 집안에 종손이 태어났는데 이렇게 기쁜 날 안 올 수가 있어야지."

최 회장은 손자가 태어난 것을 아주 대놓고 좋아했다.

"5대 독자를 낳느라 고생이 많았다. 내가 신생아실에서 보니 우리 손자가 제일 크고 잘생겼더구나."

"감사합니다."

"이게 다 네가 건강관리를 잘했기 때문이야."

최 회장은 그녀를 아낌없이 칭찬해 주었다.

"네 어머니 일은…… 너무 가슴에 담아 두지 마라. 사랑을 주지 못한 내 책임도 있으니까."

최 회장은 솔직하게 자신의 잘못을 인정했다.

"아닙니다. 제가 부족해서 일어난 일인데요."

"아니 넌 재민이에게 차고도 넘치는 사람이다."

"아버님……."

"그러니 너무 마음 쓰지 마."

"네."

최 회장은 진심으로 그녀에게 고마워하고 있었다. 너무 힘이 들었던지 성주는 그대로 잠이 들어 버렸다. 시아버지가 가는 것만 확인하고 너무 피곤한 나머지 다른 것들은 신경도 쓰지 못했다.

그녀가 다시 눈을 떴을 때는 아침이었다. 성주가 눈을 떴을 때 재민과 창빈은 소파에 나란히 누워 잠이 들어 있었다. 깨우기가 미안해서 그렇게 한동안 그들의 자는 모습을 보고 있는데 아침 식사와 함께 한 비서가 들어왔다.

"작은 사모님, 축하드립니다. 정말 잘생긴 아기예요. 어쩜 신생아인데도 저렇게 또렷하고 예쁘게 생겼는지. 크면 여자들이 줄줄이 쫓아다닐 것 같아요."

"그래요?"

성주는 절로 어깨에 힘이 들어갔다. 이래서 아들 바보가 되는 것 같았다. 아마도 의지할 곳 없었던 시어머니도 재민뿐이었을 것 같다는 생각이 들었다. 그녀를 위해, 그리고 복덩이를 위해 아이를 더 낳아야겠다는 생각이 든 성주였다.

"재민 씨, 아무래도 넷은 낳아야겠어요."

"……."

막 잠에서 깬 재민이 무슨 소린가 하는 표정으로 그녀를 보고 있었다.

"아들 둘, 딸 둘 낳자고 했으면서……."

"그랬지. 그러자."

재민이 그녀의 마음이 바뀔까 봐 얼른 답했다. 그때였다. 갑자기 커다란 장미 바구니와 함께 이 집사가 병실로 들어왔다.

"축하드립니다. 작은 사모님."

"감사합니다."

"회장님께서 보내신 겁니다."

"아버님께서요?"

"네, 장미꽃 바구니와 산후조리에 좋다는 음식을 좀 챙겨 왔습니다."

이 집사만 온 게 아니라 집안일을 하시는 분들이 음식을 많이 싸 가지고 오셨다. 그녀가 먹을 음식도 있었지만 나머지 사람들을 위한 아침도 준비해 왔다.

"우리 복덩이 때문에 엄마, 아빠가 벌써부터 호강이네."

"삼촌도요."

"그러게."

재민과 창빈은 아주 죽이 잘 맞았다. 아침 식사를 마친 후에 창빈은 고시원으로 갔고 재민은 아기를 본 후에 다시 그녀에게 왔다.

"재민 씨."

"왜?"

재민은 마냥 행복한 얼굴이었다.

"소원 하나만 들어줄래요?"

"뭐든지."

"그럼, 어머님 모시고 와서 우리 복덩이 보여 드려요."

"……."

"나는 모르는 것처럼 하고 그렇게 해 주면 안 될까요? 4대 독자인 당신을 그렇게 사랑하는 분인데, 우리 복덩이도 보고 싶지 않으시겠어요?"

"성주야……."

"부탁이에요."

그녀의 말에 재민은 생각이 많아진 것 같았다.

"생각하지 말고 그렇게 해 줘요. 난 모른 척할 테니까요."

그가 조심스레 고개를 끄덕였다. 그도 자식인데, 어머니에게 왜 손자를 보여 드리고 싶지 않겠는가? 성주는 시어머니가 미웠지만 재민과 사이가 나빠지는 걸 원하진 않았다. 그리고 복덩이가 할머니의 사랑을 받고 크기를 바라는 마음이었다.

"오늘 회사 출근 안 할 거죠?"

"응."

"지금 다녀와요."

그를 보내고 성주는 아기를 보러 한 비서와 신생아실을 찾았다. 모유수유도 해야 하고, 또 어제 체크하지 못한 아기의 상태도 봐야 해서 성주의 마음이 바빴다. 복덩이는 젖을 빠는 힘도 남달랐다.

간호사들도 아기가 건강하고 순하다면서 아주 예뻐했다. 물론 재단 이사장의 손자니 열심히 봐주는 것도 사실이었다.

"복덩이는 이름 안 지어 주실 건가요?"

"최복덩이 어때요?"

"진심은 아니시죠?"

"그건 아니지만 우리 아들이 복을 많이 가지고 태어난 것 같아서요."

"왜요?"

한 비서가 궁금한 모양이었다.

"전 하루가 멀다 하고 머피의 법칙을 사는 사람이었거든요. 그게 너무 지치고 힘들게 했는데, 우리 복덩이를 갖고 부터는 샐리의 법칙이 됐죠. 일이 아주 좋은 방향으로 풀리는 것 같거든요."

"다행이네요. 그래도 아기 이름은 좀……."

"복덩이라고 안 지을 테니까 걱정하지 마세요."

"네."

한 비서가 그녀를 보며 웃었다.

"어머님이 잘 지어 주실 거라 믿어요."

성주의 작은 바람이었다. 시어머니가 복덩이의 이름을 지어 주길 바라는 마음이 컸다.

"우리 작은 사모님은 정말 심성이 고우신 것 같아요."

"아니에요. 엄마가 일찍 돌아가셔서 그런지…… 시어머니의 지나친 사랑도 부러울 때가 있어요."

한 비서가 그녀를 측은한 표정으로 보았다. 아기에게 수유를 한후에 성주와 한 비서는 병원 안을 걸으며 가볍게 운동을 하고 있었다.

"전 돌아시면 아기가 보고 싶은데……. 한 비서님은 하루 종일 떨어져 있어서 더 그리울 것 같아요."

"그래도 할 수 없죠. 열심히 벌어야 잘 가르칠 수 있으니까요."

"신생아실에 한 번 더 갈까요?"

"네."

한 비서가 웃으며 그녀와 함께 신생아실로 향했다.

"……."

"저, 저기……."

성주와 한 비서는 너무 놀라서 턱이 빠질 지경이었다. 김 여사가 신생아실 앞에 서서 복덩이를 보며 웃고 있었다. 아주 좋아서 난리가 난 표정이었다. 놀란 성주를 한 비서가 끌고 옆으로 몸을 숨겼다.

"우리가 가면 민망해하실 거예요."

"그렇겠죠?"

그들은 그렇게 몰래 김 여사를 훔쳐보고 있었다.

"어머니."

재민이 커피를 가지고 오자 김 여사는 언제 그랬냐는 듯이 차가운 표정으로 재민의 커피를 받았다. 그녀의 놀라운 변신에 한 비서와 성주는 웃음이 터지고 말았다.

"연기자가 되셨어야 했어요."

"맞아요."

그녀는 시어머니의 놀라운 재능을 발견했다. 성주와 한 비서는 그렇게 조용히 병실로 돌아갔다. 성주는 몸조리를 위해 한 비서가 알아본 산후조리원에 들어가기로 했다.

"프로그램도 좋고 산후조리원 동기들끼리 아주 친해진다고 하는데, 다행히 이번에 아기를 낳고 들어오시는 분들이 다 괜찮은 분들이십니다."

"그래요?"

"네, 사귀시면 좋은 친구가 될 만한 분들입니다."

"네……."

그러는 사이에 재민이 병실로 들어왔다. 생각했던 대로 시어머니는 오지 않았다. 하지만 왠지 앞으로 복덩이 때문에 사이가 좋아질 것 같다는 기대감이 생겼다.

"어머니 다녀가셨어."

"네, 봤어요."

"봤어?"

"신생아실 앞에서 우연히."

"미안해. 아직 마음이 안 풀리신 모양이야."

"차차 나아지겠죠."

성주는 모른 척했다.

"대신에 복덩이 이름은 지어 주시기로 했어."

"그래요?"

"내 이름을 지어 주신 분께 부탁한다고 하시더라고."

"다행이에요."

성주는 복덩이가 태어난 후부터 지금까지 연속적으로 기분 좋은 일들만 생기는 것 같았다.

"크리스마스의 법칙인 것 같아요."

"뭐가?"

"오늘은 하루 종일 산타가 선물 보따리를 주는 날 같다는 말이에요."

"선물?"

"네, 선물 상자를 열면 그 안에 행복이 들어 있는 거예요. 정말 멋지지 않아요?"

성주는 행복한 미소를 지었다. 오늘은 산타가 그녀에게 행복을 주는 날인 것 같았다.

"성주가 좋다니 나도 기뻐."

재민의 말에 성주는 행복한 미소를 지었다.

"날마다 오늘 같았으면 좋겠어요."

"오늘 같을 거야."

그는 한 비서가 있는데도 그녀를 안아 주었다. 성주도 얌전히 그의 품에 안겼다. 눈치 빠른 한 비서가 자리를 피해 주었다.

"사랑해요."

"나도 사랑해."

"영원히 사랑해요."

"나도."

그의 품 안에서 성주는 마음껏 위로를 느꼈다. 이렇게 좋은 품을 떠날 수 있었을까? 그를 다시 만나게 해 준 인연의 끈에 무한한 감사를 드렸다. 그리고 그와 함께 영원히 행복할 거라고 다짐했다.

에필로그

1년 전.

　재민은 태어나서 이렇게 화가 난 적이 없었다. 얼굴이 붉으락푸르락 어쩔 줄을 모르고 있었다. 모처럼 회사 사람이 아닌 친구들의 모임에 참석한 그였다. 모델로 활동하다가 이제는 경영인이 되어 명성호텔의 사장으로 승승장구하고 있는 그가 오늘 화가 단단히 난 이유는, 그의 라이벌이었던 문영진 때문이었다.

　영진은 이번에 명성백화점 압구정점의 마스터로 발령받아 왔다. 재민의 입장에선 직원에 불과한 영진이었다. 하지만 재민이 화가 나는 건 모델 동기인 그가 그의 백화점에 취직한 것이 아니었다.

영진이 그를 뒤에서 씹고 다니는 것 때문은 더더욱 아니었다.

"요즘 난 직장에 다닐 맛이 난다."

"왜?"

"아주 끝내주게 예쁜 애를 하나 봤거든. 일주일 후에 같이 잔다는 것에 내 전 재산을 걸 수도 있지."

"누군데?"

재민의 얼굴이 더 굳어지고 있었다.

"우리 옆 매장에 있는 앤데, 아주 죽여 줘. 가슴이 이만해."

재민이 위스키를 단번에 마셨다.

"우리나라 여자 중에 가슴이 그만하면 다 수술한 거 아냐?"

"확인해 보면 알겠지."

기분 나쁘게 낄낄거리고 난리였다.

"하긴 그렇게 날씬한데 가슴이 그렇게 크다면 자연산은 아닐 것 같아."

"맞아."

친구들의 모임에 잘 나오지 않았지만 오늘은 특별히 나온 것이었다. 왜냐하면 영진을 아예 죽여 버릴 생각이었기 때문이었다.

"오늘 재민이는 영 기분이 안 좋은 것 같은데?"

"내버려 둬. 원래부터 모가지에 힘주고 다니는 놈인데 뭐."

영진이 그가 들으라고 비아냥거리는 말을 일부러 크게 했다.

"그만해. 그러다가 일내겠어."

다른 친구가 영진을 말렸다. 영진은 술이 한잔 들어가더니 정신을 못 차리고 있었다. 아무리 예전에는 동기였어도 지금은 그가 영진의 상사였다.

"재민이 건드리지 말고 아까 그 가슴 큰 여자 얘기나 해."

"예뻐, 거기다가 나한테 관심이 있는지 볼 때마다 아주 눈웃음이 끝내줘. 옆집에 마스터가 그렇게 꼬시는데도 안 넘어갔다고 하더라고."

"너도 착각하는 거 아냐?"

"아니야. 나한테 술 한잔하자고 하더라고."

"오…… 성공인데?"

술을 많이 마셔 술집에서 나올 즈음엔 다들 정신들이 없었다.

"문영진!"

재민이 비틀거리며 걷는 영진을 뒤에서 불렀다.

"어? 사장님!"

퍽!

재민은 으슥한 주차장에서 영진에게 무자비하게 주먹을 날렸다.

퍽!

"억…… 그만……."

재민은 영진을 정말 딱 죽지 않을 만큼만 때렸다.

"재민아……."

"입 함부로 놀리고 다니지 마. 네가 왜 성주한테 관심을 가져. 네 앞가림이나 잘해. 새끼야!"

그는 이렇게 말을 하고는 영진을 바닥에 버려두고 자신의 차에 올랐다. 오늘 하루 종일 영진 때문에 기분이 나빴다. 성주에게 심어둔 파파라치의 사진에 영진이 성주의 엉덩이를 만지는 게 찍혔기 때문이었다.

거기다가 술자리에선 그녀를 안주로 올려놓고는 있지도 않은 사실을 만들어 내고 있었다. 참을 수가 없는 재민이었다. 성주와 헤어진 지도 5년이 지났다. 하지만 그는 아직 성주를 놓지 못하고 있었다.

집으로 돌아온 그는 파파라치가 준 사진을 들고는 자신의 작업실로 들어갔다. 서재로 쓰이는 이곳엔 책보다는 성주의 사진과 자료들이 더 많았다. 재민은 성주를 지켜보기 위해 많은 사람들을 고용하고 있었다.

전문적으로 사람의 뒷조사를 하는 사람들이었다. 그렇게 성주의 일상을 남김없이 공유하고 있는 그였다.

그녀의 얼굴만 나온 사진은 작업실의 정중앙에 위치했다. 웃는 얼굴, 찡그린 얼굴, 놀란 얼굴 등. 그의 곁에 있을 때의 다양한 표정들을 재민은 이렇게 사진으로라도 매일 보고 있었다.

"얼마나 잘 사는지 두고 보겠어."

말은 이렇게 했지만 그는 성주가 혹시나 다른 남자를 만날까 노심초사하고 있었다. 그녀는 그가 처음이었다. 그리고 그가 알기로는 지금껏 그녀의 곁엔 다른 남자가 없었다. 하지만 언제나 그녀의 주위를 맴도는 남자들은 많았다.

특히 그녀 주변의 정장 코너 양복쟁이들은 다 그녀에게 관심이 있었다. 오늘 영진의 말을 듣고 나니 더 속이 끓어 올랐다.

"복수를 하려면 곁에 있는 게 좋겠어."

그는 성주를 감시한다는 명분하에 그의 곁에 가까이 두기로 마음먹었다. 5년이 걸린 결심이었다.

"내일 당장 본점으로 발령을 내야겠어."

그는 굳게 마음을 먹었다.

"으으음……."

그의 품 안에 성주가 잠이 들어 있었다. 현성이를 낳은 지 두 달이 되어 가는데 그는 아직 그녀를 안기만 할 뿐 더 이상의 접근이 불가했다. 아기를 넷이나 낳을 계획인데 이렇게 되면 계획을 전면 수정해야 할 것 같았다.

"으음······."

그의 품에 계속 파고들며 신음소리를 내고 있는 성주의 정수리에 살며시 입술도장을 찍은 재민이었다.

"고통의 하루가 시작이군."

"······네?"

"아니야."

"뭐가 고통인데요?"

그녀가 기지개를 켜자 그녀의 가슴이 그대로 드러났다. 그들을 잠을 잘 때 옷을 입지 않았다. 옷을 벗고 자는 게 건강에 좋다는 말도 있지만 그들은 그냥 서로의 몸을 만지는 게 좋아서 벗고 자는 것이었다.

임신 중에도 항상 그렇게 잤는데 아기를 낳고 오히려 성생활을 못하다 보니 나체로 자는 게 그에겐 고통 그 자체였다. 그녀의 가슴이 그의 맨가슴에 눌려 있었다.

"아니야······."

"왜요?"

그녀가 그에게 몸을 더 밀어붙였다 그가 성주를 살짝 밀어내고는 몸을 일으키려 했다.

"어딜 가게요?"

"일어날 시간이야."

"오늘 토요일인데 출근하게요?"

"……."

성주의 손이 그의 가슴을 쓸어내리고 있었다.

"일어나야 해."

"일어나지 마요."

"윽!"

그녀의 손이 그의 성이 난 페니스를 잡았다.

"뭐 하는 거야?"

그가 당황해서 그녀의 손을 잡았다.

"난 하고 싶어요."

"의사가……."

"해도 된다고 했어요…… 읍!"

그녀의 말이 끝나기가 무섭게 재민은 성주의 입술을 머금었다. 그동안 키스도 하지 않았다. 한번 봇물이 터지기 시작하면 걷잡을 수 없어지기 때문이었다. 참는 데 한계점에 도달한 오늘, 드디어 그녀를 안을 수 있게 되었다.

"으으읍!"

그녀의 입술은 천상의 맛이었다. 어떻게 그녀를 안지 않고 5년의 시간을 보냈는지 그는 알 수 없었다.

"헉헉, 우리 아기는 현성이로 끝내."

"뭐라고요?"

진심이었다. 그는 정말 더 이상 이런 고통을 느끼고 싶지 않았다. 그녀의 입안 깊숙이 혀를 밀어 넣자 살 것 같은 기분이 들었다. 아기를 낳았는데도 이상하게 성주는 더 섹시해졌다. 가슴이 더 커지면서 볼륨감이 더 좋아졌다.

그녀의 가슴에 입을 맞추며 그는 미친 듯이 얼굴을 비볐다.

"아아앙……."

성주가 신음을 내뱉었다. 그녀도 미치겠는지 그가 여성을 만지자 벌써부터 축축하게 젖어 있었다.

"하고 싶었어."

"저도요."

그녀의 다리를 벌린 그는 미친 듯이 성주의 여성을 빨기 시작했다. 걱정했던 것과는 다르게 예전의 섹스보다 지금이 더 좋았다. 성주의 농익은 몸에 재민은 미친 듯이 빠져들기 시작했다.

아침 햇살이 그들의 침실을 비추고 있었지만 그들의 시간은 늦은 밤에 멈춘 것 같았다. 밤에 은밀히 속삭이는 말들을 밝은 빛 가운데에서 하고 있었다.

츄읍츄읍—

"헉헉…… 너무 예쁘다."

재민이 그녀의 여성을 빨다가 고개를 들어 붉은 여성을 보았다.

"현성이가 나왔다고는 믿어지지 않아. 예전보다 더 매력적이야."

그렇게 말을 하며 그가 손으로 그녀의 여성을 쓸어내렸다.

"아아앙……."

성주가 몸을 활처럼 휘자 그는 더 흥분이 되었다.

"날 죽일 셈이야?"

"아……."

재민은 성주의 다리를 더 크게 벌리고 그 중심에 자리를 잡았다. 그리고 자신의 페니스를 한 손으로 쥐고는 그녀의 여성에 문지르기 시작했다. 그녀의 애액이 그의 페니스를 적시고 있었다. 그는 더 이상 지체하지 않고 그녀의 섹시한 질에 그의 페니스를 밀어 넣었다.

"아아악…… 아파……."

"으윽!"

오랜만에 그의 페니스를 받아들이는 성주는 고통스러워하고 있었다. 고통스럽긴 그도 마찬가지였다. 아기를 낳고 오히려 그녀의 질은 더 타이트해졌다.

"왜 이러지?"

"네?"

"헉헉…… 더 타이트해졌어."

너무 좋았다. 움직일 때마다 그녀의 질이 그의 페니스를 잡고는 놓아 주지 않았다.

"아…… 미칠 것 같아."

섹스가 이렇게 좋았는지 오늘 또 한 번 느끼게 되었다. 재민은 성주의 늪에서 자신이 빠져 나올 수 없음을 확실하게 느끼고 있었다.

"요물……."

"아아앙…… 깊이 넣어 줘요."

그녀는 끝없이 그에게 요구하고 있었다.

똑똑!

그때였다. 누군가 방문을 두드렸다.

"작은 사모님……."

눈치 없는 한 비서였다.

"네, 왜요?"

성주가 얼른 대답했다.

"오늘 오전에 병원에 가셔야 하는데……."

"한 비서, 오늘 성주는 병원에 못 갑니다."

"네?"

"그리고 한 비서도 퇴근하세요."

그가 화를 내며 말했다.

"한 비서님, 오늘 퇴근하셔도 돼요."

"네, 알겠습니다."

한 비서가 대답을 했다.

"눈치가 없어."

재민은 성주의 가슴에 키스를 퍼부으며 불만스럽게 말을 했다. 그래도 그는 한 비서와 말을 하는 중에도 허리를 강하게 움직이고 있었다.

"너무 좋아……."

그는 다시 격하게 움직이고 있었다.

"더 이상은 참기 힘들어."

퍽퍽퍽!

그들의 살 부딪치는 소리가 요란하게 방을 울리고 있었다.

"으으윽!"

그가 마지막 영혼까지 탈탈 털어 내며 그녀의 몸 위로 무너져 내렸다.

"헉헉헉……."

그의 거친 숨소리가 기분 좋게 들리고 있었다.

"좋았어요?"

"미치게……."

"나도 좋았어요. 당신의 섹스는 정말 최고예요. 비교 대상이 없긴 하지만 말이에요."

그는 성주의 젖은 머리카락을 쓸어 넘겨 주었다.

"성주 넌 너무 섹시해."

"고마워요."

"진심이야……. 널 숨겨 두고 아무에게도 보여 주고 싶지 않아."

"설마……."

그가 그녀의 입술에 다시 한 번 입을 맞추었다.

"그런데 어쩌죠? 지금은 현성이랑 나눌 수밖에 없는데……."

"그렇지, 강적이 있었어."

"난 또 낳고 싶어요."

"안 돼!"

그녀의 말에 재민은 단호하게 말했다. 이렇게 그녀를 원하는 동안은 절대로 아기를 갖지 않을 생각이었다.

"사랑해요."

"나도 사랑해. 그래도 아기는 안 돼."

그가 일부러 단호하게 말했다.

"그렇게 될까요?"

그녀의 손이 은근히 그의 다리 사이로 들어왔다.

"성주야…… 윽!"

그의 애원에도 성주의 손길은 거칠 것이 없었다. 그들의 뜨거운 아침은 계속되었다.

"성주야…… 으으윽!"

아무래도 그가 성주에게 끌려 다니는 상황이 된 것 같았다. 앞으로도 쭉…….

··· THE END ···